旅途漫记

栾桅 / 著

吉林人民出版社

图书在版编目（CIP）数据

旅途漫记／栾桅著．－－长春：吉林人民出版社，2023.10
　　ISBN 978-7-206-20689-4

　　Ⅰ．①旅…　①栾…　Ⅱ．①散文集-中国-当代　Ⅳ．①I267

中国国家版本馆 CIP 数据核字（2023）第 215268 号

旅途漫记

LÜTU MANJI

著　　者：栾　桅
责任编辑：衣　兵
出版发行：吉林人民出版社（长春市人民大街7548号　邮政编码：130022）
印　　刷：长春市华远印务有限公司
开　　本：880mm×1230mm　1/32
印　　张：9.375　　　　　　　　　字　　数：208千字
标准书号：ISBN 978-7-206-20689-4
版　　次：2023年10月第1版　　　印　　次：2023年10月第1次印刷
定　　价：65.00元

如发现印装质量问题，影响阅读，请与出版社联系调换

"踏遍青山人未老，风景这边独好"

——寻找美的文化之旅

郗吉堂

读栾桅的《旅途漫记》，忽然想到毛主席的优美诗句，以为其间自有妙意妙趣。

散文家栾桅也是旅行家，反之亦然，旅行家栾桅更是一个散文家。栾桅喜欢旅行，但他的旅行并不止于感官满足，而是在于张大文化心灵的需要，《旅途漫记》就是明证。

散文集《旅途漫记》80余篇作品，是作者从200多篇纪游作品中精选而来，文风朴实，文采妙曼，娓娓道来的叙述方式，引领读者如行之于山荫道上，新景异趣目不暇接。

古代文学的游记作品很多，也很好，但都是在写天地之造化，自然之本态，妙在天真。《旅游漫记》之写作，文笔所到，皆与时俱进，是景有新姿，色有新趣。它既包容了作者对壮美河山、人文胜境的感慨与感叹，冲动与激情，也是近年来盛行于世的旅游文化建设与文化旅游生活方式的精粹折射与生动摹写。确然，《旅途漫记》中的作品，都是视觉审美与精神审美，山水之妙与文化厚重的完美统一。这是散文创作必求、必达之境界。20世纪初徐志摩的《我在康桥的时候》文中，就写作者看到小溪，小溪中浅浅的流水，流水遮掩的溪底细碎石头，石头在阳光照射下的五彩光泽，及石头光泽与作者心灵与感觉的共同跳荡与跳动。所以，文学之美，须通过感官，却不能止于感官感受，而需通达文心与文存，此为有妙。但在艺术认识中，这很有点龙门一跳的意思，所谓的艺术自觉或创作自觉，就从这里开始。

广泛游历是历代文人的文化传统。李白、杜甫如此，司马迁、徐霞客及南北朝时期的画家宗炳也是这样，好处是可以开阔视野，壮阔襟怀，活跃思维，架构别样的情志意趣，形成既有深度又有广度的现实感。白居易的"文章合为时而著，歌诗合为事而作"就是这个意思，强调历史感与现实感的统一，强调时代感的重要性。所以，一定意义上，壮游也是一种人文历练，并且归宗于人文历练，只是表现上含蓄，不求显露罢了。柳宗元《永州八记》，小景写得清幽、剔透、孤寂，不免令人惊悚。此乃是作者在经历过世俗社会宕荡起伏的人生历练后所留下的人文印记。栾桅生活于一个太平盛世，青少年时期良好的家庭文化与文学教育，及豪爽、豪放的个性，使他在走进中老年之际的漫漫人生旅途中，一如既往地带着巨大的热忱与热情，更带着一份特殊的文化与艺术感受与感觉，拥抱青山绿水，消融于上天所赐的自然与自然美的丰姿与风韵之中。透过书中所收集的诸篇纪游文字，可以看到散文家纵情于山峦起伏之中，散形于天光水色之间，与风共舞，与绿缠绵，可谓心无迹，意无痕，性在自然、天然。故，作品虽写长途跋涉，行旅疲困，风雨阻隔，异乡情调，却也是意随情起，情随心动，可谓是化景为心，化心为境，心境合一，由是心动则文至，无形作有形。然此形非彼形，因之有形亦无形，是感觉到与感觉中的自然、自然美。因此，自然、自然美才能以其超然之在与之象，任天下文士，并千古性情之人各各拥抱，吟咏不尽。《文心雕龙》曰"登山则情满于山，观海则意溢于海"，意即此也。所以，《旅途漫记》的纪游文字，虽皆写出游与所见，且各有其别，各有其妙，各有生动之处，是尽在感觉与感觉力的差别。行旅似同而异，自然、自然事物、自然美似一而别，此虽为客观之在，为山水之相，却也要创作者感觉力之强大，之恒定，而后才能把握。如作品集中的《寒山行》《无欲之水》诸作，虽所写对象皆非名满天下之处，却处处情采丰赡，意趣盎然。是写山则骨立势拔，写水则韵远流长，写旷野则清爽隽美，可谓是景生处游人流连忘返，赏析处物物瞩目不忘。18世纪法国雕塑家罗丹说，大自然不缺少美，缺少的是发现美的眼睛。当然，这发现美的眼睛，在于创作主体审美精神强大。如栾桅的纪游之作，是处处都能看到美的存在与价值。是故，《旅途漫记》所写更是发现美的文化之旅，所记乃寻找美的文化漫记。

栾桅的游记散文，很能创造文境，以写文心。以此与读者一起登山攀岩，临风啸月，是方见春景有绿，夏雨有急，秋色斑斓，冬雪潇散，又见巉岩危绝，行道凌空，造物诡谲，奇境横生。是为天地有大象，大象无形，人固有猛志，亦不免肉颤心惊。此种文意，移步换景，直把造化之美，天地之韵，于独到的安排之中，一一展现。而作者又每是敞开心扉，坦露心之旅与行之旅，于是行旅中的心潮起伏，喜悦与懊恼，兴奋与沮丧，充实与失落，与自然之在如影随形，浑然一体。如此境界，率真，朴实，意远而风长。散文中的燕赵风骨，虽不似关东的铁板大风，江南的娇娇滴滴，然其峻拔，超迈，于此亦可略见一二。

（作者系著名文艺评论家、美学研究学者，著有《黄绮书法论稿》《黄绮书法艺术论》《中国书法的千年转身——旭宇今楷初探》《心香一瓣——郗吉堂美学文集》《百家楷书赏析》等专著10多部）

目 录
Contents

第一辑　诗意仙山

走进栖霞山　　　　　　　　　　　　|　002

武功山云雾　　　　　　　　　　　　|　005

诗意敬亭山　　　　　　　　　　　　|　008

神游六鼎山　　　　　　　　　　　　|　011

骑马上梁山　　　　　　　　　　　　|　014

冬游聪明山　　　　　　　　　　　　|　017

狼山雄峙　　　　　　　　　　　　　|　020

寒山行　　　　　　　　　　　　　　|　023

心灵的天堂　　　　　　　　　　　　|　027

清源山小记　　　　　　　　　　　　|　030

大洪山上觅仙踪　　　　　　　　　　|　033

第二辑　智者乐水

无欲之水——新疆散记之一　　　　　|　038

听泉洗耳河　　　　　　　　　　　　|　043

遇与不遇——寻访刘伯温故里　　　　|　045

一抹桃红池塘边	049
夜游湘江	052
五龙河的水	054
萨尔浒追思	057
汤旺河：临海奇石	060
黄河密码	063
惠州品酒	066
红海滩，鲜亮的境界	070
葛仙湖畔桃花红	073
草堂听雨	076
"温泊夫人"——五大连池风景里的美人	078

第三辑 古镇怀古

春到古田	082
春风里的黄姚	085
冬日里的忻州	089
喀什印象——新疆散记之三	093
哈密的云——新疆散记之四	097
何处是梦乡	100
碉楼，耸立的乡愁	103
惠山古镇开春的鼓声	106
茅台镇的酒香	110
渼陂，星光闪耀	113
品一座老城——赫图阿拉故城印象	116
蟠滩古镇的千年遗梦	119

青岩时光	122
清明游隆中	125
窑湾里的乡愁	128
有一个地方叫流坑	131
清明在兴化	134
腾冲之诱	137
与一棵榕树合影——游三坊七巷随想	144
雨中访内乡古衙	148
茶田深处藏古韵	152

第四辑　风景太行

郊野雨中怀想	156
寻找马鞍宫	159
峡沟的春意	162
娲皇宫的神韵	164
寻找花驼村的记忆	167
太行崖柏	170
石头的精神	172
太行红叶	175
山水之间	179
人间四月文冠花	182
梨花开了	185
老道旮旯的秋悟	187

第五辑　心海漫游

草原，心灵的故乡	192

穿越陕北	198
风雨雁门关	201
甘南，圣境的旅途	204
虎林三日	210
华夏东极：留住时光	215
梅岭遐想	218
宁德三日	222
你好，小蛮腰	228
哦，香格里拉	232
山叶口的记忆	235
他乡遇故知	237
无边绿翠——新疆散记之二	239
盐城的盛宴	244
与垂虹断桥的不期而遇	248
在北极村找北	252
走进金胡杨景区——新疆散记之五	255
游天一阁	258

第六辑　感悟旅途

旅途漫漫	264
行走的快乐	276
峡　谷	278
停下来，才能看到风景	281
旅途的滋味	283
带着灵魂出发	285

第一辑　诗意仙山

走进栖霞山

　　走进栖霞山，是缘于我几年前去过位于山东省济南市长清区的灵岩寺。在那里我知道了江苏南京的栖霞寺、浙江天台的国清寺、湖北当阳的玉泉寺被称为我国的"四大名刹"。虽数次去过南京，但从未去过栖霞寺，于是心中就存了一种念想。

　　2023年的春节，荃廷老总邀我们一起出门旅游，时间定在了农历正月初三，地点是南京、无锡、苏州。江南美景魅力无穷。正月初一初二艳阳高照，初三天气突然变脸，冷空气来袭，我们四人还是坚定出发。

　　作为老大哥，一个旅游爱好者，制定旅游线路和设计游览景区景点的任务就交给了我。首站南京，必去夫子庙、总统府、中山陵。我留了一点私心，就是走进栖霞山，问佛栖霞寺。

　　夫子庙举办南京第37届秦淮灯会，吸引了大量的游客。景区内外游人如织，摩肩接踵。景区限流，也把我们挡在了路口。我们好不容易进入景区，观赏了一场饕餮灯光盛宴，值得我们千里来巡，那一夜仿佛梦境一般。总统府预约不上，只好放弃。好在预约上了中山陵，了却了我们的一个心愿。来到位于南京栖霞区的栖霞山时，心情豁然松弛下来。这里的游客不是太多，并不像前面提到的夫子庙、总统府、中山陵景区人满如潮，而是自然的一种清净，少了嘈杂和拥挤。我们顿时有了心有所归之感。

栖霞山并不高，只有海拔286米，是我们这个年纪最乐意游览的高度。停下车来，一个转弯，视野豁然开阔，远望山门，这里的确是一处胜景。栖霞山有三峰，三面环山，北临长江；主峰三茅宫，又称凤翔峰，东北有龙山，西北有虎山，环境十分优美。

栖霞山，古称摄山，被誉为"金陵第一明秀山"，南朝时山中筑有"栖霞精舍"，因此被称为栖霞山。这里不仅名列"四大名刹"，还是我国四大赏枫胜地之一，历史上有五王十四帝登临此山，其中乾隆六下江南，五次驻跸栖霞山行宫。虽然行宫在咸丰年间毁于战火，我们在乾隆行宫遗址上看到的后人描摹的行宫图，还是令人惊叹的，因为我们可以凭借想象，进入一个盛世。

作为南京的古"金陵四十八景"之一，栖霞山素有"六朝胜迹"之称，还有"一座栖霞山，半部金陵史"的美誉。在高大蓊郁的树木和青青翠竹的遮盖与掩映之中，80多处古遗迹遗址，融入了宗教文化、帝王文化、民俗文化、地质文化、石刻文化、茶文化等。这里的千年古刹，佛学"三论宗"祖庭、佛教"四大丛林"之一的栖霞寺，更是一处心灵净化的禅院。

这里有气势恢宏的佛教石窟，灿烂辉煌的石刻艺术，依山势层层展现，虽经千年风雨剥蚀，依然夺目传神。

拾级而上，一步一景，每一处都有意外惊喜。你只有站在一个点上，360度环顾，上下左右搜索，才能不遗漏风景。毗卢宝殿的古意，方丈禅院的简约，石塔的古朴，铜鼎的精致，寺门的宏阔，明镜湖的清澈，都好似有意为之，而又自然天成，使得整个栖霞寺，就是一座别致的江南园林。

在长江边上，寻得一处山环幽静之处，前有香火缭绕的寺庙，后有歌舞升平的行宫，如此的妙得，绝非一般人能选得。经查阅资料获悉，栖霞山乾隆行宫于1751年开始动工建设，由当时的两江总督尹继善负责修建，历时6年，于乾隆十七年（1757）建成，也是乾隆在南巡时所建行宫中最大的一座。乾隆六次南巡，五次驻跸行宫，前后历时共45天，可见乾隆对这里的喜爱。督建这座行宫的尹继善，是康熙雍正乾隆年间的一个才华横溢之人。他雍正元年中进士，起家翰林院编修，历任户部郎中、江苏巡抚、河道总督、刑部尚书、云南川陕两江总督，累迁文华殿大学士兼翰林院掌院学士，著有《尹文端公诗集》十卷，参修《江南通志》，可见非同一般。

今日的栖霞山，虽然没有了乾隆行宫的繁华，却有了南京繁华以外的宁静。我们下得山来，夕阳映照在门楣上，金色的光芒四射，分外耀眼。坐在桥栏上，面对河水静流，遥对长江滚滚东去，我知道，时光就在路上奔跑，我们此时静止的影子，和栖霞山一样。

武功山云雾

武功山位于江西省中西部，属罗霄山北支，地跨江西萍乡市芦溪县、吉安市安福县、宜春市袁州区等，主脉绵延 120 余公里，总面积约 970 平方公里，是东北-西南走向的一座雄伟山岳。这里自汉晋始，就被道佛两家开辟成修身养性的洞天福地，鼎盛时有庵、堂、寺、观 100 多处。唐宋以来，吸引了众多名人学士游赏歌咏。著名旅行家徐霞客更是写下了著名诗篇《游武功山》："千峰嵯峨碧玉簪，五岭堪比武功山。观日景如金在冶，游人履步彩云间。"

如今的武功山携国家 5A 级旅游景区、国家级风景名胜区、国家森林公园、国家地质公园、国家自然遗产等辉煌品牌，再一次吸引了众多海内外游客的目光，特别是少男少女们的眷顾。2021 年国庆假期期间，武功山高山草甸上如蘑菇森林一般的帐篷盛宴，更是让向往武功山的游客心驰神往。

我们是作为退休后享受休闲生活的一群人，避开了同年轻人争空间，在游览人群骤减的时段，来到武功山的。10 月 27 日从井冈山出山，已经是下午三点多了，地图导航显示 230 公里，由于山路崎岖，又有多半时间是夜路，我们足足走了 4 个半小时。到达武功山脚下的希悦酒店，已近晚上 8 点钟了。40 岁的老板欧阳全家齐上阵接待我们，让我们深切体会到了江西人的热情大方。

　　一觉醒来，窗外一片雾气，细雨落进河里，荡起绵绵涟漪，远处刚刚收割完的稻田，被雨水浸泡得金黄，犹如一幅欧洲名画。时而有牛羊走过小桥，村民撑雨伞牵着花狗在后面驱赶，美丽的田园景色，引发我们无限遐思。

　　雨越来越大，开始动摇我们登武功山的信心。犹豫、徘徊、无语，10个人的队伍开始发生意见分歧。就连天气预报也分成了两派，一种预报是9点钟之后小雨转阴，另一种预报是12点钟后小雨转多云，如何选择，大家面面相觑。这个时候，等待，成了重要的决断。

　　早餐后，雨，停了！雾，却没有散！

　　记载里，武功山、庐山、衡山，曾被称为江南三大名山。在我的记忆里，云雾盛景好像都与名山有关。既然来了，赏一下武功山的云雾也是值得的。更何况在武功山的风景里，"峰、洞、瀑、石、云、松、寺"，"云"是占了一席之地的。云雾共生，相互映衬，应当是更美的画卷。

　　我们乘坐景区内公交车，来到山门处，雾锁门洞，山形大隐。我们逐级而上，静观山势，渐渐地雾色变得清淡。有几处劲风吹过，雾气消遁，有几滴冷雨在额头停留。此时，远处山腰处露出了红黄蓝绿的秋色，一派壮美景象。

　　穿过石鼓寺，在中庵索道乘缆车上行，雾色时浓时淡，时而在山岭漂浮，时而在沟壑中凝聚，我们渐渐有了进入仙境的意象。突然，我们感觉缆车停了，有些漂浮游荡的感觉，惊恐中，见下行的缆车渐行渐近，才知是雾大，形成了错觉。

　　从中庵索道上站到金顶索道下站，需要走40分钟的路程。我们一群60岁上下的人，走得并不轻松。任老兄腿脚不便，只好借助于武功山的轿夫，得以轻松进入金顶索道。武功山的栈道修得很好，沿途风景很美。形状各异的石头，形成的风景与山色浸染，如梦生情。迎风挺立的松树，姿态万千：有的攀附山崖，有的扎根石缝，有的拥抱巨石；同黄山松相比，毫不逊色。

金顶索道，比起中庵索道更加陡峭险峻。我们知道登上金顶的路，会迎来更加严峻的考验。雾色越来越重，已经看不到远景，就连脚下的石阶也是模糊的。海拔1600多米处，有些半枯半黄的草甸浓密厚实，虽有劲风，但毫无伏倒之意。我们的眼前，一阵阵雾气吹过，又一阵阵雾气覆盖，但丝毫没有阻挡住我们攀登金顶的意志。

2021年10月28日上午11时45分，我和几个体力较好的同伴终于登上了海拔1918.30米的武功山金顶。然而此时，金顶大雾弥漫，面对面都要呼喊一声。我找了两个游客帮忙拍照留念，站在"金顶"的石碑前，拍出的照片一片模糊。正在我们环顾周围，有些彷徨无奈之际，突然，我的身后传来一片呼喊之声。我猛地一个转身，浓雾以惊人之速散去，顿时阳光普照，群山露出苍茫雄奇青翠的容貌，白云如海，气象重生，风景如梦如幻，顿时让人们心境无涯。5分钟，短短的5分钟，浓雾再次淹没了一切。在场的数十人，无不感叹幸运之神的光顾。

直到下午两点走下山来，武功山依然被浓雾掩盖，没有露出鲜亮壮阔的容貌，高山草甸也依然在雾中沉睡。许多年轻人也只有和我们早上一样，等待美好时光重现。

诗意敬亭山

"众鸟高飞尽，孤云独去闲。相看两不厌，只有敬亭山。"一遍遍吟咏诗仙李白的《独坐敬亭山》，让我久久回味，心绪难眠。

公元 761 年，人生失意，漂泊四方的李白，在经历了安史之乱后的漂泊流离，经历了蒙冤囚禁的牢狱之灾，遭受了戴罪流放的屈辱之后，第七次，也是最后一次来到宣城。没有了曾经的前呼后拥和诗酒唱和，更没有了亲朋好友的陪伴，独自一人登上了敬亭山，以万分的孤独和凄凉，写下了这首千古绝唱的诗篇。李白借景抒情，抒内心无奈之感，用拟人化的手法，写出了人世间深重的孤独之情。为了体验李白当时的诗境，我们一行四个文友，凭借 2019 年清明假期，驱车千余公里，在黄昏时刻登上了敬亭山。

敬亭山，在安徽的宣城市北郊，原名昭亭山，晋初为避帝讳，易名敬亭山。山不高，也不陡，主峰名"一峰"，海拔只有 317 米。虽有"东临宛溪，南俯城闉，烟市风帆，极目如画"的赞誉，但与众多游览过的高山相比，除了"江南诗山"这个名字以外，真是太过平凡了。这里能够汇聚人流的原因，恐怕就是因了"山不在高，有仙则名"这句话。诗仙李白，还有李白的诗，引我们长途跋涉一天一夜，来朝拜，来感受诗意。

除了我们，来朝拜的人流如织。一座诗山，能够上千年来引无数人们心怀敬仰，还因为这里有许多古迹，值得人们觅踪追溯。广教寺内耸立的双塔，亭亭玉立于一片废墟之上，造型奇特，如神鞭矗立。周边古树参天，春花烂漫，沉静幽雅，可以遥想当年这里的香火香客一定不绝如缕。古昭亭，虽然简陋，但映着古意，可以让我们顿时感受穿越千年。重阳亭，庄重古朴，掩映在古树浓荫之中，别有一番优雅。随处可见的碑石铭刻，尽显诗情画意。而红叶楚楚中的徽派建筑更是如诗般融入蓝天。更有绿色茶山与白云连接，好一幅春景图画。

名山必有名僧，明末清初著名画家石涛在这里修行十年，与施闰章、梅清、吴肃公等建立黄山派。这里的石涛纪念馆，也是十分值得驻足游览的。在新建的"太白独坐楼"前，我们仰望这个气势恢宏的建筑，多少也能体会到今人的用意。虽然李白当时有可能只是坐在一个亭子里，面对敬亭山。今人建起一座楼，有些奢华、造作和夸张，但对于游人来说，毕竟多了一处景点。登楼远眺，宣城现代城市气派与这座古朴的诗山相对，却是李白写不出的繁华。

登顶"一峰"，夕阳西下，红彤彤地照亮了这个山体。他们不停地抢抓时机拍摄夕阳的美景，我独坐于一个亭子间，思绪万千。失意的李白，当年独坐敬亭山，孤独情景下，写下了诗意浪漫的诗篇。猜想当年的李白，复杂的心境下，还能写下如此闲适豁达，追求自由的诗篇，不愧为诗仙。如今，茫茫人海，失意孤独的大有人在，又有几个有李白的情怀。功名利禄，都是人们所追求的，李白也是其中的追随者。但他空有抱负，诗名远播，受人尊崇，也没有摆脱到处漂泊，苦难多舛的命运。人生中的失意和纵横山水间的诗意，正如我们眼前的夕阳，分外撼动人心。

下山之时，远处已是灯火如烟。我们脚下的路，已经变得模糊不清。我们知道，当年的李白在有了《独坐敬亭山》的诗意以后，也开始缓慢下山。不过那时的路，比现在更难走。李白一个人下山，我们一群人熙熙攘攘地下山。不同的是李白下山后无人陪酒，我们却喝得酩酊大醉。

曾刊发于《长城文艺》

神游六鼎山

到达六鼎山文化旅游景区时，已经过了吃中午饭的时间点，5个多小时的车程，的确有点紧张。先期到达的几个人，在景区停车场附近找了一个面馆。面馆提供冷面和刀削面，我们选了后者。人多，等吃面的时间就长，但大家还是有耐心的，因为车过牡丹江大桥时，就远远望到了高耸的金鼎大佛。见佛心安，也许大家有同感。

游六鼎山文化旅游区，一直是我的一个心结，原因是在东北的旅游景点中，这里是吉林省乃至东北亚最大的人文、历史、佛教文化旅游景区。这里集佛教文化、满族文化、渤海文化、自然景观于一体，是一个经过精心设计建设的国家5A级旅游景区。

乘坐景区的游览车，我们先来到了清始祖祠。这里占地5万平方米，位于圣莲湖西岸，四周环绕八旗山，占尽了天时地利人和的独特优势。这里视野开阔，环境优雅，在蓝天白云的映衬下，显得格外庄严肃穆。敦化是满族的发祥地，满族文化在这里灿烂夺目。在每一处特色建筑前，我们都详细阅读，通过对建筑风格以及人文理念的了解，获悉了源于长白山的满族文化，拥有博大精深的内涵。

正觉寺，是一个气势恢宏的寺庙群，是世界最大的尼众道场。它位于六鼎山脚下，依山而建，借山势而上，吸纳并融合了国内30多座寺院的精华，以更加富有特色的设计，构成了一个园林式的佛教丛林圣地。这里依山傍水，形阔神张，绿树红墙，与金顶大佛相映成趣。我们居高临下，一览宏伟建筑群，可以清晰地感受到，这里同周边的湖光山色浑然一体，呈现出绝佳的气象和神韵。

在烈日的映照下，汗珠滚滚而下，湿透了我们的衣衫。我们仰望世界最高的释迦牟尼青铜坐佛——金鼎大佛，还是没有灰心退却。既然是来朝拜，就在心中增添了气量，我不断地招呼16人的团队依次行进。这里设计攀登的石阶很人性化，虽然陡峭，但没有压迫感。我和郭骁原本已经进入文化展馆参观，保良老弟打来电话：山顶出现彩虹！于是我匆匆脱去鞋套，沿台阶健步如飞，在最高处远望，一道彩虹在东方喷薄而出，绚烂无比。有人

说，这是与佛有缘，我却想说，缘在心中。

六鼎山是一座历史的山。它吸引了众多的游客。站在山顶，环顾远眺宁静如练的牡丹江、碧影婆娑的圣莲湖、连绵蜿蜒的长白山脉、敦化市区崛起的楼群，一切都神驰心往。

也许一座山，即便是承载了文化底蕴的山，也只是眼前的宏伟阔达和气势如虹，不能让这个世界改变什么，但我们还是如约而来，因为只有置身其中，用心灵近距离感应，才能知道文化带给你的力量和憧憬。一个民族的兴衰，一种文化的传承，一个世界的变化，都是在我们没有足够的关注中掠过的。

我来了，六鼎山！我会永远记住你。对你的向往，就是我的高地。

骑马上梁山

在网上搜索邯郸到山东梁山的路径,显示为230公里。通过前期所做的功课,先走青兰高速,转济聊高速,再转德上高速,理论上应该3个小时到达。然而现实与功课之间总有一些差距。打开导航,前半程一路顺风,转到新开通的德上高速,心情也特别好。当走了180余公里时,导航开始提醒掉头,路标上始终不见梁山出口标志,心里有些发蒙。只好在进入菏泽地界的一个站口驶出高速,进入一条省道。省道虽然大车比较多,尘土飞扬,但宽度尚可,一路还算顺畅。按照导航指引,我们把车开进了一个镇子,接着又开进了一个村庄,穿过村庄竟然上了黄河大堤。导航指引前行,却没路了。一辆挖掘机正在施工。无奈只好下车询问,才知前面的浮桥刚刚拆了。又问了几个孩子和妇女,都不知道梁山怎么走,只知道过黄河就是山东郓城。这个时候,我们才知道,脚下的土地属于河南范县管辖。在一个老者的热情指引下,我们冲下大堤,穿过三个村庄,拐了数个弯道,终于找到了浮桥。轰隆隆开过浮桥,进入了山东地界。

继续沿着黄河大堤前行,一边是缓缓流动的黄河水,一边是葱茏油绿的田园风景。几处沙滩平静优雅,有人提议下车玩一会儿,因为找路耽误了行程,还是被否决了。好在沿途风景不错,郁闷的心情开始渐渐散去。

终于见到了梁山的路牌,还有 22 公里。我刚要加速,却无奈来了个急刹车,一大堆土方拦住了去路。修路,绕行,无奈。导航里程 22 公里变成了 35 公里。梁山之路真的不是功课上的简单直线。此时我们已经走了 4 个多小时。到达梁山景区门口,已经是下午 6 点 25 分,再有 5 分钟景区就停止售票了。匆匆进山,成了我们唯一选择。

来不及在景区大门口拍照,直接检票进入。眼前"水泊梁山"四个大字映入眼帘,是我国著名书法家舒同先生的作品。在这个摩崖石刻上,布满了当代书法名家的题词,有费新我的"草莽名山",范曾的"水泊梁山记",让人目不暇接。欣赏完书法艺术之后,我们开始沿高高的台阶登山。虽然梁山海拔并不高,但天气闷热,当我们登上"断金亭"时,衣服已经湿透。此时接近黄昏,要登上虎头峰,到达"忠义堂",还有一段艰难的路程,要经过一关、二关、号令台、黑风口等关口。在和马夫的一番讨价还价之后,我们决定骑马走宋江马道,上梁山山顶。

我这个人害怕骑马,总是担心马失前蹄。记得在草原上骑过一次马,在玉龙雪山骑过一次牦牛,还在宁夏沙坡头骑过骆驼,最让我放心的就是骆驼。骑在马背上,一直关注马的动作,尤其是下坡,马突然前冲,让我惊出了一身冷汗。同行的都笑我,胆子小。

在李逵的塑像前下马,开始步行。李逵威风凛凛的形象,让我们感到有一股凉风吹来。原来这里是黑风口,是梁山的"第一险关",当年黑旋风李逵就把守在这里。接着就看到小李广花荣的塑像,"花荣射雁"栩栩如生,让人称赞之余引发遐想。鲁智深和武松的塑像是在一起的,称为"双雄镇关"。此时的山路,已经很少有台阶了。我们翻越青龙山、狗头山、分军岭,在曲折回旋的山道上攀登，因为没有穿旅游鞋，有些光滑吃力。

"忠义堂"规模不是很大，坐落在虎头蜂的宋江大寨里。大堂摆放了108位梁山好汉的座位，堂上正中是宋江、卢俊义和吴用的座位。每位好汉都有一面旗子，写着绰号和名字，只是座位空着，椅子有些陈旧。读着每一个名字，让我一下子进入了《水浒传》里描写的情景。我是小学四年级时读完《水浒传》的，读了两遍，虽然有些繁体字都不认识，但一百单八将的绰号和名字都能背诵下来。可以说，梁山好汉的形象深深印在我的脑海里。因为骑马走宋江马道，错过了号令台，返回时登台，才知这是一个威武的建筑，是由三个望台相连在一起的。东台为巨锣亭，西台为大鼓亭，南台为望台，这里有信号灯、标志旗、响箭，登上号令台，向远处眺望，可以把八百里水泊尽收眼底。如今是高楼林立，更有绿荫掩映下的片片屋舍。

"水泊梁山"景区，虽然都是后来建造的，看不到像其他景区一样有众多的历史遗迹，更没有见到历史遗存，但还是能让我们想起一些故事和文化印记。我游了"水泊梁山"景区后，就产生了再读一遍《水浒传》的冲动。

冬游聪明山

从邯郸市区出发,到聪明山也就半个多小时的车程。因接近年关,又逢周末,路上车辆多少有点磨叽,但还是给了我们畅通的机会。这也许跟天气有关,阳光透亮,温暖和煦,是进入数九天以后,难得的好日子。

聪明山,当地人叫明山。虽然主峰海拔只有262.8米,但在洺水畔孤峰突兀而起,形势高峻,还是令人仰望的。在远处观明山,形如一个卧象,有一种天然的慈祥和亲近感。明山同不远处的猪山、狗山、兔山等诸峰相望,都以一种卧姿示人,看得出它们是敬畏这片土地的。这也许同这里所处的地理位置有关,太行山与冀南平原的缓冲地带,地壳运动时,在这里略有阻滞。

明山脚下有诸多寺庙和道观,多是明清时期的建筑风格。也可能追溯到唐代或更远,但我们分辨不出。佛教、道教的场所都有,说明这里香火还是比较旺盛的。我比较感兴趣的是这里有一座"昭惠王祠",钱绍武教授的题匾,还是很有来头的。不过翻看资料,被后人奉为神明的"昭惠王",并没有真实确切的记载,还在讨论和推断阶段。我们不是历史学者,大家都拜,我们也拜,算是对大众的一个尊重。

寺庙和道观所处的地方并不宽阔,甚至感觉有些拥挤,但还是可以看出这里恰是一处风水宝地。因为当我们沿一个一个台阶爬到主峰时，环顾四望，群山绵延，相互簇拥又相互连带，形成自然巍峨态势，让人心生崇敬。北望洺水如带，隐隐约约，又时宽时窄，形成无数个碧水潭，在冬日的阳光下沉睡如梦境，让人浮想联翩。山下红色屋顶的房舍，连成一片，一条公路直通云端，两旁建筑如犁铧翻出的闪光的铜器，仿佛人们顿时找到了聚宝盆。没有绿色，满眼都如氧化的金色，所以才看得清裸露的村庄和房屋。这似乎有些直白和坦荡，又给我们几多提示和警醒。

周边的一切都布满寒意，香烟袅袅也在同寒冷斗争，寒冬的景象虽然有些单调，但两个摄影师和一个身披红色披肩的模特，在亭台间不停地变换姿态，还是让我们看到了亮色和喜色。孩子们追打着在山道上奔跑，毫无疲惫与苦累的迹象，让我们看到了

生机勃勃。

到这里的人,多数是来祈福的。冬去春来,是人们对美好生活的期待。当追求幸福的种子在人们的心底种下的时候,冬天也是要生长的。不甘心冬的禁锢和封锁,满怀信心迎接春天到来的人们,从来都是用美丽和力量书写时代的。

山顶的夕阳太美了!透过南天门的门洞,我们可以看到,太阳灼灼的光芒依然耀眼。太阳可以在高高的枝头燃烧,也可以在枣树的尖刺上跳跃,还可以在凌霄宝殿的琉璃瓦上闪耀,那么从容自由,那么富有力量,都让我们感到希望一直没有远去,春天就在山的那边。

什么样的人能一生聪明?登聪明山会给你答案。因为即使山顶没有绿色,你的视野里没有绿色,你的心里也一直在呼唤绿色,当你从山顶上下来,绿色就在你的心里弥漫了。诗人说过:冬天来了,春天还会远吗!

狼山雄峙

　　一个海拔只有109米的小山，我用雄峙形容，似乎不能让人信服，但位于南通市长江边上的狼山，是值得拥有这个赞誉的。

　　南通是长江边上一个地级市，隶属于江苏省，这里距离大上海只有130公里，"通江达海"，是这里的地理优势。而狼山位于辽阔的江海平原上，在长江东岸与军山、剑山、马鞍山、黄泥山一起拔地而起，雄峙江边，形成"第一江山"的完美组合，像五颗绿色的翡翠镶嵌在扬子江畔。狼山居中，身姿挺拔，风景秀丽，独领风骚。

　　为了便于停车，我们是从北门进入的，首先看到的是狼山顶上的一座塔，似一根擎天柱直刺云天。这座建于北宋太平兴国年间的支云塔，高35米，千年宝塔与云共享蓝天，成为狼山的一个标志。北门与南门进入的不同，一个是山的陡峭挺拔，一个是山的秀丽自然。在北门处，悄然绽放，阳光下含着露珠的鲜花竞相斗艳，引得无数游客俯身拍摄。

　　沿着山脚弯曲的小路一直往东门方向走，是一个特别幽静雅致、充满意趣的庭院，有牌楼"灵山胜地"。这里有"赵绘沈绣之楼""林溪精舍""语海楼"等建筑，周边溪流淙淙，高树葱茏，桃花朵朵，宛如人间仙境。可能是急于成仙，新军、保良、老褚，在此乘缆车而上。我们5人继续缓步而行，穿过狮子桥，来到了"五山拱北"处的"入山之门"。

移步换景,每一处都有绝妙之处。沿青石铺就的道路左顾右盼,浏览两边的风景,花木展示初春的风情,令人心旷神怡。询问登山之径,我们来到了唐骆宾王墓的牌坊前。一个牌坊上刻有三个人的名字,骆宾王居中,还有金应将军墓和刘南庐墓。金应和刘南庐不太了解,作为"初唐四杰"的骆宾王,还是知道的,这位曾以《讨武曌檄》而名动天下的唐代"神童",相传他七岁时作的《咏鹅》,他的《在狱咏蝉》《于易水送人》《在军登城楼》等都是后人传诵的名篇。骆宾王葬在狼山脚下,以"笔传文史一檄千秋著,碑掘黄泥五山片壤栖",流芳人间,足以照耀后人。

我们一行人多是不按套路行走之人,另辟蹊径,从一座寺院穿过,进入游客稀少的丛林,几经周转攀缘,来到了"望江亭"。因被众多树木遮挡,望江亭中也难望江。于是我们登上望江亭供人坐卧的石阶上,踮起脚尖望江,远处一片朦胧中,有船只似动非动,手机拍照显然不及江之雄浑壮阔。

沿蜿蜒崎岖山径寻觅行走,密密的丛林遮挡了我们的视线,我们只有低头寻路。一个转弯,天际洞开,眼前顿时出现了人流攘攘的游客。我们来到了一处标有"白雅雨烈士墓"的地方,仔细辨识,才知白雅雨烈士乃是李大钊先生的老师,是近代民主革命家、辛亥革命先驱,曾在 1911 年 12 月 31 日亲赴滦州(今河北省滦县)组织起义,成立北方革命政府,任参谋长。起义失败,被俘牺牲后魂归故里。

在振衣处整理衣着,一是向革命先烈致敬,一是衣衫早已湿透,抖去身上汗珠,继续向高处攀登。

终于在"第一山"门处的观景台小广场处同乘坐缆车的三人

汇合。此时一个转身，大江就在眼前，江水滔滔，船影绰绰，视野和胸襟豁然开阔。清凉的风霎时吹落了额头的汗珠，周身也感到了清爽和轻松。背对大江，一阵子拍照留影，对面是气势宏大的广教寺建筑群，庙门两侧对联"长啸一声山鸣谷应，举头四顾海阔天空"，是对这里宏阔气势真实的描绘。

穿过"第一山"门，进入"更上一层"的翠景楼，迎面就是圆通宝殿。这里供奉的是大势至菩萨，佛像高达4.5米，是狼山众多寺庙中最大的佛像。狼山作为中国佛教"八小名山"之首，自唐以来，香火不断。

从寺庙中走出，山体骤然陡峭，远观城市之景，一派致胜风光。狼山雄峙大江，巍然耸立，气势如虹，绝不是百米之高，俨然直入云霄。

如此豪壮秀丽之山，竟称狼山，名字平庸，心中不免愤愤不平，但有传说故事佐证，千年传名，不可更改。好在还有紫琅山、宝塔山等雅名，也能勾起多少回味。想来人间万物，存在都有初衷，顺应自然，依势而立，不求全面，追寻至善，一切都将在心间永存。

狼山雄峙，不可逆转！"江海第一山"，并非虚名。

曾刊发于《邯郸晚报》

寒山行

2022年的国庆假期，持续了三天的绵绵秋雨。我静静地宅在家里，收敛了跃动的情绪。20余年中，每逢节假日出行都是我的必选。现在退休了，有的是大把的时间，没有必要同上班族在高速公路上争抢空间和时间了；也没有必要在热点景区同其他游客摩肩接踵，为一个标志性建筑留影纪念耿耿于怀了；更不用为了多游几个景点，赶跑夜车了。总之，一切都可以轻松自如，悠然自得，心远天地宽。

三日后，雨歇，云淡，风渐渐凉爽，甚至有些寒气入怀。望一眼窗外，绿树摇曳，叶子有些落寞，此时我竟想到了山里的红叶。一时兴起，就约了三五好友，来到了位于邢台内丘西北部的寒山风景区。

有人说：风景在路上。我们还没有进入景区，一处瀑布的轰鸣声就进入了我们的耳洞。玉米收获后秸秆的枯黄、白菜青菜的油绿、树叶草叶的金黄、湖水的碧绿、瀑布的如练，还有宁静的白墙和如墨的山峦，浓妆淡抹的田野秋景，犹如一幅水彩画，撼动了我们的心旌。于是停下车，欣赏、拍照、录像、歌咏，一首歌很快入心入梦。

小邵喜欢动态的水，脸部几乎贴在水面上拍摄。小郭喜欢山景，相机和手机交替运用，俨然一副专业人士。小刘此时鲜红的风衣穿在身上，成了景色里的亮点。文阁总是把自然和人融合在一起，用独特角度记录现实。有了各自的追求，风景就更美了。

寒山景区门外的停车场上，稀稀拉拉没有几辆车，游客很少。也许这里是酷夏避暑的地方，这个季节人们并不喜欢这里。售票处挂牌门票50元，只要微信关注景区，只需20元，看来景区的宣传力度不够。我同一位叫朱观奇的负责人相互加了微信，聊了几句，期待再次交流。可以看得出，他是热情的。我清楚地知道，这里还没有做好文化和旅游的融合文章。

可以开车进山，也算是一个不错的选择。穿过一个叫行家峪的村庄，山路陡峭而狭窄，多数路段几乎没有会车的空间。好在车少人少，路途短，还能应付得过来。在一座庙宇前的小广场上停下来时，那种透骨的风，顿时让我们打了几个寒战。我提醒大家："寒山到了！"大家赶紧换衣服，开始步行登山。

山路是朴实的。台阶都是就地取材，用山上的石块垒砌而成的。一条蜿蜒的山路贴着山崖而上，有些地方还有水滴不断跌落，地面有些光滑，必须得格外小心。在一个突出的岩石下，我们远望崇山峻岭，不远处红叶正点燃对面的山岭。这里的山峰，重峦叠嶂，气势恢宏，站在每一座山顶，都有凌空汇聚之感，这让我们飘然欲飞，心界宽阔。

登上山梁，需要四次以上的攀缘和回旋。四个阶梯状的嶂石岩地貌，当地人称为"栈"。从底栈到三栈，共有四栈，每栈有100到200米的悬崖峭壁，所以要有不到长城非好汉的决心和定力。

有一处景观叫"聚仙台"，十分壮观。这是从山体突出来的一部分，在两座山峰之间，突兀伸向天外，像是从口中吐出的舌头，舌尖微微翘起。几块巨石层层叠加组成一个平台，周边用铁质栏杆围成一个长方形的台子，只能容纳三到五人，站立其上，迎风展翅，顿时成仙。

山中有几处造型奇特的巨石与山峰，还有被称为龙形山岭的悬崖陡壁，引发游客的遐想。在两座山峰之间，景区修建了一座玻璃吊桥，气势如虹。我多少有些恐高，不敢前往。他们也就放弃了。其实，他们完全可以体验一番，人生就是在不断的体验中获得更多价值和勇气的。

山上有些道路是原始的，如遇风雨霜雪，可能存在风险。但也正是我们想体验的，走了一段，寒气逼人，还是放弃了去参观一个叫"景外景"的地方。我知道，习惯了走在平坦大路上的人，在远山深处找些原生态的路走走转转，回望人生并不平坦的路，是可以寻到情趣的。

山道上布满了落叶，黄的、红的、绿的、紫的都有，这是秋天到来的显著特征。年轻人也许并不关注，也不在脑海里留下印迹，而我们已经两鬓斑白的人，更懂得人生况味，也容易触景生情。

整个风景区分为四个区域，我们只走了一半。完全不是山下人口中的只有半个小时就可以登顶之说。三个小时，我们也只是在山的内圈山梁上转了半圈，如果游完整个景区，估计一整天都不够。寒山风景区的主峰寒山垴海拔1806.13米，是邢台市区域内的第二高峰（也有资料说是最高峰），我们也只能远望一下它的雄伟。

下午两点半，饥肠辘辘的我们在内丘县侯家庄的一个面馆开始吃中午饭。当地是太行山苹果的主产地之一，价格虽比城里贵了近一倍，我们还是买了一些。一分价钱一分货，我们的选择没有错。

等饭之余,我把几张寒山风景区拍摄的照片发了朋友圈,很快就收到了诸多朋友的点赞。因一路开车回邯郸,并没有注意手机信息。回到家中,才看到远在白俄罗斯明斯克的文友张卫建,询问寒山在哪里,他因此想起了唐代著名诗人杜牧的《山行》同我交流:"远上寒山石径斜,白云生处有人家。停车坐爱枫林晚,霜叶红于二月花。"一座山名,引发远在海外老兄卫建的乡愁和家国相思,我着实也感动了。也许此寒山,并非杜牧先贤诗中的寒山,但这勾起我许多情怀。如果我身边的寒山,就是杜牧诗中的寒山该有多好,我今日的寒山行,不是更有意义吗!

灼灼的红叶就要点燃这片群山,就要蓬勃成初春的气息和盎然生机了,秋的后面只有冬天吗?我问自己,也是在问和我一同在秋景里徜徉的人们。一千多年前的杜牧都不这样认为,我们又怎么能够甘心衰败呢!只要心态不老,秋天一定是另一个春天。

心灵的天堂

我是把人生当成旅途，把快乐融入旅途，把心灵放飞在旅途的一个游客。在无数次的旅程中，无论山高水深，无论天遥地远，无论艰难险阻，心灵的愉悦一直如阳光陪伴，使得如梦的记忆长久地回旋，对人生的体验更加刻骨铭心。这次天堂寨之旅，更让我感受到了旅途的美好与心灵的净化。

早晨5时，我们一行12人从古都邯郸出发，乘坐一辆17座的中巴车开始了天堂寨之旅。我是最后一个到达集合地点的，因为忘了带水杯，半路返回，耽误了8分钟。我是带队的，随行的都是我的朋友和同学。他们之间有的是第一次见面，但大家心情格外好，一点也没有生疏的感觉。我没有道歉，因为我知道道歉是多余的。旅程和时间可以让大家在快乐中忘掉一切不愉快。事实很快就证明了这一点，早上7点钟多一点，大家开始分享各自携带的食物，融洽的气氛顿时弥漫了整个车厢。

经过多少年旅途的经历，我一直把一个理念贯穿始终，那就是：团队中的每一个人都是全部。旅途中，不管是谁提出任何要求，都要尽量满足。旅程再远，穿越的城市再多，道路再复杂，一切遵循既定的行程。不抢道，不超速，不冒险，不随意改变行程。我坚持认为，顺从自然就是顺从了人生的规律。许多时候，正因为你遭遇了堵车，恰好躲过了一场车祸；正因为你匆忙中丢了一个水杯子，却巧遇了数十年的一位故友；也因为你多拍了一张照片，而获得了一次获大奖的机会。

原来估算的10个小时的车程，因为走错了路，晚到了2个小时。因此我们多了一次观光金寨县城的机会。这个出了59个开国将军的将军县，是一个英雄辈出的地方。王明、洪学智、皮定均，这些历史上赫赫有名的人物，闪耀着熠熠光辉。地处大别山腹地，是当年刘邓大军转战的地方，每一个地方每一个村落每一个山脚，都写满了英雄的传奇，传诵着可歌可泣的故事，谱写了不朽的史诗。而就在不到一个月之前，习近平总书记也来到了这里，这片土地也因此变得更加美丽。宽阔的将军大道，高耸的大厦楼台，整洁的街道公园，浓郁的山峦沟壑，湛蓝的天空与圣洁的云朵，处处都让我们心旷神怡。

攀登天堂寨，我们又是早出发。刚入山门，就听到不绝于耳的水声轰鸣，才知道我们要经历三个大瀑布，才能到达缆车车站。拾级而上，首先映入眼帘的是九影瀑。九影瀑垂直悬挂，气势宏伟，震撼人心。沿山路崎岖攀缘，我们来到了情人瀑面前。情人瀑犹如一个转身，缠绵多情，温柔随和，水流潺潺，却不失壮丽气度，读来颇有遐思。第三个瀑布叫作泻玉瀑，名副其实。串串珠玑从高空落下，飞溅成晶莹如玉的水珠，潇洒飘逸，如练如虹，仔细倾听水珠飞落的声音，让人心醉神怡。许多人流连徘徊，在这里淤滞不前，形成了人窝旋流。

乘缆车飞越三道沟壑，我们终于到达天屏峰。这里虽然不是主峰，海拔1600多米，但风景秀丽，苍松翠柏花木葱茏，吸引了众多的游客。在寨主堡，我们登高望远，景色优美如画。一步跨两省，一眼望三省，天堂寨历来是兵家必争之地，也是唐代以来拥兵之地。而如今战火远去，满山花红叶绿，丛林尽染，天高云淡,犹如仙境。我把手机拍摄的风光图片发送到微信朋友圈,获得了数十条点赞。我的老领导徐连生先生的即兴点评让我颇为惊叹:"人间竟有天堂寨,忘返流连做神仙。"当我念给同行的朋友时,大家更加陶醉了,仿佛此时已经就是神仙。

天堂寨景区绵延百公里,横跨湖北、安徽两省。这里瀑布成群、山峦俊秀、松柏高耸、云雾缭绕,又名多云山,誉之为仙境名副其实。在每一处风景点,仔细观赏,慢慢品味,都有不同的感受。这里的负氧离子含量很高,空气清新爽朗,微风一吹,直捣心底。在这里谈天说地,谈古论今,谈情说爱,都会萌生不同的境界。许多人来这里不是为了登山观景,而是放飞心情,给疲惫的心灵一次净化和抚慰。在我们随行的人中,不缺千万富翁,不缺成功人士,不缺事业强人,而能让心灵收放自如,让生活充满快乐的并不多。在天堂寨主峰,他们更能享受天空与心灵的约谈。这是他们执意随我赴天堂寨的初衷。

相比我第一次到天堂寨,我想说这是一次心灵之旅。

曾刊发于《邯郸晚报》

清源山小记

泉州是个历史悠久的城市，周秦开始有经济开发，唐以后置州、路、府治，宋元时成为全国最繁盛的海外贸易中心，被元初意大利著名旅行家马可·波罗赞誉为世界最大商港之一，是联合国认定的海上丝绸之路唯一起点。

入住晋江边上的一家宾馆，门前正在修路，显得比较凌乱。泉州是个海外华侨比较多的城市，城市面貌还是不错的。当地人都说闽南话，交流起来比较困难，所以原定晚上去看夜景，只有少数人去了。

去清源山观光，是我们既定行程中的一个点。山不高，海拔只有498米，景点不多，应该不太累，可能是一直爬山的缘故，大家的积极性并不高。其实，这里是一座让你休闲慢游的景区。"若得一日闲，山中品千年"，门票上的这句话，就告诉了你应该怎样喜欢清源山。

清源山与泉州市区三面接壤，山上多泉眼，又称"泉山"，因山高入云称"齐云山"，位于城市北郊，当地人还称"北山"，山上有三峰，也称"三台山"。我猜泉州之名可能跟此山有关系。作为泉州第一名山，还有"闽海蓬莱第一山"的美誉，像一颗璀璨明珠，成为泉州一张金光闪闪的名片。

这里最为著名的地方是老君岩。老君岩的山门就是一道风景。山门是曲尺形的山下两级平台，是阴阳太极八卦的变型图案，正前方耸立的一块天然石头上镌刻着"青牛西去，紫气东来"八个精美篆字，这个装饰布局，充满了山野气息，还有那棵榕树伸展出既长又密的根须，犹如老子的长髯，昭示了老子"天长地久，无限生机"的思想。

老君岩，"老子天下第一"，这座"石象天成，好事者略施雕琢"的老君造像，高5.63米，厚6.85米，宽8.01米，席地面积55平方米，自然天成，与自然环境浑然一体，形貌慈祥深邃，是中国道教石刻中的艺术瑰宝。泉州古城有"世界宗教博物馆"之美誉，在宋代的道教文化中，独占辉煌，为天下人所向往和追寻。

我一直追寻一种缘，并不知缘其实一直在身边。当我们来到老君岩看望老子时，正逢老子诞辰2594年纪念日（农历二月十五），这里正在举办一场隆重的纪念活动。我们参与其中，感到了格外的幸运与快乐。

在欧阳书院外的一个广场处，我们对上山路线进行了分析：一路直接坐车上山，走大循环；一路步行上山，走小循环。我喜欢石刻和文物，决定和郭骁和天祥一起步行上山，而川和、老褚则坐景区公交同已经坐车上山的保良、新军汇合，去游天湖、碧霄岩等景点。

小循环里景点很多，以石刻居多。宋代大家米芾的"第一山"、明代俞大猷的"君恩山重"、弘一法师的"悲欣交集"、赵朴初先生的"千古江山留胜迹、一林风月伴高僧"等众多石刻碑记，都为清源山留下了厚重的文化宝藏。

提到弘一法师，我们心中更是无比敬重。这位现代著名音乐家、美术教育家、书法家、诗人、戏剧活动家，和清源山有着亲密的关系。在弘一法师的舍利塔和坐像前，我们恭敬地拜谒，为这位大师祈祷，一片诚心比山高。"天之涯，地之角，知交半零落。一壶浊酒尽余欢，今宵别梦寒。"1942年10月13日，弘一法师圆寂于泉州"不二祠"温陵养老院晚晴室。他圆寂后的舍利子分成两份，一份就安放在清源山。与红尘告别，与天地尽欢，"长亭外，古道边，芳草碧连天。晚风拂柳笛声残，夕阳山外山。"《送别》的音律缭绕盘旋，我们看到弘一法师的坐像那么安然，似乎当时就参悟了如何面对人生。

在一片幽林中小坐，周边尽是绽放的花朵，盈盈春意，如梦似景，还有翩翩飞蝶花丛中起舞，为春天歌唱，迎接着南来北往的游人。

在停车场，我们偶遇了来自保定的一对年逾花甲的夫妻，他们也是和我们同一天到达的。他们给我讲述了一路的快乐，那就是漫游，不设目的地的漫游。他们夫妻曾在去年到过福建，因妻子突然患病，半途返回，今年再次出行，直奔武夷山，进入福建，就是为了圆一个梦。

很多人和我们一样，在退休之后选择了旅游，饱览祖国的秀美山川，品尝天南海北人间美食，用快乐充盈生活，这是多么明智的选择呀！非是夕阳山外山，而是今朝霞满天。

亦步亦趋，频频回首，老君用深邃的目光，注视着我们的行程，望着我们再次集结的情形，他会心地笑了。

《道德经》："天地尚不能久，而况于人乎？"与天地风景共融，但愿天下人不虚度此生。

大洪山上觅仙踪

登上大洪山峰顶——宝珠峰的那一刻,群山在轻雾里浮游,楼阁在阳光里迷离,金顶闪耀着光辉,我们仿佛置身于仙境。这里有"楚北天空第一峰"的美誉,却让人感受不到巍峨和高耸,而是有一种飘浮和神游的感觉。这让我们有了同神仙际会的念头。

其实,这里不曾有仙人留踪。大洪山古称绿林山,是我国历史上著名的第二次农民大起义"绿林起义"的发源地,是成就了东汉开国皇帝刘秀基业的地方。"光武中兴,兆于绿林"距今已有2000多年的历史。"绿林好汉"一词更是源于此地。

我们是在游完岳阳楼和君山岛后返程经过随州,来到大洪山的。原本想在西游记公园落脚,突发奇想,住进了大洪山脚下的一个大酒店。为了避开同住一个宾馆的百人团队,我们自驾从游客中心出发,沿弯曲山道盘旋而上,道路两旁绿树红枫层林尽染,景色迷人。虽然这时刚刚过了立冬时节,但这里依然是秋色秋韵满山。在欣喜若狂的情绪中,我们很快抵达接近山顶的停车场,放弃了乘坐景区电瓶车,徒步沿山道登山,一路风景一路歌声,手机相机拍个不停,美景尽收眼中心中。

山道上红枫黄栌在风中摇曳,山坡上秋菊冬青弥漫如瀑,远山深处峰峦叠嶂,俯身沟壑纵横驰骋,一种大山的气度,让人顿感雄浑壮烈。老吕和邢老师都是摄影家，在每一处景点都精工细作，取景写意，不满意不离开。光华老弟也是穷追不舍，手机相机并用，角度、光影、色彩交替变换，微距、全图、摄像手段应用尽用，那种痴迷和敬业，我自愧不如。

在我看来，大洪山的气派可以与泰山媲美。一览众山小，伸手可揽云，吼一声，声播百里，气壮山河。我们知道，中国的第一次农民大起义是楚人陈胜、吴广发动的，第二次农民大起义也是楚人发动的，可见楚人的英雄气概。这里是名震全国的"楚北天空第一峰"，2000多年前王匡、王凤叔侄在这里揭竿而起，建立了绿林军，助推了东汉刘秀的江山社稷。元末的红巾军领袖之一明玉珍，也起兵于此，于1363年在重庆建立大夏国。明末的李自成起义军和捻军曾经鏖战于此，清末的太平天国起义也在此刀光剑影，这里孕育了英雄之魂。

这里有庞大的寺庙群，洪山禅寺更是历史悠久，驰名华夏。而我们在洪山禅寺下院前，看到的千年银杏树，传说是建寺院时（约公元1094年）和尚栽种的。树高30米，树干粗围8.2米，直径2.61米，五人环抱都不能及。这是一棵雄性银杏，只长叶子，不结果实。在它的周围还有五棵百年以上的雌性银杏树，常年果实累累，人称"五女拜寿"。我们在它最美的季节光临，金灿灿的树冠，如一个巨大的金伞，撑起一个无比辉煌的宫殿。在它的周边层林尽染，一片红枫，它独享金色，蔚为壮观。在这里赏读的游客，或席地而坐，或仰卧或起舞，以千姿百态的方式，以多姿多彩之霓裳，尽展风情风景之美。同行的两位女士，身穿红色纱衣，挥舞紫色飘带，与银杏争艳，成为一道风景中的风景。

位于宝珠峰、斋公岩、唤狗山三峰之间的白龙池，海拔840米，湖面20000多平方米，水质优良，终年不涸，成为富水源流。

从白龙池到洪山寺有一条古道，长达两公里，叫桥河，溪流入京山市境内的大富水，注入汉江。从灵官垭南坡顺沟而下，还有一叠一叠的瀑布，这里水绕山转，清韵悠悠，小桥流水，凝绿聚翠，如诗如画。尽管已是初冬，但景致依然风度翩翩，不失风韵。当然这里也有险峻之处，比如剑口，两山对峙，如出刀锋。也有探幽之处，更有缠绵乡愁，同乡人聊天，观袅袅炊烟，都是不错的时光记忆。

游完千年银杏景点，已经过了正午时分，沉浸在快乐之中，我们却毫无饥饿之感。农家邀我们就餐，我们只好谢绝。看到他们身后的房舍，悠然宁静的生活情景，我们很是感叹。问及他们的愿望，他们喜欢这里的纯净和安宁。即使谈起历史往事，抚摸那些沧桑感的石磨石碾，仰望那些已经深入云天的古树枝条叶片，没有比和平安宁的世界更值得分享。

一路从山顶经百转千回飞旋而下，在长岗镇的平坦处舒一口气，方知山高路险。转身遥望大洪山，哪里有什么神仙踪迹。那些朴实的百姓走过的日子，就是我们今生的向往。仙踪其实就是我们心里一直存在的期盼。

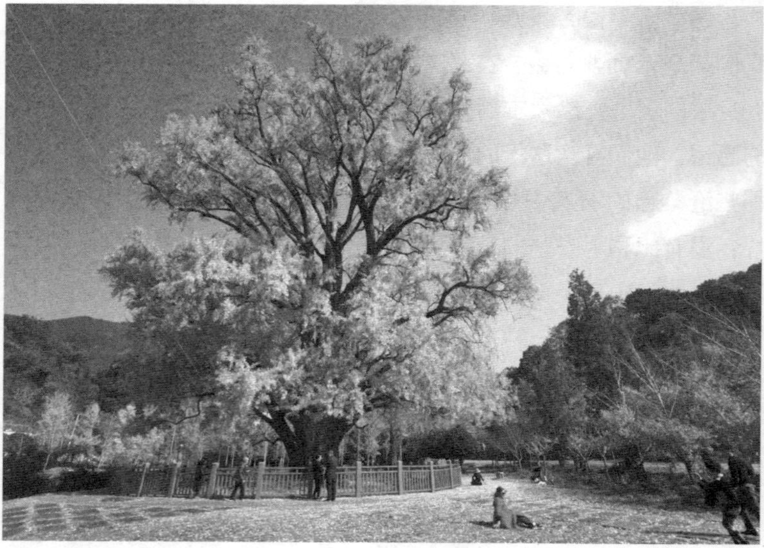

第二辑

智者乐水

无欲之水

——新疆散记之一

  2021年7月20日自驾从古都邯郸出发，同行七人，一路向西北进发，经河北、山西、陕西、宁夏、甘肃，22日进入新疆哈密市，23日同乘坐火车先期到达乌鲁木齐的两人汇合，开启了紧张、浪漫、快乐的大美新疆之旅。写下以下散记，记录两万里行程之遥远，描述天山南北之壮丽，感怀旅途之艰辛与美好，愿同大家共同分享。

  在新疆，环顾四周，都可以看到雪山的优美姿态，或耸立或仰卧或连绵，它们和白云一起飘逸，一起舞蹈，一起相拥，成为旅途最美的风景。而雪山之水，在我们的梦里融化，成为无欲之水，形成一个个如梦似幻的湖泊，更让我们心驰神往。

赛里木湖

  我们从乌鲁木齐出发后进入的第一个风景区是赛里木湖。2009年的6月，我曾到过这里，那时这里还是一片自由的水域。自由地进入，自由地戏水，自由地拍照，在湖边也只有寥寥几人。可今天，进入景区的车辆在购票后一度拥堵。我们前面一辆外地车同一辆当地车剐蹭，个个心急如焚地争抢挤入一条数十公里长的环湖公路，一睹神湖的风采，竟有些不顾一切了。其实，让这里成了旅游胜地的，不仅是自然的风光，还有人们对美好生活的向往。

像飞鸟一样奔向湖边，看到依然清澈透亮碧绿的湖水，我感到无比的欣慰。壮阔的水域被群山环绕，白云在湖面上悠闲地飘荡，木质栈道诗意地在湖边环绕，草地绿美花香弥漫，环湖建设的数十个观景点：楼亭、山丘、港湾、点将台……珍珠般散落，还有五彩缤纷的草原，同远山相映成趣，可咏读成一篇浪漫诗卷。女人们似乎更陶醉于水，她们提前换上了色彩鲜亮的服装和纱巾，在湖边做飞翔的姿态，在岩石上亭亭玉立，与绿水青山白云交好，好像她们就是这里的精灵。

赛里木湖古称"净海"，是位于新疆博尔塔拉蒙古族自治州博乐市的一个神奇的地方，被人们称为"大西洋最后一滴眼泪"。然而这一滴眼泪，看不出有任何的忧愁。它就像是一面清澈透亮的镜子，又像是一个绝代美人的脸庞，更像是沐浴中的月亮。黄昏的时候，这里的一切沉静无语，好像一个沉睡的仙女。这里没有看到一个钓鱼的人，这里原本就没有鱼。这里的湖水清澈透明，"水至清则无鱼"。纯净的美，让赛里木湖成了我们心中永远的女神。

博斯腾湖

中国最大的内陆淡水湖，这个称谓我是第一次记住。从博斯腾湖景区售票处购票后自驾进入景区，以每小时 60 公里的速度，行驶 10 多分钟后，才感觉不太对劲。看不到湖水，是我们最大的疑惑。又跑了 10 多分钟，才看到了一条静静流淌的河。看到了河的两岸有一蓬蓬红柳，它们红得亮眼，就像是飞驰的姑娘的纱巾。还有芦苇的摇曳，像画像梦境。自驾游的便利和快乐，就是说走就走，说停就停。看到一处美景，就在一个土丘旁停下来，登高望远，看远处如雪山的白云和如白云的雪山，景象动人心魄。进入草原湿地深处，这里牛羊成群，自由自在；沙棘丛生，水草丰茂；片片水泊流光，朵朵白云留影。渐渐感觉离湖水不远了。又急速行进了10多分钟，看到一个路标：离白鹭洲50公里。好在一片诚意，路再远，必达成。当经过约7公里的砂石路后，看到与天际共融的一片湖水时，仿佛是到了海边，这里就是白鹭洲了。湖水与蓝天一色，海滩细沙如梦，天高云淡，引无数遐想。任凭你选无数角度，美景，都与你在一起。这里的游客不多，都很自在自由，特别是那些无忧无虑的孩子们。同行的两个女伴在湖边荡秋千，一脸自然甜美的笑，好像回到了儿时的梦境。这里就像是一个童话世界。

  原路折返，又行30余公里。我们来到了第二个观赏点——莲海世界，这是一个湿地公园。茂盛的芦苇，连片的睡莲，飘飞鸣啭的鸟群，让这里成为一个天堂般美丽的圣地。尽管阳光很充足，但凉爽的风还是让人舒适。登木梯构筑的高台远望，美景如画如诗。无论是伞状的亭子，还是钥匙状的泊位，还有心形的荷塘，都以最美的景象呈现，让你流连忘返。这里的芦苇浩荡，占据全国第一的面积。各种水中动物自由出入，各种飞鸟群起群落，鸟鸣声远，不绝如缕。乘船沿睡莲和水草静卧的水道向江心岛进发，满眼都是花红叶绿和芦苇荡漾，在曲折幽静的水道上回转，犹如进入一道道仙境。

  博斯腾湖，维吾尔语意为"绿洲"，又名博湖，古称西海。名副其实，这里可以说是西域沙漠里的璀璨明珠。这里有古老的历史，西域古国在这里复兴；也有美丽的传说，爱情的故事熠熠闪光；这里是开都河的流入处，也是孔雀河的源头；这里承载了文化交融的厚重，也闪耀着历史递进的光芒。任何一个美丽的地方，都以它的丰盈、壮美、多姿多彩和无私展示给我们。博斯腾湖，是绿色的象征，永远滋养着绿色生命。

天山天池

博格达峰，蒙语"神山""圣山""灵山"的意思，是新疆最美最神圣的山峰。天山天池就位于博格达峰的半山腰。天池古称瑶池。相传是西王母居住的仙境，唐代著名诗人李商隐曾有："瑶池阿母绮窗开，黄竹歌声动地哀。八骏日行三万里，穆王何事不重来。"对瑶池的遐想，可谓神驰。

天山天池同吉林长白山天池、青海孟达天池和浙江天目山天池并称我国四大天池，是一个很有魅力的旅游景区。到新疆旅游的人们，首选这里作为第一景点，因为这里距离乌鲁木齐只有70多公里。我在2009年6月第一次进疆，也首选了天山天池。当时可能是季节不对，游客不太多。而我们这次到达，正赶上景区因天气临时关闭后，刚刚开放，游客空前。又逢景区电信故障，无法使用行程码识别，在众多的志愿者帮助下，才得以进入景区。

在一阵紧张情绪之后，放眼一池碧水，静看雪山倒映其中，游船划开道道波纹，此时顿感诗意荡漾。虽然曾经相识，可还是变了模样。可能是水面上涨，临水的感觉更加亲近。在不同的角度，拍摄雪山之下的一泓碧水，情绪陡然升温。一个团队已经分崩离析，各自沉醉在风景之中。尽兴之后，大家提议乘船游天池，同博格达峰同框。一番畅游，在碧水与蓝天，雪山与碧水，蓝天与绿草之间，找到了心灵的居所，心中油然升起一种快乐与幸福。这次补上了 12 年前的那次缺憾。

沿蜿蜒山路下行，我们来到了东小天池。这里飞瀑激流尤为壮观，称为飞龙潭。巨大的轰鸣声响彻山谷，水流如一条巨龙翻滚冲下山去，气势威猛，叫人胆寒。在这里我们看到了彩虹飞渡，惊喜中忘了归路。好在误打误撞，还是找到了大巴换乘站。虽然一身雨雾，但快乐还是随流水远去。

告别新疆的最后一站，我们也把大美新疆牢牢地印在了心中。巍巍天山，浩浩疆域，"没有去过新疆不知中国有多大"，这句话当成为我们的共识。

曾刊发于《邯郸日报》

听泉洗耳河

城市周边一日游的边界，因为高速公路的开通，在逐步延伸。去山西黎城的洗耳河，就是因为左黎高速的开通。

那日翻看《中国交通报》，在"出行"版看到了左黎高速开通，带动了沿线许多景点的美景闪耀。比如有太行山上"小延安"的麻田，近村不见村的霞庄古村落，还有我曾经去过的龙泉国家森林公园、黄崖洞兵工厂等等。洗耳河我却是第一次听说。于是约上三五个好友，驱车开始了周末的一日游行程。

在左黎高速的西井镇出口下站，从西井镇中心一个丁字路口沿一条小路向西，几公里就到了洗耳河景区。停车场很简单，也只有三四辆车停靠，人不多，很宁静，我们心里很高兴。这里正在搞活动，30元含门票和电瓶车往返，真的又是一个惊喜。接待我们的百姓笑意盈盈，着实让我们感到亲切。和我们同坐一辆电瓶车的是长治市的一家五口人，两个老人和一对夫妻及读大二的女儿，他们一家的和谐快乐，使得我们同他们一起游玩感到惬意。

电瓶车开得很稳，沿着一条林荫小路缓缓行进，一条溪流淙淙流过，路旁的村民悠闲自得，养蜂的、卖核桃的、卖红薯的，他们都不吆喝，就那么静静地等待，俨然害怕惊扰了这里的宁静。在上山的途中，有两个卡口，车到了，司机也不鸣笛，只是等待屋里的人出来开门。虽然有些浪费时间，但到这里的人没有怨言，因为大家都是来这里享受悠闲和自得的。

在山上，山花开得烂漫，植被郁郁葱葱。向远处看，雄伟的山峰挺立，直入云端，有的如巨舰，有的像骆驼，有的似雕像。横看成岭侧成峰，蓝天白云下的峰峦，更显得气势巍峨。这里曾经是八路军转战的战场，遥想当年的烽火，此时这里的宁静显得弥足珍贵。在山崖的顶端，一个小木牌上写着几个小字，指示这里曾埋葬着八路军战士。我看后十分惊奇，为什么没有一块纪念碑呢？又是谁在这里竖的小木牌？群山之间的沟壑很深，山花在风中摇曳，好像在诉说什么！我不禁陷入沉思。

从山上下来，我们来到了洗耳泉处。一个围成圆形的池子里，我们可以清晰地看到，有几处从沙堆里正冒出泉水来的泉眼。我们俯下身子倾听，"咕嘟、咕嘟、咕嘟"的泉声纯粹悦耳，仿佛是一颗颗心脏在跳动。清澈的泉水从泉眼中冒出，流出水池，再流进一个大的水池，渐渐形成溪流，流向远方。洗耳河，这个美丽的名字让人们仿佛感受到一个诗意的梦境在流动。

一块明示牌上，告诉大家这里曾是先贤许由为躲避尧帝让贤隐居的地方。洗耳恭听的传说和这里有一定渊源。后来，我翻阅了资料得知，好像有些偏差。但这并不重要。一个有着洗耳河村名的地方，就足够让人富有遐想。重要的是这里的宁静、恬适、单纯、美丽，已经让人悠然步入仙境。

在水池边拍照，山影、蓝天、白云、树影、人影都在水中形成倒影，就像一幅优美的图画。这里有几处艺术家的别墅，他们在这里作画入梦，过着仙人般的生活。也许这正是许由为什么不愿做帝王的缘由。我想说：仙何以得，入洗耳河即可！

曾刊发于《河北交通报》

遇与不遇

——寻访刘伯温故里

民间有"三山归来不看岳,五岳归来不看山"之说,也许就是个说法。仁者乐山,智者乐水,你可以自由地欣赏。"五岳"大家都知道,泰山、华山、嵩山、衡山、恒山。三山却有众多说法,但更多的人,倾向于黄山、庐山、雁荡山。

同行的八人中,全部都去过黄山、庐山,而雁荡山却是多数未有相识。雁荡山之旅,成了此次东南沿海行的必选题。

赶到浙江温州乐清时,已经是下午了。老朋友岳志疆已经等了一天,帮我们指定宾馆,安排饭店,做了充足的功课。作为一个邯郸人,尽乐清地主之谊,一场海鲜大餐,着实让我们有些受之有愧了。疫情之下,多年未见,志疆老弟有些发福,酒量也有些大不如从前,这让我也有些担忧,年龄成了我们的一种门槛。乐清的生活水平高,我们也在交杯换盏之中晓得了。想起我 2007 年曾到过雁荡山,乐清的变化如今可以用天翻地覆来形容了。

遇见,总是在心中隐藏着一种念想。尽管志疆多次说我们来雁荡山不是最佳时间,枯水期的雁荡山是冷清的。我们抱着一种遇见的念想,还是走进了山门。三大名山,一山不遇,终究是心里一个结,这是没有到过雁荡山的几个兄弟的心愿。

雁荡山景区总面积450平方公里，分为灵峰、灵岩、大龙湫、三折瀑、雁湖、显胜门、羊角洞、仙桥八大景区。我们原定游三个景区，可游了灵岩（小龙湫）和大龙湫后，就不想游了。没有了水的灵气，巍峨的山变得凶猛和彪悍了。灵岩景区的山势大气、庄严、挺拔，绝对有其他景区不同的气派，奈何一帮子老汉，都有了爬山恐惧症。除了欣赏鲜艳的桃花、玉兰花、迎春花，面对其他景观就有些气馁了。

作为行程的设计者，我不得不作出决定，放弃灵峰景区，赶去文成县，寻访刘伯温故里。

在我的感觉里，很少有人知道文成县吧，这是一个比较年轻的县。它是1946年从浙江的瑞安、青田、泰顺三县边区析置而成，并且是用明朝开国元勋刘基（刘伯温）的谥号"文成"作为县名的。我没有考证，估计全国2500多个县中，"文成"之名独具奇葩，没有第二个县有如此缘由。

夜色很美，刘伯温的符号充盈着文成县的大街小巷，做足刘伯温的文章，吸引更多的游客来文成县，当地政府还是很有想法的。这种想法，变成戏法或攻略时，就更有魅力了。

我们把车开进了刘伯温故里景区停车场，正赶上几辆大巴车运来了数百游客。可能是景区事先没有准备好，从购票、检票、换乘景区小交通，一片混乱。直到我这个一向喜欢投诉的人投诉后，才平静下来。

一辆辆中巴车从山顶开到了谷底，车停下来时，眼前的景区竟是百丈漈。这是早在2004年就被列入国家重点风景名胜区的一个山水景区，此时成了刘伯温故里景区的一个重要部分，也是游客最多的一个景区。

大美的山水，惊呆了我们。石头的美，是那种神奇的安排，仿佛是人为设置，却又是巧夺天工。这里的水，更有奇幻的置景，流水淙淙，碧潭清净，瀑布一步一层天，从几米到几十米，再到百米，从三漈的舒缓清幽，二漈的壮烈雄浑，再到头漈的高耸壮观，高272米的瀑布成三折落下，气壮山河。古人有"一漈百丈高，二漈百丈深，三漈百丈宽"的赞美，这里还是上海大世界吉尼斯总部现场认定的"中华第一高瀑"。

百丈漈的壮观，弥补了我们在雁荡山大龙湫的缺憾，心底的兴奋和激情开始升腾。我原以为看了百丈漈，大家就知足了，临近中午，我问大家还去不去刘伯温故居，大家竟出奇地一致同意去，并不顾跋山涉水的疲劳。

在曲折蜿蜒的乡道上驱车跑了近30公里，来到了一个村镇的尽头。这里山清水秀，平坦宽阔，一段田间长廊古色古香，令人欢喜。停下车来，问门口的美女，才知道这里也不是刘伯温故居，而是为纪念刘伯温而修建的"诚意伯庙"。虽然这里是后来新建的，但保留了原来的一些古迹。整个庭院环境清幽、规制恢宏、风格古朴、意境庄重。在这里我们倾听了讲解员的讲解，对刘伯温的生平事迹有了一定了解，也对民间的一些传闻做了辨析，收获不小。这里也是刘伯温故里景区一个重要的组成部分。

有了历史文化的滋养，大家的肚子也不闹事了，再次导航，终于在一片秀美的田园风光里，找到了刘伯温故居。

群山环绕的一片土地，绿色覆盖了整个山川，坐北朝南的一个小院，已经很难看到历史的遗迹，只有从图表的介绍中，了解这个明朝开国元勋的童年和少年时光，只有远望明澈开阔的山川田野，遥想一个故人的往昔，才知道文化的熏陶，决定一个人的命运。我们来了，追寻就是一种境界。

在一个饭店里，点了几个特色菜，狼吞虎咽一般装满了肚子，简单回味一下，还不错。一路地寻访，过程很美。我一直认为，遇见就是一种美。

曾刊发于《邯郸日报》

一抹桃红池塘边

春天来时,似乎一切都是突发奇想,随意而为,在心境之外。

惊蛰前一周。周五晚上的一场微醉,导致我周六上午九点才从梦中醒来。窗外难得有透亮的阳光,在我的窗上一个劲地摸索,划出一道道痕迹,我才感到脸上有些火辣,猛地坐起,第一反应就是翻看手机,没有重要的信息,才渐渐平静了一些。想起昨晚的酒局,有几个朋友未到,就想该以另一种方式聚聚了,该出门去散散心了,春天已经上路了。我先打电话给晓明,他刚值完夜班在回家的路上,让他联系小鲍,也是刚值完夜班回家。我说:出发吧!他们说:行!去哪里?随性!我们三个直到上了离我家最近的高速口,才选中了一个地方,去山西太原附近的青龙古镇。

青龙古镇位于山西省阳曲县与尖草坪区相邻的侯村乡,地理位置十分险要,据说是山西人走西口的必经之路。我们依靠导航寻找古镇,这里正在修高速,原路被毁。我们在这里依靠导航却迷路了,十多辆车,都被引到了一个根本无路可走的山梁上。古镇四面环山,只有一条通道,着实让我们感受到了一个要冲的厉害。

青龙古镇文化源远流长,原名菁蒿嘴。清嘉庆年间,村中王氏族人王绳中，为大清捐银百万两，皇家赏赐"百万绳中"匾额一块和绣有"青龙"图案的大旗一面，示意满汉一家，从此菁蒿嘴便更名为青龙镇。自此，王家成为当地官宦云集、商铺遍布全国各地的官商富贾，家族中先后走出五品以上官员130多人。发迹后的王家便在家乡依据其南北5公里上下起伏、左右弯曲的地形，仿北京颐和园昆明湖东文西武构筑手法，在东边建文昌祠、西边筑泰山庙，南边建龙王庙，北边筑凤头寨，形成东文西武、南龙北凤、龙凤呈祥的总体布局。整个镇子宛如一条活灵活现的巨龙，成为历史上北方闻名的重镇。

  我们从西门进入，左有戏台，右有泰山庙，纵观大街，气势恢宏，犹如一条巨龙。行走在大街上，各种庭院大门错落有致。走进庭院，各种民风民俗展馆各具特色，洋溢着节日的气氛，让我们大开眼界。特别是那些已经很难看到的各种门锁、秤、箩筐、犁铧、马车、油灯等老物件，勾起我们这代人的许多回忆。这里就是一座民间历史博物馆。当然，还有身着清朝服饰的巡街表演和晋剧表演，都令人值得驻足观赏。

  到青龙古镇游览的游客很多，无论老幼男女，个个都春风满面，喜气洋洋。大家不仅沉浸在历史文化的浓郁气氛中，还尽尝这里各种美食。冰糖葫芦、油泼面、炒凉皮、老酸奶、烤馒头、煎灌肠、糖稀面人……可以说色香味俱佳，只看一眼，就让人垂涎三尺。我们游览其中，在初春里感受古色古香的味道，别有一番滋味在心头。

  青龙古镇，让我们在悠远的古道上迎接春天，仿佛春天是在我们的盼望中到来的。而一周之后，我们去平原的乡村，去一个离我们居住的城市只有35公里的美丽乡村田寨，就有了对春天更加亲近的感觉。虽然这里是一个叫作"葡萄小镇"的地方，葡萄架也似乎还在一种睡眠状态。但我们走近一处池塘，却依然嗅到了迎春花的花香，看到了一抹桃红那样的如梦绽放，聆听了一池碧水在春风抚慰下的柔情吟唱。在这里，春似乎就像一个羞涩的小姑娘，只是露出丝丝情韵，在我们的眼前一闪、一晃、一抹、一亮，然后告诉我们，一个美丽的季节、一个多彩的世界，一个充满希望的天地，就要展开了！

我知道，迎接春天的到来，方式有多种多样。在心里期盼，在梦里相遇，在一个时间小站等待，在匆忙中恍惚。也许在别人的眼里，北方的春天，脚步总是有些缓慢和不尽如人意。因为笨重的棉衣穿在身上，冬天还扎着你的围巾，乍暖还寒有些慵懒情调。但在我的心底，冬天已经走远。我更喜欢迎着春天走，让春风扑面而来。虽然古道漫漫，虽然乡野辽阔只有一抹桃红，但吹皱一池春水，心依然醉了！

曾刊发于《清漳两岸》《采风网》

夜游湘江

去过长沙多次，曾给我留下过深刻印象，使我对这座有3000年文明史的历史文化古城有许多偏爱之情。这里人杰地灵，名人荟萃，文化底蕴深厚，着实让我敬仰。岳麓书院的古朴典雅、清幽大观，橘子洲头的自由豪迈、意气风发，靖港古镇的悠长回味都能让我浮想联翩。而这一次乘船夜游湘江，使我对长沙更加有了一种恋恋不舍的情感。

虽然前一日刚刚下过雨，气温下降不少，但匆匆赶往设在橘子洲头"九州龙骧"码头的游客还是络绎不绝。我们走了贵宾通道，搞了一个小小特殊，原因是害怕赶不上马上出发的游船。众多游客在我们的前后脚登船，成了幸运者。有的因堵车耽误了登船。我们匆匆登船，还没有来得及把这艘豪华游轮参观一下，船就在几声汽笛声中启航了。

我们走进贵宾室，这里有卡拉OK等设备，供应各种食品和饮品，可以开心地歌唱娱乐。我们走进驾驶室，这里的一切操作都是在信息化平台上进行的，简单轻松灵便。我们一起来到船舱，这里正在表演歌舞、魔术、书画等，给大家一种轻松愉悦的感觉，像在欣赏一种文化大餐。虽然整个船行一个小时，但轻松愉快舒适，让人感到时间短暂，意犹未尽。

意犹未尽的不只是船上的体验，更难以让人忘怀的是湘江两岸的灯火。在船的右岸，是火树银花中的岳麓山。除了高耸的塔楼，灯光如梦，更有挂在每一棵树上的灯带，五颜六色，不断变幻，犹如仙境。而在船的左岸，高楼林立，灯火辉煌，鳞次栉比，一片灿烂。杜甫江阁更是古色古香，与现代建筑相映成景，独占风情。船头是灯火映照的湘江大桥，船尾是如流穿梭的又一座湘江大桥，游船的每一次转弯，都如一次潇洒的舞蹈，仿佛整个长沙都在欢呼。置身于灯火璀璨之中，犹如被快乐与激情包围。长沙此时就是一个如梦幻般的天堂。

　　船，稳稳地靠在了码头上。夜风很爽。回首橘子洲头，领袖的风采尽领风骚。湘江滚滚远去，涛声依旧。唯有两岸灯火如诗如画如梦，让我久久驻足，不忍离去。

五龙河的水

梅洁老师写了一篇关于五龙河的文章,发表在《光明日报》上。湖北郧西县,是梅洁老师的故乡,她把五龙河写得很美,倾注了浓烈的情感。我看到后甚是欣喜,便约上三位好友,利用清明节的假期驱车前往五龙河。我虽不像梅洁老师那样是那里的后人,但已经被那里所吸引。

近九百公里的路程,尽管两个人轮流开车,还是有些吃不消。我们只好在襄阳住了一晚,稍做停顿。好在住宿的宾馆还是我们去神农架时路过住的那家,早餐还是在那个温馨的小店,故地重游,虽劳累,依然满心欢喜。人生何处不相逢,相逢之处情亦真。

顾不上游览古城襄阳的景点,只是在路上演绎三国故事里的影影绰绰,穿过武当圣地,直奔五龙河景区。出高速,在山弯里曲折回旋,中午时分,看到了天河一般雄伟壮观的景区大门。远处的山间,各种花儿时隐时现,唯有桃花红得撩人。此时,艳阳高照,天高气爽,我们的心情也顿时兴奋起来。不停地拍照,不停地选景,不停地摆各种姿势,尤其是女性,更是尽展魅力,誓与春色争艳。

五龙河因道教传说中的"五龙捧圣"而得名。这里以"山谷之幽深,河水之清澈,群山之奇丽"而著名,有"小九寨"

和"天然氧吧"的美誉。这里不仅是道教传说的圣地,还是老庄问道、封神大战、织女下凡的传说之地。此处久负盛名,却因深处大山而游客寥寥。难得有智者开发,才有了今日的美景天下传。

水,是五龙河的神韵。无论在天乐谷、飞龙谷、织女谷、封神谷还是忘忧谷,清澈见底的水,静静地流淌,鱼儿自由自在地游戏,从容而镇定,悠闲而快乐,让我们这些常年身居闹市的人,感到了一种奢侈和精神的享受。一潭一潭的水,有的深绿,有的浅黄,有的清淡,仿佛仙水。树的倒影在水中婆娑,更让人像读诗赏画,神韵直透心底。走进河边,鞠一捧清水,好甜呀!再看水中自己的笑脸,心情酣畅到极致!在这里荡舟戏水,垂钓观鱼,仿佛是"天梦湖上入天梦"。

水,是五龙河的灵魂。这里沟谷幽深,瀑潭成串,碧水清澈,溪水清涟;无论是金蟾戏水、水秀莲花、龙虾戏水、还是九曲回肠,水都成为最美的画卷。从高处落下的瀑布,在石缝间穿流的水花,在水潭中沉涌的漩涡,都叫我们感叹不已。明亮处,水光潋滟;幽暗处,沉静洞深;陡峭处,水声琅琅,让人遐思不断。山不在高,有仙则名,水不在深,有龙则灵。五龙河,五龙捧圣,当然充满灵性。

水,是五龙河的梦境。这里是汉江的源头之一,是南水北调中线的水源地。这里瀑之婀娜、水之清秀、泉之幽邃、林之叠嶂、石之奇美、岩之峭拔,构成了如梦幻境。正逢初春,山花初放,绿叶盎然,一派生机勃发。如果夏季来避暑,秋天来赏红叶,冬天歌咏白雪,当是更加美好。水,就像天上的云朵,就像山间的春风,就像心底的畅想,轻轻地流淌,缓缓地抒情,悠悠地歌唱,让这里成为仙境。

难怪这里有着悠久的文化,素有"人类始祖、神奇峡谷、森林公园、天然氧吧"的美称,让众多到访的人流连忘返。我们沿河流向源头进发,历时五个多小时,虽双腿沉重酸疼,但心情愉悦,五龙河之行,一路欢歌,至今水声、溪流声、瀑布声萦绕在梦中。

曾刊发于《河北交通报》

萨尔浒追思

萨尔浒，山名，在今辽宁抚顺东浑河南岸。1619年努尔哈赤大败明兵于此。

萨尔浒，城名。在萨尔浒山下。1620年努尔哈赤自界藩城（今辽宁新宾西北）迁此。

萨尔浒之战，是1619年（明万历四十七年，后金天命四年）二到三月间，在明朝与后金的战争中，努尔哈赤在萨尔浒（今辽宁抚顺东大伙房水库附近）及萨尔浒附近地区大败明军四路进攻的反击战，是明朝和后金辽东战争中的战略决战。此战役是明清战争史上一个重要的转折点，是明清兴亡史上一次具有决定性意义的战争，是以少胜多的典型战例——

这是历史的记载和后人的评价。

踩着地上刚刚留下的积水，我们一行16人进入了萨尔浒景区。我们不是历史学者，也不是军事家，我们就是一群普通的游客，在抚顺的游览行程中，萨尔浒的美景被我们选中。

这里不收门票，只需购买每人30元的往返电瓶车费，因为景区地域广阔，徒步不宜我们外地人游览。这里丘壑连绵、树木葱郁、植被丰富，车在道中行，绿树作凉棚。又逢雨后，凉爽惬意自在心中。

电瓶车一路前行，我们来到了湖边。走下陡坡，这里亭台雅致、树木高耸、丛林茂密、烟波浩渺,一派浩荡气象。细读游览说明,方知这里是中国第一个五年计划中的第一个大型水库,是当时全国第二大水库。

寻访历史遗迹,在湖边留影,平静的水面犹如一面明镜,微风轻拂,又如一张宣纸,我们体验的只有美丽与安宁。在烟雨楼上,我们一览辽阔的湖面和秀美的山峦,婆娑树影中,远处白云悠悠,微岚弥漫,当阳光直射时,湖光潋滟,满目光彩。伫立秋水长天楼,眼前影影绰绰,尽是粼粼波光,扁舟在码头停泊,欲游欲归,好一种自由自在。登王杲山,虽海拔百米,但却有居高远眺的优越位置。众人蜂拥在树木丛中寻得一绝佳风景,兴致之处,顿感地动山摇。

这里是抚顺百姓乐游的好去处,清净自在中有湖光山色,也有历史踪迹,更有松林花海。邀月亭、五龙捧月亭、萨尔浒大战书事碑亭,或清净、或热闹、或沉重,都值得留恋观赏,追思入梦。大石门、努尔哈赤青铜像、三慧寺,在记忆深处和灵魂深处驻足,不忘来世与今生,你可以崇仰英雄,也可以普度人生。药香园、生态园、花海,任何一处都让你陶醉于此,与蝴蝶共舞,与蜜蜂和鸣,与花香同醉,难怪这里是抚顺、沈阳两市人民的后花园。

许多当地人信步于林荫之中,有的扎帐篷,有的聚亭台,还有的寻一处石阶坐下,更多的是在草丛中席地而卧,无论男女老幼,都选择在这里打发一个整天的时光。还有成群结队拍视频的老人,整齐划一的服装秀,让这里成了放飞心灵的广场。

我常常惊叹和羡慕一个人在大自然中迷醉,所以才有了更多的耐心欣赏同伴的欢乐。在白桦林景区,那些躺卧在绿地之上,用身体反复亲近大地的人们,他们是多么幸福。挺直的白桦树为他们站岗,悠悠白云为他们遮阴,清澈的溪流为他们歌唱,以至于一位近七十岁的老者,逢人便说:"我不走了,我要留下来!"引得大家一阵哄笑,成了东北行的一个经典语录。

终于,在森林深处,我们还是迷路了。手机导航找不到出口。16个人的意见出现了分歧,坚持自己找路的有五六人,剩下的都选择原路坐车返回。因此原路返回的错过了药香园景区,这里繁花似锦、花香四溢、溪流蜿蜒、静如天籁,如古装电视剧里的神仙居所。我从中体验了仙气氤氲。

游览的过程,是一种寻找美的过程,也是体验美的过程。经历永远是珍贵的。放弃对美的追索,对历史的追思,对美好的全面体验,都将留下遗憾。战争曾留下记忆,历史也深刻铭记,一个朝代的更替说明不了什么,人民的期盼才是大势所趋。在这里,每一朵花都是美丽和快乐的,我们的心情和花一起绽放。

萨尔浒之战与萨尔浒景区,历史的足迹与现代人民的期盼交融集结,我们才能更多地在追思中找到快乐。于是我们决定启程去努尔哈赤出生的赫图阿拉故城,那里有更多的故事和答案。

汤旺河：临海奇石

汤旺河，静静的河。它是黑龙江水系松花江下游的一条主要河流，被誉为松花江干流的北岸第一河。它发源于伊春市汤旺县小兴安岭中北部。以汤旺河命名的"汤旺河镇""汤旺河林场""汤旺河县"，我都是第一次听说。

放下行李，我和郭骁和佩军老弟一起去找一处特色的饭店，鹏生老兄去了另一条街道。没有走多远，我们就看到了一座桥，还有桥头边上的一个塑像。走近了才知道是"汤旺河母亲"雕像。一个年轻慈祥的母亲，怀抱一个婴儿，用温和的目光注视着前方。这可能预示这个年轻城市的新生。因为这里先有林场，后有县城，而现在是林都伊春的一个区，是一座新兴的城市。塑像周边鲜花簇拥，桥下河水轻轻流淌，这里格外的安静，以至于都能听到哗哗的水声。

选择这里，是因为这里特别凉爽，是休闲消暑的一个绝佳地方。当然我们最想造访的还是有"中国第一个国家公园""国家地质公园""国家森林公园""国家5A级景区"诸多称号的"汤旺河林海奇石风景区"。

正在探讨明天的行程，鹏生打来了电话，说是找到了一个特色"杀猪菜"饭馆。于是我赶忙在群里发送饭馆位置，引领大家从宾馆过来吃饭。说到我们入住的宾馆，还有一个可喜的消息。

这家宾馆的老板是沧州人。我们一听他说话就知道他是河北人，自然就与他亲近了许多。他告诉我们，在这里经营宾馆多年，我们是入住的第一个邯郸旅游团。

舒舒服服地休息了一个晚上后，早上大家都起得很早。我们第一波赶到景区停车场时，景区还没有正式开门迎客。大家在景区门口拍合影，气氛十分热烈。因为游完这个景区，我们就再一次一路向南，开始返程了。

坐在景区的电瓶车上，感觉有些冷，所以大家靠得比较紧，有的换上了冲锋衣，戴上了帽子。在一个景点门口下来，大家开始爬高。前面是"小兴安岭石林"，有"一线天""兴安叠岩""佛祖峰""镇海将军""罗汉龟""鸿运石""绝处逢生"等观景点，各种奇石千姿百态，组成了一个奇石长廊。一线天景点最为精妙，两座石峰分别高 26.13 米和 17.93 米，相距 45 厘米左右，形成了直上直下的一条缝隙，只能容一人通过。我和霍天祥，还有两个女生做了体验。我和天祥勉强通过，竟在手臂肘上划出了伤痕。

这里树在石上，石在林中，各种奇妙景象层出不穷，让人眼花缭乱。那些奇石怪松，形态各异，惟妙惟肖，时而矗立峰顶，时而隐入树丛，时而就在眼前，却给你形成幻境。置身林海之中，如果没有标示，难以找到出口。

林海奇石景区很大，有 163.57 平方公里，景区分为八个区域，分别是天然牧场、雪色松林、溪水湿地、民族风情、山水浏览、兴安石林、秋色松林、花卉观赏等，而我们游览的石林景区就有一线天、石林峰、孤独峰、卧狮岭、弥勒顶等多个景点。这个景区依托电瓶车提供转运。这里不仅有奇石、瀑布、杜鹃丛林等，还有 1240 多种动植物和昆虫鸟类，是青少年重要的科考基地。我们一行人大都是 60 岁左右，也有甚至近 70 岁的人，在茫茫林海中游走，或爬山或渡桥或穿插，有一半人明显体力不支。

我们几个体质好的，继续在林海中穿梭，呼吸着清新湿润的空气，感到了无比的快意。走到了一处山顶上，高高的观光塔就在眼前。我和保良、鹏生一起乘坐观光电梯登上 70 米高的塔顶平台，环顾远眺茫茫林海，绿波同碧空交汇，浩荡如海，一种豪迈感顿时冲上脑际。我虽然有些恐高，用尽了心力抵挡，但两腿还是有些发软，于是紧紧抱住中心铁柱。而杨川和主任也有些恐高，第二波上来，没有踏上平台，就坐电梯下去了。在高空看林海，这是我生平第一次。

走下山来，我们开始返程。在林海中穿行，这里依然很静。汤旺河作为林都伊春的母亲河，全长 509 公里，哺育了森林，养育了人民，肥沃了土地，尽管它无声无息，静静地流淌，但它永远留在我们激荡的心里。

黄河密码

　　选择碛口古镇，并不是一个偶然。

　　山西的古镇古迹古建筑星罗棋布，成为华夏文明的显赫印证，这是我们早已感知的。而深处黄河边上的碛口，自唐代以来，由于地理位置的特殊，逐渐形成商贸重镇，经历代延续，其历史文化的沉淀厚重，使之成为我们冬游古镇计划的必访之地。

　　经数百公里的长途跋涉，到达碛口古镇时，已经是灯火璀璨之时。刚进镇口，就看到不远的山顶上，一座谯楼灯火鎏金，在四周几乎一片夜色的衬托下，就像天宫中的楼阁，显得如梦如幻。我们随行的一位摄影师，顾不上饥肠辘辘，恳求我停下车来，支起相机，进行拍照。

　　我们原以为一个小镇，又逢隆冬季节，住宿应当不成问题，可古镇里的宾馆早已客满，让我们始料不及。我们只好回转车轮，转向另一座山上的农家乐。还好，这里刚好安排下我们七个人。望着被人们赞誉冬暖夏凉的窑洞，我感到了亲切温馨。

　　安顿下来后，我才感到了寒冷，感到了饥饿，感到了空旷与沉静。站在第三层窑洞的平台上遥看远处，稀疏的灯火，黑洞洞的夜色，冷凝的风，顿时让你丧失了方向感，仿佛置身一个神秘的世界，与外界隔绝，渐渐有些恐怖。直到下了两层楼梯，来到一处昏暗的餐厅，看到人影穿梭晃动，听到话语有声，才有了一种安全感和生动气息。也许是饿了，也许是感到暖意了，也许心平静了，饭菜感到很香很甜。老板告诉我们，明天的早餐要预定，先交钱。因为这里仍然保留着一种习俗，冬天只吃两顿饭。供应早餐在这里是特殊的照顾。

早晨起来，汽车已经被雪霜覆盖。我们用了很长时间才清理掉玻璃上的雪霜。开车到古镇，街上冷冷清清。我们起得太早了，这里的人们上午10点以后才活动。在古老的门楼、戏楼、谯楼、鼓楼前凝望沉思，历史已经远去，留下的是斑驳沉静幽深的印记。行走在石板铺就的街道上，很少有平坦的地方。整个古镇依山而建，每一个院落层层递进，全是石头垒砌而成。住在院落里的人家已经不多，时而有袅袅炊烟升起，而院子里一片寂静。那些早年繁华的票号、商铺、货栈、公司、镖局都已空空荡荡，这里完全成了寻找宁静安逸的地方。黄河边上那个孤单寂寥的辘轳，仿佛在演一场绝唱。因为它的脚下就是挟着浮冰的滚滚流淌的黄河水。黄河那种不可一世东流的气势，正在告诉我们，历史是无法重复和改写的。

当然，真正的历史还是有它必然趋势的。在毛泽东率中共中央东渡黄河纪念碑前，我们领略了一代伟人的雄韬伟略。那次东渡黄河，揭开了解放战争的序幕。虽然就是一个黄河岸边普通的河滩，毛泽东选择在这里上岸，任何一个稍有军事常识的人，都能解开那个谜底。

而无法解开谜底的地方，我们叫它"黄河密码"。那些是黄河岸峭壁上自然形成的图案。沿着黄河公路溯流而上，在怪石林立的山壁上有十几公里长的壁画。这些壁画诡异惊诧，传说是因黄河水长期冲刷形成的，但在我看来，有些遥不可及。因为黄河的水位离这里太远了。壁画有的像文字，有的像房子，有的像树木，有的像宫殿，有的像太阳，有的像牛羊，但又什么都不像，就是自然形成的各种图案，可以用神奇绝妙比喻。当地人起名叫黄河画廊，我们无法解释，也不想重复他们，就起了个名字叫"黄河密码"，感觉比较确切真实有趣。

　　自然有自然的规律和法则，我们无法抗拒，也无法解析。我们欣赏自然的美妙，感怀自然的奇妙，歌咏自然的美好，用心去感受自然给我们的馈赠，生活就会充满快乐与希望，这是我们应当珍惜的。

　　　　曾刊发于《河北交通报》《邯郸日报》《邯郸文学》

惠州品酒

苏轼有诗《自题金山画像》:"心似已灰之木,身如不系之舟。问汝平生功业,黄州惠州儋州。"惠州对于苏轼,那种刻骨铭心的记忆是永恒的。

宋哲宗绍圣元年(1094)四月,苏轼再次被贬谪到广东大庾岭以南的惠州任建昌军司马,十月二日,苏轼到达惠州。当地百姓看见苏东坡这位诗人,都觉得惊讶,不知他为何被贬谪到他们这个地方来。后来苏东坡同当地的百姓熟悉了,当地百姓对他很好,不久就"鸡犬识东坡"了。

苏东坡在惠州的一个重要收获,就是发现了一种极不寻常的酒——"桂酒"。他说桂酒不啻是仙露。他给同乡道士陆维谦写信述说桂酒的甘甜香醇,其实就是一个玩笑,没有想到陆维谦竟长途跋涉两千里之遥,来会苏东坡了。惠州没有官家酒专卖,都是各家自酿,于是苏东坡也开始自己造酒喝。他一边品酒一边把酒香用诗赋的方式传递给亲朋好友,写了《酒颂》等酒赋。借酒消愁也罢,借酒解忧也罢,苏东坡在惠州的日子还是快乐的。也正因他的快乐,让那些构陷他的人心有不安,他才再一次被南放海南的儋州。

我们一行八人进入惠州,八人中多数人的年龄都超过了苏东坡当年进入惠州的五十七岁,我们是带着离岗退休后的快乐来的，不同于东坡先生当时入惠州的心情。

住进离惠州西湖不到两公里的一家宾馆，适逢中午。经一路的劳顿，大家决定先吃饭休息，然后游惠州西湖。大家一直想吃面，于是在网上搜到了一家兰州牛肉面馆，走了很长一段路，在一个乱哄哄的街角，吃了一顿拉面，还每人加了一张油饼。

惠州西湖面积很大，总面积超过 20 平方公里，以六湖九桥十八景著称。景区山川秀邃、幽胜曲折、浮洲四起、青山似黛，亭台楼阁在树木葱茏之中曼妙隐约、如诗如画，有"苎萝西子""岭南明珠"的美誉及"大中国西湖三十六，唯惠州足并杭州"的历史记载。有人把惠州西湖、杭州西湖、颍州西湖说成我国三大西湖，定位不一定专业，但可以认为惠州西湖是有一定规模和知名度的。2018 年，惠州西湖被国家文旅部评定为 5A 级景区。

我和川和、郭骁、新军是从惠州西湖的南面进入的，这里是六湖之一的丰湖。丰湖原是西湖古称，苏东坡有"梦想平生消未尽，满林烟月到西湖"的诗句，丰湖遂改名西湖。我们沿堤岸游览，岸边三角梅开得格外耀眼，同烟波浩渺的湖水一起构成春意盎然的画面，一派生机勃发的瑰丽景象。穿过宋太守陈偁所修筑的陈公堤和明圣桥，我们参观了丰湖书院，这里牌楼林立，布局端庄，厅堂雅致，风气疏朗，虽没有完全对外开放，书香之气还是吸引了许多年轻学生来这里体验。

祥云挂榜、玉塔微澜、西湖苏迹、丰渚孝感、碧湖书香、留丹点翠等景点，作为"惠州十大名胜"，独具风韵，各有特色。玉塔微澜，是指高耸于西山的泗洲塔，也称玉塔。这座塔建于唐中宗年间，是为纪念泗洲大圣僧伽而构筑的，苏东坡称"大圣塔"。泗洲塔高耸入云，藐视西湖，来此观塔之人众多，是惠州西湖的标志性建筑。我们环塔一周，从不同角度仰观这座砖塔，气势宏伟。

曲径通幽，沿林荫小道，我们来到了一个广场上，这里是东坡园。广场不太大，周边都是东坡先生的诗词雕刻和展示画廊。多数碑刻都是新的，有两位工作人员正在对一幅碑刻文字描红。在山脚下，苏东坡先生的雕像从容地矗立在那里，他额头舒展，手握书卷，远望着天下苍生，静观西湖风生水起，微波荡漾，仿佛胸中正在涌起诗章。

这里有一座小山，称为"孤山"，建有苏东坡纪念馆，两个展厅里展出的实物并不多，可能是年代久远的缘故，历史遗存的实物寻觅很难。但如果仔细阅读，还可以了解东坡先生的一些惠州足迹。东坡先生谪居惠州两年七个月，同这里的百姓相亲相好，写出了许多著名的诗篇，为今日的惠州留下了宝贵的文化遗产。特别是那首《惠州一绝·食荔枝》："罗浮山下四时春，卢橘杨梅次第新。日啖荔枝三百颗，不辞长作岭南人。"这一浪漫主义情怀的诗篇，至今仍然感染着许多人。于是我们在第二天冒着汗雨，攀登了罗浮山。

在惠州，东坡先生也付出了自己的伤痛，一场瘟疫，永远诀别了同他朝夕相处，同甘苦共患难，最懂他最相知的侍妾王朝云。了解苏东坡的人，都知道王朝云在苏东坡心中的位置。

西湖之美不仅在于它景色迷人，还在于有苏东坡、李商隐、杨万里、祝枝山、陈尧佐、白玉蟾、梁鼎芬、丘逢甲等400多位历代名人墨客曾踏足西湖，留下了宝贵的文化遗产。西新桥、拱北桥、圆通桥、明圣桥、烟霞桥、迎仙桥，犹如道道彩虹，朵朵云雾凌驾于碧波之上。丰湖晚唱、半径樵归、山寺岚烟、水帘飞瀑、荔浦风清、桃园日暖、鹤峰返照、雁塔斜晖，这无数令人迷醉的景致下，文人墨客的诗情画意，浅吟低唱，挥毫泼墨，都如翩然画卷，使这里熠熠生辉。

为了不负美好春光，我们在夕阳西下时走进了西湖宾馆。不是投宿，而是觅得美食。我遍寻周边十多家门店，欲购得当年东坡先生赞不绝口的桂酒，然未有所得，只好买了一家老板的多年私藏"贵酒"，贵与桂谐音，也算了了一个心愿。

我们临窗观湖，点了盐焗鸡、梅菜扣肉、东江酿豆腐、黄金酥丸等诸多名吃，配上名酒名茶，品酒品西湖，美食美景，怡然自得。遥想当年东坡先生常常野餐在丰湖边上，我们也"不辞长作岭南人"。

酒过三巡，各自微醉，窗外西湖灯火迷蒙，显然也已经醉了。我们沿湖边漫游，夜色分外妖娆。远处灯光虚无缥缈，近处灯影扑朔迷离，西湖此时犹如一个调皮的女子，正诱你入梦，让你难觅归途。

红海滩，鲜亮的境界

2022年入伏前几天，我们去了东北，首站畅游的地方叫红海滩，它的全称是"红海滩国家风景廊道"。它位于辽宁省盘锦市大洼区赵圈河镇境内，属于湿地生态旅游景区，是一处国家5A级景区。

在经历了一整天的风雨跋涉之后，雨，终于停了！这一天天空虽然有些阴郁，但还是渐渐露出了亮色。四辆车鱼贯进入宽阔的停车场后，我提醒大家带上伞。我担心老天再次"拉肚子"，因为我们中间已有人在淫雨中不舒服了。

看到景区大门，大家都疯了！还没有到开门迎客的时间，大家就慌着拍照，把伞和包扔到地上，拍合影，拍单照，拍集体相，一派欣喜若狂的景象。

作为第一批进入景区的游客，我们的心情就如飞驰的风。我们坐在电瓶车上，凉爽的风吹在脸上，吹进衣衫，刺激肌肤，应该是入夏以来最舒服的一天。

远处是广阔的海滩，近处是一片一片红色的海滩和湛蓝的水面，大家的笑声惊起了无数的鸥群和海鸟，似乎整个天空下再没有人存在。如果用忘乎所以来形容我们，最能解释该词的是同行四个美女。她们拍、跳、扭、舞、摇、唱，用各种动作抒发心中快乐，几个人就搅动了海滩的色彩和生机。

海滩上布满了一片一片的红色草滩，这里自然生长着一棵棵纤柔的碱蓬草，它每年四月长出地面，初为嫩红，渐次转深，到了深秋时节，由红变紫，进入最佳观赏期。虽然我们的到来，还有些过早，但一簇簇、一蓬蓬，像燃烧的火焰一般的碱蓬草，依然给我们带来了火红的昂扬气象。

导游给我们讲起碱红草的生命故事和这里百姓的奋斗事迹，使我们很受感动。碱蓬草生长在盐碱卤渍里，无需人播种，无需人耕耘，年复一年地生生死死，死死生生，谱写的是一道生命的奇迹。20 世纪 60 年代，滩边的渔民曾采碱蓬草的籽、叶、茎，掺着玉米面蒸出来红草馍馍，度过了艰难的岁月。这也让我们经历过那个时代的人，产生了无数的遐想。

沿木质栈道，渐渐走近海滩，红色的韵律不断地起伏，与宁静的河汊亲密地连接，形成无数的情诗和画卷。天空时而有海鸟和天鹅飞过，画出幸福的图案，这个时候，手机的拍摄显得那么无力。好在海滩上竖起多个观景台，如巍峨的高塔，你站在上面，像海鸥一样张开双臂，可以想象自己飞翔的姿态有多么美。

这里是丹顶鹤繁殖的最南线，也是世界珍稀鸟类黑嘴鸥的主要繁殖地。在浩渺无垠的苇海里还有二百六十余种数十万鸟类栖息歌唱，这里就是一个世界级鸟类大合唱的舞台。伴着鸟鸣，我们在高台上呐喊，像鸟一样召唤同伴，虽然声音也传得很远，但终究不是合唱。

在红海滩的另一边，我们看到了碧绿的稻田，还有稻田上优美的画卷。飞翔的天鹅栩栩如生，"幸福中国人"的字体富有立体感，新时代的稻田画，新时代的风景，让我们感受到人们在美好生活里的创造力和想象力，是何等的丰富。登高望远，这里凉风劲吹，苍穹湛蓝，一改我们刚入园时的氤氲。举目远眺，弯曲的小路、古朴的栈道、古韵的亭台，都如诗画世界，让你尽享视野的无穷和情趣。

一边是红得似火，一边是绿得养眼；一边宁静如梦，一边跃跃欲飞；上有天空笼盖，远望大海相接；这里就是神仙畅游的地方。在卧龙湖码头，我们沿伸向大海的湖面前行，这里风光旖旎，芦苇密布，听风观云，心情陡然沸腾。

在红色的憧憬里，情人岛的凄美故事，廊桥爱梦的一线姻缘，依水云舟的波澜梦境，还有坚贞如碱红草的爱情宣言，都能让你留下丰富的想象和深刻的印记。如果在寒冬光临，也许芦苇会给你筑起丰碑式的冰雕。我们也许还有机会。

海是辽阔的。在中国最北的海岸线上，我们体验了海滩别样的美。这种美，应该是独一无二的，是可以撼动每一个游客心灵的。碱蓬草，用她生生不息的生命，用她孜孜以求的追索，用她燃烧的色彩，装扮了一个大美的世界。

葛仙湖畔桃花红

清明时节雨纷纷。

乘着这种诗意，我们几个希望燃起诗情的文友，在市区中心集结，向离市区 30 公里处的一个叫"桃花岛"的地方，冒着蒙蒙细雨出发了。俊萍、青小衣、海荣、丽英老师，都是一群热爱生活，喜欢用文字酿蜜的人。

我们不知道"桃花岛"的主人，为什么要用武侠小说中的名字对一片平原上的桃林命名，也许为了知名度，也许更有深意。这个坐落在肥乡区东刘家寨村的"桃花岛"，围绕百亩桃园作文化旅游观光文章，还是有点妙招的。除了桃花盛开时的"桃花节"，还有桃子成熟后的"采摘季"，不管是花，还是果，还有更多衍生出来的产品，如桃花饼、桃花茶、桃花粉、桃花酒等，都在做足文章，让百姓富起来，乐起来，生活美好起来。

置身于桃林中，人们更多的是唤起了精神，正应了"人面桃花相映红"这句古诗，摆拍各种姿势，同桃花一起妖娆的笑脸，比桃花开得更艳，几乎分不清是桃花还是人的笑脸那个更美了。当然在众多的游客中，女人更是占得先机，她们穿着各种色彩的服装，在桃林中穿梭，游弋，仿佛一只只蜜蜂在繁忙地采蜜。俊萍穿着大红风衣，几乎惊艳了桃林的色彩。丽英素来着装淡雅，在桃花红色的映衬下，显得更加清秀脱俗。还有几个穿着花哨服饰的游客，远远望去，正如翩翩飞舞的蝴蝶。我常说，春天就是女人的季节。

在朵朵桃花面前，人们是沉醉的：沉醉于桃花的容貌，娇柔而多情；沉醉于桃花的芳香，清淡而悠远；沉醉于桃花的意境，素雅而高洁。人与自然的映照，正如这桃花，和谐而美丽。人们知道花开不易，当然更知道花期短暂，正如那人生的好年华。用手机里的微距功能拍摄微微轻风中的桃花时，不只有美丽的幻梦浮现，更有人性的感知萌动。花与人相映成趣，人与花相爱成痴。在桃花面前，每个人都有不可抑制的一种诗情。更何况还有向来多情的诗人在桃花林中沉醉呢！

吮吸着桃花弥漫的花香，我们不停地在周边寻找秘境。金庸大师《射雕英雄传》中的"桃花岛"就是一个秘境。在肥乡区作协朋友的引导下，我们在"桃花岛"的东北方向几公里的地方，找到了一个"葛仙湖"的地方。这里格外宁静，没有了桃林游人如织的喧闹，没有了满眼绯红的桃花鲜艳，更没有了桃树林立的围栏效应，视野放得更加宽阔，心情更加舒畅，呼吸更加自由。也许我们更喜欢这样的地方。

"葛仙湖"分为东、西两湖。是天台山镇为了纪念东晋道教理论家、著名炼丹家和医药学家葛洪而修建的。据天台山镇李主任介绍，葛洪就出生在肥乡的天台山镇，这里同浙江的天台山同宗。葛洪别名小仙翁，"葛仙湖"是不是同他的别名有关，或又与他从事的炼丹修仙事业有关，都没有必要深究。一个曾经对人类做过贡献的医药学家，是完全值得纪念的。

我们绕"葛仙湖"东湖一周游览，在清徐的春风里，感到特别的惬意。在湖边，柳丝万条，如琴瑟鸣唳，引来鸟声不断。沉睡的芦苇，还没有在春风里惊醒，做着悠闲的梦。这里不多的桃树，可能是临水而居，花儿绽放得更舒展热烈。亭台楼阁，在桃花掩映中，古意盎然，失去了本意，有些青春勃发。最美的应该是一湖碧水，倒映湖边所有景色，包括空中飞鸟的掠影。湖面虽然不大，但景致依然有趣，这正是我们寻找的风景和诗意。

　　游着悠着，天空放晴，太阳出来了，碧空如洗。好心情带来了好诗意，我们在一片歌声和吟诵中离开，转身时，满园的桃花开得更红了。

曾刊发于《邯郸日报》

草堂听雨

到成都,一定要去杜甫草堂朝圣。

最大的担心,还是不期而至了。雨下得很大。我却没有带伞,但苍天还是感动了我。有几个同事愿意把伞让给我,她们两人合用一把伞。原因是我年龄最大,没有带伞,又是个带队的。我又于心何忍呢!冒雨去朝圣,不是更能显得真诚吗!

大家执意打车,因为不知怎么走,又在下雨。我坚持坐公交车,理由是和成都人一起亲和这座城市,体验一下有着休闲之都之称的成都的原生态生活。按照手机导航指引,两次都坐错了方向,反倒离杜甫草堂越来越远了。在一个公交站牌处,有一个商店卖伞,我马上买了两把,因为还有一位同事没带伞。雨越下越大,头顶上遮住了雨线,而脚下的皮鞋早已湿透。我只好放弃坐公交车的方案,在雨中招手等了半个多小时,才招来了一辆出租车。雨还在不停地呐喊,我们也顾不上体验慢节奏了,在草堂的南门下车,跑步购票,跑步检票,跑步穿堂,站在一个亭子里联系其他人时,雨声已经弥漫了整个手机信号。

沿着一个走廊往前走,雨声哗哗地扑打在树叶上,像是激烈的掌声。正在彷徨中,有同事从北门过来了,告诉我们一条中轴线的方位。我们径直走到了草堂的前方。这时草堂门前没有几个游客,大家都在选角度拍照,虽然在雨中,但兴致不减。草堂里的设施在我看来有些不那么真实，无论是卧室、书房、还有家具都有些同那个时代及杜甫当时的境遇不符，当参观了后来挖掘出的唐代遗址，才感到自己的判断是合理的。

杜甫在这里生活了近四年时间，那时正处于一个人生的转折点，也是他创作的高峰期。240余首诗歌的创作，包括《茅屋为秋风所破歌》《闻官军收河南河北》《蜀相》等脍炙人口的名篇，基本上奠定了杜甫的诗圣地位。在浣花溪畔，在徜徉美景中，杜甫的心情还是畅快的。"两个黄鹂鸣翠柳，一行白鹭上青天。窗含西岭千秋雪，门泊东吴万里船。"这样的千古绝句，也充分表达了杜甫的美好心愿。如今浣花溪水依然清澈，草堂春色依旧盎然，只是诗圣已远去，我们听到的是诗圣忧国忧民的感怀，正如眼前耳边的雨声。

在诗圣的纪念馆里，我们详细了解了杜甫艰难的一生。特别是安史之乱后，杜甫携全家从长安经剑阁到成都的历程。遥想当年的交通工具及路况，想我们一路穿山越岭的经历，就不难想象出李白"蜀道难，难于上青天"的感叹是多么的感由心生。四年后从成都再出发的杜甫，更是落魄更是无奈，前途更是凶险。然而，他还是再一次出发，走向了忧国忧民的终点。在鼓点激烈的雨声中，我们看到眼前是浓密深幽的竹林，我们仿佛看到诗圣的笔墨落在一片片竹叶上，一首首诗篇如泣如歌，让我们久久不能释怀。

比起峨眉的香火缭绕，比起乐山的游客如织，杜甫草堂是宁静而神圣的。在雨中，一种声音覆盖了所有的嘈杂与欲望；在雨中，一种心情湮没了所有的浮躁与疼痛；在雨中，一种崇敬始终驱逐庸俗与奢华；我们能够做的一件事就是鞠躬再鞠躬，为诗圣，也为我们的今天与明天。

曾刊发于《邯郸晚报》《中国职工教育》

"温泊夫人"

——五大连池风景里的美人

写下这个题目,我有些忐忑不安,又有些强词夺理,还有些牵强附会,还有……总之有数十个难以平抑的复杂心理,但还是这样写了。因为我实在找不到更好的称谓用在"温泊"的身上,唯有"夫人"符合她在我心中的地位和印象,尽管她只是黑龙江黑河市五大连池景区的一个景点。

五大连池就是一个奇迹。十四座火山,环拥五片水域;五片水域既独立成湖,又相互联通;从高空俯瞰,似串起的五颗珍珠。每逢阳光照耀,湖面波光粼粼,水光潋滟,宛如仙女散花。湖面周围尽是火山熔岩凝固的黑色状物,悠悠小草和零星花朵点缀其上,与水纹微波遥相呼唤,成了人间不多的梦幻仙境。

五个湖不仅有美丽的名字,也有诸多美丽的传说。莲花湖、燕山湖、白龙湖、鹤鸣湖、如意湖的形成,大约是在公元1719年到1721年间,发生在老黑山和火烧山的火山喷发,喷发溢流出的熔岩在四个地方阻塞了这个区域的石龙江,形成了五个火山堰塞湖。我们乘船游览了湖面最大的白龙湖。在湖的中央,十四座火山我们可以全部看到。它们或高或矮,或胖或瘦,都静静地卧在原地,看不到那种喷发时的凶猛了。有的已经沉睡了几万年。如今它们成了我们眺望和走近,或攀登的景点。没有看过火山爆发的场面，是一种幸运，也是一种遗憾。

导游把我们带到了被称为"石海"的景点。我们坐上景区的电瓶车，在木板铺就的路上行驶 10 分钟左右，一片黑黝黝的火山熔岩堆起的各种形态的石头，呈现在我们眼前。由于气势浩大，场面熊烈，视野霸道，有一种难以名状的震撼。可以说，这里是一片雄性的海滩，深入你脑海的是不可阻挡和滚滚向前的波涛。

水晶洞，就是一种考验。刺骨的冷，同外面烘烤的热，形成鲜明的对比。我不得不临时租借了棉大衣。有几个不怕冷的，天祥、新军、少卿，他们有的短衫短裤，有的冲锋衣，有的加了一件外套。不过时间很短，十几分钟，多种冰灯的光彩秀，算是一个体验。导游一再介绍是自然的冰洞，自然形成的冰雕造型，但在我看来还是做了加工的，因为造型太美太神似了。也许我的判断力有误，低估了自然的力量。

进入温泊景区，乘船是最佳选择。因为这是一条舒缓的河流，而且是逆流而上。河道很窄，俨然没有大江大河的那种气派和气势，因为石龙河被多个堰塞湖阻隔，早已失去了桀骜不驯的性格。两旁茂密的芦苇和树木像谦恭知礼的民众，欢迎我们的到来。由于岸和熔岩的关系，一边的树木高大尊贵，一边的树木矮小卑微，但都因了石龙河的水，格外的温顺。我们一直盼望着见到清澈如镜的水，直到登上了岸，才有了机会。

水的清澈和美，惊艳了我们。这使我想起了四川九寨沟的水。每一处都静如一面镜子，鱼成了丝丝缕缕浮动的纤维。"水至清则无鱼"，在这里被质疑。这里的水美，还不仅因为水的清澈，更是因为阳光折射出的五彩缤纷的光色光影，水成了层层的晶荧光雾，变成了透明的彩墨。

任何一个人在这里拍照，都是小心翼翼的，都怕惊动了每一处波光，伤害了波光里的虫子和叶子。因为它们仿佛都是晶莹的图画里最有诗意的那一个灵感。在这里，水草的游动也充满了韵律。光影在水中的节奏，就如轻慢的钢琴曲。女人的倒影都是美的，这里就是美女的天堂。没有一个人敢大声说话，声音会变得丑陋，一个庄重典雅的女人就在你身边一直注视着你。

柔美、恬静、秀丽、端庄、典雅，一个美到极致的女人气质都可以在温泊里找到。即使你能看到一点浓妆，也是自然和谐相处的表现，体现了一种情感的浓烈。在离开景区时，大家都羡慕那一处水中的鹅黄与嫩绿舞动的裙摆，还有碧蓝、白色与黑色的映衬，这让一个女人的风景彰显了清纯之后的高贵。我乐意把温泊当成一个女人来描写，是它具备了高贵女人的特质。

离开温泊，我们还去了二龙神泉和钟灵禅寺，这里有号称世界三大冷泉之一的矿泉水和建在火山口上的雄伟寺庙群，但我不能忘记温泊的美。用我认为最尊贵的称呼，叫一声"温泊夫人"。美人，可以是天使，还可以是璧人。

曾刊发于《邯郸日报》

第三辑　古镇怀古

春到古田

　　1929年12月28日至29日，冬日的寒冷并没有阻挡一支戴红色五角星军帽的队伍来到一个山岭郁葱、碧水流欢、视野开阔、僻静幽深的村子，这里就是福建上杭县古田村。金黄的稻谷已经收割，空旷的田野寂静安详，正是这支队伍的到来，让这里既神秘又热闹，从此迎来春天的模样，成为一个红色的圣地。

　　中国工农红军第四军党的第九次代表大会在古田村廖氏宗祠（万源祠）召开，形成的《中国共产党红军第四军第九次代表大会决议案》，将马克思列宁主义与中国革命斗争的具体实践相结合，解决了如何从加强党的思想工作着手保持党对无产阶级先锋队性质和建设新型人民军队的根本问题，是人民军队建设史上一次极其重要的会议——史称"古田会议"。"党指挥枪"的中国共产党建军纲领从此建立。

　　中国革命历经千难万险，都是在关键时刻经受住了历史的考验。古田会议召开的背景，有其复杂性、紧迫性，更有必要性。中国革命的胜利就是在一次次复杂、紧迫、关键的时刻，依靠党的智慧和胆略，力挽狂澜，走向胜利的。我一直坚信这一点，渴望对古田会议会址的朝圣在心中向往了很多年。

　　在网络上搜索许多关于参观古田会议会址的文章和照片，展示的内容多数是与秋天相关。金色的稻田，鎏金的菊花，"战地黄花分外香"的诗情画意，是那么令人心潮涌动，感慨万千。可是，我和我的朋友们，带着一颗虔诚的心和无限的崇敬到达福建龙岩市上杭县古田镇时，这里微波荡漾的油菜花海正香气馥郁，把春天染成了金黄色。

2023年3月6日下午，阳光特别灿烂，仰望碧蓝的天空，甚至有些耀眼。我的车先期到达古田镇古田会议会址景区停车场。我们四个人迫不及待地在景区门口处拍照留念，"圣地古田"牌坊，"红古田"雕塑，都金光闪闪。为了等待另一辆车在不久后到达，好像一个终生的愿望就要实现，害怕马上失去华彩一样，我有些急躁，不停地联系后车，希望他们尽快到达。因为那些红色元素不停地在我面前闪耀，已经让我激动万分了。红色的桃花、红色的五星、红色的旗帜、红色的标语、红色的标记、红色的……都好似融入了当年红军代表进入这里的场面，就连歌声都那么熟悉亲切。

川和是一个永远与红色文化情结分不开的人。他在后一辆车上，我们进入景区大门后，他才匆匆赶来。于是他一步比一步快，不停地取景拍照，用新买的手机拍下了大量的照片，没有放过任何一个红色印记。他特别喜欢这种现场体验感，在他的文章里也有充分展示。

看到遍地金黄，摇曳生辉，生机勃勃的油菜花田；看到"古田会议永放光芒"的红色大字和白墙灰瓦的古田会议会址，通往会址的每一道田垄都成了朝圣之路。我们不放弃任何一个角度的拍摄，有一种近乎一种痴迷和崇拜的疯狂，我和川和、光华一起交替互换主角，在金黄的田野里留影，总感到难以完美地表达一种情怀，几十张照片都没有满足心愿。

我跨过一道道田垄，跃上台阶，走进一道门庭，这是古朴典雅又展翅飞翔的一个门庭。走进去，一片开阔地，一个宽敞的学堂。这里整齐排放着六排课桌和板凳，秩序井然，格外端庄，这里就是当年中国共产党红军第四军第九次代表大会会议的会场。我伫立良久，极力用影像镜头里的场景摹绘当时每一个参会人员的情态和神采，遥想很多年轻稚嫩的脸庞，严肃过后，分明就是一轮轮春天的太阳。毛泽东、朱德、陈毅、罗荣桓、谭震林等老一辈无产阶级革命家的身影，仿佛就在眼前浮现。

按照浏览路线，走出廖氏宗祠，门外是一片池塘，这里也许是当年领袖们可以徘徊思索和交流的一个绝好去处，当明月照亮池塘时，月光也在为他们的思想光辉吟唱。历史总是记住每一个日子的每一寸光阴，直到今天这里永放光芒。

人们从四面八方来到古田会议会址参观学习。我们看到一群年迈的老人，步履蹒跚，有的是坐着轮椅来的；还有一队队中小学生和军人队伍，他们都是满怀激情和崇敬来的，步履矫健，歌声嘹亮；再有就是到这里参加党日活动的各行各业的人们，站在党旗下宣誓的声音庄严、嘹亮、铿锵、坚定。我们几个跟随着数百名学生一起在毛泽东主席雕像前鞠躬、敬礼、献花，把一种无比的崇敬奉上。

当年的哨所，当年的战士塑像，当年的水井，当年的军歌嘹亮，踏着当年红军的步伐，我们走出景区，猛喝一口水，甘甜顿时沁润喉咙和全身，我们深深懂得了一个民族血脉里流淌的是革命先辈们不朽的精神。

革命的胜利势不可挡，中华民族伟大复兴势不可挡，古田会议永放光芒！

春风里的黄姚

在春天旅行，春风是最好的伴侣。一路春风，一路风景，心情自然格外好。当我们走进春风里的黄姚时，暖意、惬意、诗意涌入心扉，那一个上午，我们沉醉了。

黄姚，是一个伫立在漓江下游的古镇，在广西贺州昭平县东北部，方圆3.6公里，属喀斯特地貌。这座发祥于宋朝年间，有近千年历史的小镇，因镇上以黄、姚两姓居多，故名"黄姚"。

车入停车场，周边高山耸立，郁郁葱葱；白墙灰瓦的游客中心，简洁明朗的景区大门，给人们的感觉是清新自然。这里2022年7月刚被文旅部评定为国家5A级景区。

下了电瓶车，首先映入眼帘的是一幅巨大圆形群雕"黄姚古镇·鱼龙欢歌"，整个雕塑，画面生动，激情四射，人物姿态栩栩如生，生活场景丰富多彩，环视一周，顿时抖擞精神。

再往前走不远，是一棵有数百年历史的古榕树，高大蓊郁，遮天蔽日，枝蔓伸出呈拥抱状，仿佛早已汇聚了无限热情，此时和春风一起在迎接我们。

走进一个并不宽敞的长方形的门，这里是东门楼，就进入了古镇中。古镇很小，却有八条老街。大青石铺就的街道，由于时光和行人的原因，像镜子一样。石板街铺得最早的那一段距今已有300多年的历史，叫山根寨。从东门楼到榴李街，是清康熙、乾隆以后铺设的，比山根寨那段晚些，历史的足迹更加清晰。

我们先是沿着河的右岸走，众多古朴的屋舍、店铺、祠堂、庙宇依山而建，虽不高耸，但因地势，显得威武。走着，走着就到了古镇的边缘，穿过河流，想到达河的对岸，刚踏上石墩桥走了一半，前面的人就说到出口了，只好转身，沿河岸往回走。后来从那条老街转过去，才知道刚才是误判了。

金灿灿的油菜花开在几畦窄小的田园里，在春风的摇曳里，非常优美，同对岸古朴的建筑和一座双桥相映成趣，顿时成了正在写生的几个画家和我们镜头里的风景。

桥是黄姚的特色，带龙桥，是古黄姚最为著名的桥之一。它始建于明代万历年间，重修于清乾隆二十三年（1758）。桥有大小两孔，大孔为石灰石拱砌，横跨在深长的石槽上，小孔在大孔两端。桥头两边怪石嶙峋，石隙上有古树数株，树荫下有一钓鱼台，前面有一块大石头，形状如龟，部分没入河中，人称"乌龟爬沙"；还有一块石头像一个骆驼，人称"双峰骆驼"。带龙桥也是古镇的一个标志性建筑，在桥上拍张照，需要排很长的队。

古榕树应当是黄姚另一道风景。除了村外繁茂如盖的古榕树"龙爪榕"，安乐寺、宝珠观周边的古榕树，我们在两条古商业街尽头处看到的古榕树，叫"睡仙榕"，它雄踞江边，既立又卧，虽老态龙钟，又气度不凡，仙风道骨，格外引人注目，占据了一片广场。我们在这里休息，历史的古风和当日的春风把我们裹挟在一起，不是沉重，而是莫名的清爽。

走进我认为那条最为幽长的街道里，春风里的诗意更加浓重。看到那个怀抱婴儿，拖着行李箱即将走出小巷的年轻母亲，我似乎读懂了这里的内涵和美丽。这里深藏着浓厚的古意，也散发着诗意的浪漫。

意外的发现总是让你惊喜,这里竟有著名戏剧艺术家欧阳予倩的寓所,于是一行人进去参观。这位集作家、编剧、导演于一身的著名艺术家,1926年加入南国社,1931年加入"左联",曾创作过剧本《潘金莲》《忠王李秀成》,编导过电影《关不住的春光》《天涯歌女》等。抗战时期,桂林被日本侵略者占领后,疏散到黄姚的就有何香凝、欧阳予倩、千家驹、张锡昌等大批知名人士。

古镇有11座宗祠,宗祠占地面积一般都在26.4万平方米以上,规模雄伟壮丽,装饰华丽考究。吴氏宗祠算是黄姚比较有名的一个景点。我们沿阶而上,宗祠宽阔的门廊格外气势,门廊两旁建有厢房,自成一体。院落正中有一个很大的天井,两旁是小花园,可是说是精致。这里最为精彩的是壁墙,墙壁上有壁画"万般皆下品,惟有读书高",历经百年风雨,依然光彩华丽。

古镇虽不大,但值得观赏的东西很多。我们八个人,走着,走着就散开了。有愿意看古迹的,有愿意看自然风景的,有喜欢购物的,有喜欢静思的;我更喜欢融入古镇的风貌当中,远望近观,体验春风在古镇里的色彩。

古镇被群山环绕,青山如黛,春意袅袅。田螺山是这里最为险峻的一座山,岩壑雄奇,山势瑰丽。田螺山前溪流涓涓,溪上小桥,桥长孔密,连绵的拱形如古罗马的引水渠,山水合璧,一番诗情画意。山上还建有阁台,登台更能俯瞰黄姚周边风景。

除了山的清秀,还有古戏台的别致,也是我们喜欢的地方。这里的古戏台平面呈凸字形,分前后台两部分,前后台间修了板屏,前有朱红的木栏杆,天花板上有花草虫蝶的彩绘,整个装饰凸显了当地特色,舞台虽小,但演绎的世界很大,可见黄姚过往的繁华。

黄姚最辉煌的时期当是清末民初。那时，迁徙而来的客家人将内地的生产技术带到黄姚，人们在这里榨油、做豆豉、种桑养蚕、纺纱织布、安居乐业。听当地老人描述，繁华时黄姚有200多家店铺，易货的人川流不息。当时陆路难行，主要依据水路，姚江联通山外，成就了这里的美丽。

豆豉是这里的特产，且味道极佳。老褚、保良、川和都买了，我却买了"马蹄粉"，晶莹透亮、丝丝如冰，口感润滑，状似马蹄，富有诗意。

在吃了一顿黄姚美食之后，走出黄姚，艳阳高照，春风和煦，归途漫漫，风景永远在路上。

冬日里的忻州

想在一年的最后几天，去一个心情可以游荡的地方，我们选择了忻州。

2022 年 12 月 30 日至 31 日，老褚、郭骁、胜利，还有金灿灿的阳光，一起陪伴我度过了忻州时光。

车，停在忻州古城南门停车场的那一刻，特别想吃饭，因为肚子发信息了。然而沿着宁静的街道缓步走到南门时，高大威严的城楼，矗立在眼前，眼睛先饱了。一阵子的拍照后，追寻斑驳的古迹，竟不由自主地爬上了城墙。

青灰色的砖，铺满了岁月的痕迹；一座座堞楼，瞭望着远古的烽烟；阳光以一种穿透力，直射不远的山脊；我们仿佛几粒浮尘，显得那么微小。

这是有1800多年历史的一座古城，始建于东汉建安二十年（公元215年）。虽经历多个朝代更迭，因是险关要塞，兵家必争之地，故有"晋北锁钥"之称，曾经繁华繁荣。关帝庙、财神庙、泰山庙、文庙，店铺、当铺、金铺、酒铺，密密麻麻，鳞次栉比，让你在回想中，满目迷离。

遗山祠，位于古城的南北大街上，这是一个清代风格的建筑，是为纪念元好问而修建的。这位被尊为"北方文雄""一代文宗"的我国金末元初最有成就的作家和历史学家，文坛盟主，其词为金代一朝之冠。"问世间，情为何物，直叫生死相许？"这句曾经撼动了无数侠客和年轻人心灵的词句，正是出自他的《摸鱼儿·雁丘词》。

在这个宁静的院落里，大门、正殿、偏殿、耳房等建筑都采用木结构和砖木结构建筑，雕琢精致，布局雅致，建筑标致，虽是近几年修复的，但基本保持了原来风貌，对遗山先生还是尊崇的。看到遗山先生平静平和的眼神，他的才华照耀了古城。

除了元好问，遗山先生，忻州人杰地灵，才星闪耀：西汉女作家、著名才女班婕妤，满门忠烈杨家将，"元曲四大家"之一、元代著名杂剧作家白朴，元代著名诗人、画家萨都剌，中华人民共和国元帅徐向前……这片土地充满神奇和光芒。

时间总是匆匆忙忙，从不放过任何一个追寻梦想的人。沿一条街道向高处走，秀容书院的大门显得格外秀气和从容。

这是依山势而建的一座书院，始建于清乾隆四十年，因当时忻县称秀容县，所以才有秀容书院的名字。书院西高东低，分下中上三个院落。下院有白鹤观旧址，拾级而上即为中院。中院是书院的主体部分，又有北边的柏树院、中间的枣树院、南边的槐树院三个院组成。看这里的建筑，多是教室和学堂，布局整齐，古朴宽敞，走进院落，仿佛耳边传来琅琅书声。上院虽面积不大，但却是我们看到的精华所在。过一个叫"通天衢"的牌楼，沿坡而上，我们首先登上了南边的八角亭，这个曾被命名为"望萱阁"的亭子，还有一段传说故事。时任知州邱鸣泰是个大孝子，公务之余经常思念故乡的老母亲，于是就在这处高地上建筑了这个亭子，常常登高望远来解思念远方母亲的情感，为了感知对知州的孝心，当时的文人给八角亭起名"望萱阁"。古时，"萱堂"代指母亲的居室，也代指母亲。

在秀容书院的西坡上，建有三个观风景的亭子。我们看了南边的八角亭以后，转身看到了中间的一个四角亭和北边的一个六角亭。原本感觉南北两个亭子应该对称，结果北边的六角亭是最高的。六角亭旧称"廖天阁"，是忻州城的制高点。我们站在亭子上，环视整个城市，有一种欲飞的感觉。这个"廖天阁"同"天之衢"共同构成一个读书人的寓意，通过"天之衢"，登上"廖天阁"，瞩望飞黄腾达。

在登上中院和上院的台阶门阁处，有"书山有径"和"学海无涯"的牌匾，这个依山而建的书院，不仅有"文昌祠"、戏楼和讲堂，每一处风景都体现了对学生的教育和引导，是一处进行文化、研学活动的极佳场所。

从"廖天阁"下来，还有多处供师生休闲的庭院，花香树荫，设计精妙，让人流连忘返。从一院门西行，有一个阔达的园林呈现在我们眼前，这里被称为西园。这里有"义士阁"，是纪念程婴和公孙杵臼的。还有遗山轩和文宗楼，是纪念元好问的。虽是新建筑，但气势恢宏，气象浩荡，还是给来者一种高山仰止感受的。特别是夕阳的光辉照在文宗楼上，一种金色辉煌的呈现，让心灵震撼。

青石铺就的街巷，总让人有一种时光流动的感觉，在冬天，在寂静的时刻，这种感觉更加强烈。我知道，就连我们的影子都变得光滑和浮动了。

一瓶白酒，三人尽饮。忻州古城的灯火此时分外妖娆动人。酒和灯火那个温度更高呢？一夜的梦渡春秋，让我们想起了美人。

好冷，好冷！从宾馆驱车14公里，我们来到了一处山岗上。这里是貂蝉故里。一个石头雕刻的美人貂蝉，冷冰冰地站在那里迎接我们。庙门不开,封山了,一个蜷缩一团的当地人告诉我们。

貂蝉,这位有"天下第一美女"之称的忻州人,用藐视赵国老乡美男的眼神,把我们扔得很远。

在冷美人的脚下石碑上,写着这样的文字:"貂蝉出生于东汉时期的九原(今忻州)木耳村,出生时故里三年桃杏花不开。曾与王允施以连环计,除掉国贼董卓,挽救了汉室江山,美称天下第一忠义美女。后来貂蝉在关羽的护送下返回故里忻州出家为尼,终老乡里。"读这样的文字,一点也没有惊奇。因为这里是用一种凝固的美,来告诉大家的。这时我想起了诗人舒婷的《神女峰》最后两句诗:与其在悬崖上展览千年,不如在爱人肩头痛哭一晚。

美,应该是一个灵动的世界。

冬天呢?让阳光带我们一起去寻找美吧!

曾刊发于《邯郸晚报》

喀什印象

——新疆散记之三

"不到喀什不算到新疆",这句话在我的心里搅动了12年。2009年6月第一次去新疆,游了乌鲁木齐大巴扎、天山天池、吐鲁番、石河子、魔鬼城、喀纳斯、赛里木湖等地方,有了一种很自得如意的感觉。然而过了几年后,随着越来越多的朋友提起南疆,我一次次有了南疆之行的愿望。南疆与北疆的地形地貌不同,历史文化不同,让我把要去南疆去喀什酿成了一个心结。2021年7月的这次出行,就成了一个圆梦之旅。

喀什是一座古老的城市,它的全名叫"喀什噶尔"。"喀什"是突厥语"玉石"之意,"噶尔"是古伊朗语"石"或"山"之意。喀什不仅是新疆首座历史文化名城,也是新疆南部的第一大城市,南疆的政治、经济、文化中心,还是古丝绸之路上的商埠重镇。

我们一行八人到达喀什古城时,已经是下午的五点多钟,但这里的太阳当头照耀,气温高达38摄氏度,依然表达了对我们强劲的热情。我们沿着高大威武的古城墙外围,往东门方向寻觅探行,沿途亭台、水榭、走廊、鲜花簇拥,街景格外漂亮。东门应该是喀什古城的正门,雄伟高大气派的城门,虽没有雕梁画栋,也没有飞檐斗拱,金黄色城堡似的门墙威严高耸,朴素庄重,一派异域风光。

走进古城,沿一条古色古香,充满维吾尔族风情的街道缓缓浏览前行,店铺林立,小巷如绳,四面通达。琳琅满目的传统手工艺品、五彩斑斓的服饰衣帽、独具特色的文物古董,让你目不暇接。三位女士买了酸奶,一路赞叹,让我们几个男同伴口水连连。当然这里各种美食美味、特色食品更有艺术感,让我们大饱眼福。于是大家一致决定,晚上找个好的饭店,大饱一次口福。

我们选了一个地理位置很不错的宾馆。从酒店出来,就是一条古街。我们在一家具有当地特色的饭店享受了一顿牛羊肉大餐以后,打着响嗝,走进古街。在一片迷乱的灯火中,仿佛进入了一个天上的街市。这里灯火璀璨,楼宇风格别致,街巷民族风景独特,商铺连绵,夜景十分诱人。百年茶楼、油画一条街、气势恢宏的清真寺、五彩斑斓的街景,让我们着实流连忘返。还有西瓜、哈密瓜、蟠桃、库尔勒香梨、吐鲁番葡萄、尉犁甜瓜、无花果等,就连鸡蛋、鸭蛋的摊位,也是品种多多。丰盈得让你目不暇接。

喀什的美景美食,动摇了大家的心。原本第二天想去帕米尔高原景区,也只好暂缓,决定在喀什多玩上一天。这样的动议,又有我妹夫向阳从乌鲁木齐发来信息:喀什老城每天的开城仪式值得看看。大家一阵兴奋,开始有些得意忘形,手舞足蹈了。

喀什老城的开城仪式的确是一场文化盛宴。虽然宾馆服务员误导了仪式的地点,多少有些耽搁。但正戏的精彩,一点都没有让我们失望。先是喀什老城工作人员演出的维吾尔族民族舞蹈,欢快热情专业，让我们不禁也随之晃动。在主持人落落大方的主持中，身着民族服装的演员把舞蹈演绎到如醉如痴。在主持人的介绍下，对喀什民族团结做出过贡献的历史人物班超、张骞、"香妃"、可爱的买买提大叔，还有他可爱的小毛驴一一闪亮登场，把开城仪式推向高潮。

第二次走进古城，走进了像迷宫一样的居民区。一路询问一路寻找，几次走进又折返，折返又走进。最后在几个孩子的带领下，才从一个偏门走出。后来才知道，当地人把巷内的地砖形状做了规定，凡是铺六角形地砖的，就是能够通向老城外的路。而铺长方形地砖的巷子就是走不通的死胡同。

香妃园在喀什郊外五公里的浩罕村，这里是在阿帕克霍加墓古建筑的基础上建设完成的一个园林景观。阿帕克霍加是伊斯兰著名传教士玉素甫霍加的儿子，他继承了其父的传教事业，成了明末清初喀什伊斯兰教"依禅派"著名大师，并一度夺去了叶尔羌王朝的政权。这里依托阿帕克霍加家族五代人墓园精美宏伟的建筑，附加以乾隆宠妃容妃的传说，园林建筑富丽堂皇，极富民族特色，吸引了众多游客参观。人们不仅是慕名香妃的传奇而来，更多是来这里目睹阿帕霍加墓高超建筑艺术和奇峻风格。当然，了解民族风俗风情和历史文化传承，更有一番深意。这里有两场演出，都颇有风采。我们欣赏了颇具特色的婚礼仪式。在这场演员与游客互动的表演中，我们感受了维吾尔族的风俗特点以及浪漫情怀，更欣赏了各民族团结互助共同繁荣的美好景象。

喀什的阳光灿烂，即使到了晚上 8 点多钟，也一样让人们激情四射。我们走进了一个更有风情的饭店，我们准备用一场美食结束对喀什的旅行。这一切，都是在留给自己最难忘的记忆。只是我们的选择与别人不同。吃饱了喝足了出发，去泽普金胡杨，去阿拉尔三五九旅文化旅游区，去阿克苏，去新疆更美的地方。

哈密的云

——新疆散记之四

知道哈密，是从哈密瓜开始的。在以往的记忆里，哈密瓜珍稀珍贵，从来都是吃上一小块，就满足了。能够一天吃上几次哈密瓜，还是2014年10月去敦煌旅游，锡慧老弟和老五弟买了两大布袋哈密瓜。我们在火车上一路走一路吃，美美地享受了一番，所以至今难忘。这次自驾去新疆，从邯郸出发，无论走连霍高速还是京新高速，哈密都是必经之地。最亲密地接近哈密，亲近哈密瓜，我们一直期待着。

从甘肃酒泉，经嘉峪关、玉门、瓜州进入哈密地界，沙漠、戈壁尽在眼前。行驶在高速公路上，虽然限时速120公里，但因为公路两旁没有任何遮挡，横风不断来袭，时有黄沙漫卷，车速必须慢下来。双手握紧了方向盘，丝毫不敢懈怠。茫茫沙海，时有一片绿洲掠过，心中稍有快意，但稀疏得令人心颤。好在经过数十年的治理，荒漠的路段并不太长，道路平坦笔直，白云在前面画出道道图画，我们的心情渐渐爽朗开来。

进入哈密的第一站是游览哈密的回王府。这座回王府建在哈密的回城乡，清康熙四十五年重建。1930年6月，乱兵将这座200多年历史的回王府付之一炬，夷为平地。现在的建筑，都是后来重建的。康熙三十七年回王进京，次年京城回来时请来了汉族工匠，对回王府进行重新设计和修建，整个建筑构造形成了土墙高台、琉璃瓦顶、飞檐斗拱、园林交错的宏伟建筑群，成为当时新疆境内规模最大，最有特色的一座宫廷建筑。我们参观了历史文化纪念馆、王爷台、王府衙门，还在王爷办公的地方，坐在大堂的案台上耍了一次威风。整个王府气势恢宏。

在王爷台，登高望远，天空的云如飞腾的棉絮，犹如散落的白玉，犹如成片的芦花，与宏伟的建筑交相辉映，蔚为壮观。我是第一次欣赏到这样的云朵，天女散花一般，把湛蓝透亮的天空装扮得如此秀美无瑕。整个天空，像一段洁白的织锦，巧妙地覆盖在回王府的宫殿、角楼、牌坊、园林之上，形成了无与伦比的图画。望着天空的云，两位女士坐在高高的亭台上，作起了云的诗篇，造化一种雅趣与诗兴。

那一天哈密的气温高达40摄氏度，一番游历之后，我有些中暑的症状。在保良老弟的引领下，进入同景区相通的一个奇石馆。这是一次绝好的机会，让我欣赏了"天下第一宴"。这个用各种奇石做成的石头宴，以满汉全席菜品为基础参考，突出新疆饮食特色，冷热、荤素、汤煲、干果、鲜蔬物物兼备，配齐了1000多道菜品，全摆在一个直径16.8米，占地面积222平方米的桌子上，是名副其实的第一奇石宴。

巴里坤古城是哈密通往乌鲁木齐途中的一座古城。它离哈密140多公里，离乌鲁木齐570公里，地理位置优越，交通便利。我们从哈密出发，先入省道后进国道，沿途风景迷人。天气预报哈密和巴里坤有中到大雨，一路上虽有乌云在头顶盘旋聚集，但我们欣赏东天山的风景，与乌云并行，黑云与铁色山体互为交融，也别有一番情趣。将近3个小时，我们进入巴里坤县城，经过一路上的反复酝酿，这里用一场急雨欢迎了我们。

巴里坤古城由汉、满两城组成，距今已有200多年历史。满汉两城首尾衔接，登高俯视，苍茫草地一碧如海。这里的巴里坤大草原、巴里坤湖、大河唐城等都是风景优美的景区。我们在得胜门城楼处远眺，连绵的古城墙像一条巨蟒，把城郭紧紧缠住。而在这古城墙内的，却是一个现代气息的新县城。这在全国估计也是不多见的。这里有兰州湾子古遗址风景区、蒲类大观园、仙姑庙、哈萨克风情园等许多值得一去的地方，可惜行程紧凑，饥肠辘辘，只好放弃。

在经历了一场急雨之后，天空渐渐放晴。浓郁的云散去，清爽的风很快带来了清澈的云，此时的巴里坤古城上空空前明净。我们带着一种好心情出发了，乌鲁木齐在等着我们，新疆的美景在等着我们。

何处是梦乡

"小桥流水人家,水乡古镇特色。"如果寻找一个可以当成梦乡的地方,我首选三河古镇。

三河古镇位于安徽省合肥市肥西县境内,是一个有着2500余年历史的古镇,因丰乐河、杭埠河、小南河三水交汇而得名。这里集古河、古桥、古圩、古街巷、古茶楼、古民居、古庙台、古战场于一体,典型的徽派建筑群星般布于河流沿岸,小桥流水掩映其中,亭台楼榭风姿绰约,商埠林立,鱼香满街巷,是一个充满生机和诗意的地方。这里船在河中行,画在梦中游,即便是夜色,也让你如醉如痴,情怀荡漾,不忍离去。

我们利用元旦假期,穿越层层迷雾,百折千回,赶到三河古镇的时候,已经是夜幕深沉。顾不上吃饭,顾不上住宿,就匆匆沿河边灯火闪耀处往古镇热闹处游走,去寻找一份久违的梦境。灯火阑珊处,街巷里显得冷清了。然而,河的两岸灯火迷离,犹如梦幻。脚下的石板街流光溢彩,仿佛在穿越历史。深深的巷子里香味袅袅,让我们顿感饥肠辘辘。好在三河历来是名吃荟萃之地,让我们在饱餐了璀璨灯火之后,也饱餐了芸芸美食。

这里是国家5A级景区,但整个古镇是开放的,不收门票。我们请了一位美女导游给我们讲解,每到一处,都有许多故事流传,让我们收获颇丰。不仅是古老的遗迹,充满了传奇,就连当代的故事也感人至深。能让这里的人们记住的是1991年发生在这里的洪水，一棵名叫"双子树"的小树，救了一对兄弟，现在被保护了起来。在一处古城墙上，也有1991年那场洪水的水位线，今天看来，仍然后怕。水是这里最美的风景，当然有时也会让你感到恐惧。而更多的时候，这里的水和水中的美景，都会让你沉醉。这里有许多大大小小的古桥，"对越桥""二龙桥""望月桥""三县桥""鹊渚廊桥"这些桥都用石头建造，有单孔、双孔、三孔，明月穿孔而过，在河面上浮影婆娑，犹如仙境一般。最有名的是"望月桥"，桥畔建有"望月阁"，在水中相映成趣，引无数游人遐思。而"三县桥"却是原来肥西、桐庐、舒城三县的分界桥，一桥跨三县，可谓天下唯一吗？当然还有情人经常光顾的"鹊渚廊桥"。

青石铺就的街巷，已经十分的光滑，还有一道道深深的辙印，经历了千年的岁月磨砺，依然透着光彩。"合众巷""一人巷"，单从名字上就不难体会巷子的历史。"一人巷"就在科学家杨振宁旧居的旁边，巷子窄得只能过一个人，儿时的杨振宁就时常穿过巷子去上学。我去那里试了试，我这个体重90公斤的大肚汉子，想穿过"一人巷"恐怕要受些罪。这里除了杨振宁旧居还有董寅初纪念馆和孙立人故居，一个是爱国华侨，一个是抗日名将，他们的名字都与这座古镇一样熠熠闪光，让人们充满敬仰。让我们感到惊奇的是这里还有一座"万年寺""万年塔""万年台"，佛光普照，庙台高耸，塔影巍巍，在繁华之中寻得清净之地，可谓难得。告别了导游，我们来到了太平天国古城墙下。公元1858年11月，太平天国青年将领陈玉成、李秀成率军包围进攻三河的湘军，在这里全歼了湘军悍将李续宾所部6000余人，史称"三河大捷"。这里虽然早已烟消云散，但炮火的痕迹还在,喊杀声还在,只是变成了声光电高科技演绎的"三河大战风云馆",感受一下,还是惊心动魄的。

  在历史的回想和追忆中一直奔跑,还是有些累了。当我们从古街中走出时,成群结队的游客如潮涌一般把街巷挤满了,我们庆幸早早地出发,躲过了高峰时段。这时,想起了早晨吃过的三河名吃"米饺"和昨晚吃的沙钻鱼,香味一直在嘴角缭绕。就想让微信朋友圈里关心我们的朋友,也能获得口福。于是三河古镇当地的特产,不管是不是尝过,一股脑地买了一堆,装满了汽车的后备箱。我们不能辜负了"玩在黄山,吃在三河"这个当地的广告语。

  几天过去了,三河古镇的经历、美景、名吃、快乐时光和旅途曲折故事一直萦绕在脑海,仿佛找到了一个早已向往的故乡。虽然只是一种梦里的寻觅,但已经写进记忆深处。

碉楼，耸立的乡愁

去广东开平观碉楼，虽路途遥远，但一直是我们的一个未了心愿。当我们参观了福建永定的土楼后，紧迫感就更加强烈。

住进潭江边上的一座宾馆，凭窗观景，尽管旅途劳顿，但心情还是愉悦的。

晚餐后沿江边巡游，几乎成了我们这次春游江南的每日功课。在开平，也是这样，更何况就住在潭江边上。

潭江两岸的灯火璀璨，滚滚的江水夜里更显汹涌，这是因为宽阔的江面。江水在夜色里微澜起伏，不停地晃动，开平这座城市的不眠，波动着世界各地。

开平市，是广东省的一个县级市，由江门市代管。这是个著名的侨乡，有数十万开平人旅居海外，散落在开平各个乡镇村落的数以千计的碉楼，正是众多侨居海外，眷恋故土的乡绅富贾们，用心血建造的一座座中西合璧的独具特色的庭院。一座座碉楼，犹如盖在大地上的印章，犹如耸立的乡愁，成为华侨文化的丰碑。

在开平现存1800多座大大小小的碉楼，是中国乡土建筑的一个特殊类型，是集防卫、居住和中西艺术于一体的多层塔楼式建筑。这些建筑多建筑于民国时期，更远可以追溯到明代，是源于当时盗匪猖獗、洪水泛滥而逐步形成的规模和格局。

开平碉楼文化旅游景区包含多个景点，立园、赤坎古镇都是值得观赏的景区，我们选择了碉楼比较集中的自力村。

穿过一座小桥，沿碧绿的田间小路一直走进村子，清爽的风拂面而来，如画的田野格外清新，远远望见一座座单体的、并列的、群居的形态各异的碉楼和别墅，这里仿佛就是一个摆满古董的花园。

在一个街前的小广场上，摆放着一座立体的广告标识——开平碉楼文化与建筑艺术展，同周边的建筑和谐相融，增强了人们观赏留影的视觉感。我们纷纷拍照留影，算是走进了一扇艺术的大门。这里还有一间影厅，放映介绍这里的专题片，让你更深入地了解这里每座建筑的特点和历史文化。

自力村有9座碉楼和6座庐（西式别墅），铭石楼是自力村最为漂亮的一座碉楼，建于1925年。它高大宏伟，有六层之高，从外面看门窗很小，都是用钢板和钢枝制作的，防御性很强。它的主人叫方润文，曾在美国经营过餐馆，后以"其昌隆"杂货铺发家，致富后在家乡建造了铭石楼。楼里每层都摆放着不同的家具，虽然格局一样，但布局各不相同。在三楼，这里还设置了逃生通道，可见考虑得周全与细致。整体安排简洁而不奢华，既融入西方文化，但又随当地风俗，各层用处不同，东西多但不杂乱，如今室内摆设，都已成为古董。登上楼顶观景平台，可以一览整个村子的田园风光，十分敞亮秀丽。

云幻楼是一个私塾教师方文娴因不堪贫穷，毅然下海经商，在香港和马来西亚经商致富后，在妻子的督促下为防止匪患建设的。在云幻楼的五层平台大门上有一副长达50字的对联。上联：云龙凤虎际会常怀，怎奈壮志莫酬只赢得湖海生涯空山岁月；下联：幻影昙花身世如梦，何妨豪情自放无负此阳春烟景大块文章；横批：谈风月。这副对联表达了楼主对自己身负报国之志而又壮志难酬的感慨。幻云楼建筑并不华贵，因了这副对联，成了游客关注的建筑。可以说不仅是云幻楼，几乎每一座碉楼和庐的背后都有一段精彩的故事。

自力村 15 座风格各异、造型精美、内涵丰富的碉楼和别墅，以欧美风格居多，也有东洋和港澳风格的，现在多数都不对外开放。龙胜楼、养闲别墅、居安楼、竹林楼、振安楼等，他们有的单体，有的双拥，布局精美，错落有致，置身于良田万顷之中，闻稻香，捧白云，构筑了绝美的田园画卷。电影《让子弹飞》曾在这里取景，风靡了世界。

我们沿阡陌小路，在碉楼和庐间穿梭，时而曲径通幽，时而稻田花香，时而狗吠鸭鸣，时而丽鸟翻飞，虽多数门庭冷落，但生机尚存。细读门庭联语，静观雕梁画栋，中西文化合璧，总让人引出无数遐思。

这些已经成为文化遗产的建筑，都倾注了旅居海外华人的心血。他们大都漂泊在海外，经历了苦难和磨砺，大都有一腔爱国之志、思乡之情，有的通过几代人的奋斗，才完成了对碉楼和别墅以及庐舍的建筑。那种艰苦创业，坚忍不拔的民族精神，一如耸立的碉楼，成为永恒的铭记。

在人们的眼里，乡愁是一枚邮票，是一条船，是一棵树，是一缕炊烟；在开平，乡愁就是一座碉楼。那些旅居海外的华人华侨，他们虽远在海外，但心系祖国，心系故土，剪不断的乡愁，如皓月高挂，千里万里共婵娟。

惠山古镇开春的鼓声

"南朝四百八十寺,多少楼台烟雨中。"唐代诗人杜牧的这首《江南》是描写江南明媚风光和烟雨蒙蒙的江南楼台景色的。位于无锡惠山古镇景区内的惠山寺,正是这四百八十寺中的其中之一。我曾两次去过无锡,一次是30年前,一次是10年前,但都因时间匆忙,未能领略太湖之美。对于无锡的厚重文化,更是少有了解。春潮涌动百业兴,借春节假期,驾着春意,我又一次来到无锡。

走进无锡惠山古镇景区大门,一个广场上站满了红色大鼓,它们排列得并不整齐,有的对面相向,有的成八字状,有的挤在一起,有的站得很远。几十个红色大鼓在鼓面上画有红色吉祥图案,一派火红喜庆的场面。

我走近一面大鼓,用拳头用力地敲了敲,震耳的鼓声夹着涌动的人流,激起春风的漩涡,把古镇搞得风生水起。我知道这是开春的鼓声,虽春寒料峭,但春天的大幕已经拉开。

无锡是个好地方,太湖之美,在无锡得到最佳的展示。我们一行四人,先是游览了灵山胜境,在人头攒动中,看表演,摸佛手,欣赏梵宫的辉煌,感受五印坛城的庄严,而后我们去了太湖鼋头渚,太湖佳绝处,更能让我们感受仙境的缥缈。转换角度,去体验无锡的历史文化,惠山古镇却是无锡的另一张精彩名片。

沿着青石铺就的街道缓慢游走，两旁是不绝于目的古代建筑，一个个千姿百态的门庭和精致奢华的院落，装满了无数的故事，也沐浴了历史的氤氲。惠山古镇景区有四个入口，我们是从古华山门入口进的。徐孺子祠、张中丞庙、范文正公祠、惠山门、寄畅园、御碑亭、古银杏、惠山寺等数十个园林古迹遗址，让你目不暇接，又惊叹不已。

趁他们三人去买美食之余，我独自走进了范文正公祠。这是为了纪念北宋著名的政治家、文学家范仲淹而修建的。据说这座祠堂是清朝时期范仲淹的后人修建的，是一座三进的格局。整个祠堂院子很大，处处都透露出一种书卷的气息。穿堂而过，是一处山水楼阁的小美景，在右侧的墙壁上有"先天下之忧而忧，后天下之乐而乐"的大字，黑底白字，字写得圆润洒脱，也很有力，落款是文徵明。有一位女士一边为自己的女儿拍照，一边讲解这句话的来历与含义，很是认真。

范仲淹祖籍邠州，后移居苏州吴县，与无锡的关联不得而知，在此也不必深研细考。范文正公祠即是后人为纪念范仲淹而建，作为一处设计精美，构思精巧，建筑风格独特，精神内涵彰显有度的园林，还是值得欣赏和称赞的。

有人说，惠山古镇是全国祠堂文化最集中的地方，我有同感。这里不仅有钦定官设的祠堂，也有民间联宗立庙所建之祠，神祠、先贤祠、墓祠、寺院祠、贞节祠、宗祠、专祠、书院祠、园林祠、行会祠等十大类共22个祠堂。祠堂风格多变，有小巧玲珑的，高大威武的，儒雅别致的，气势恢宏的，多是依据地势而建，尽显自然和谐的理念。如果是喜欢建筑和设计的人，等于进入了一所学校。这里不仅建筑美轮美奂，历史文化气息更是浓重浓厚，每进入一个院落，都仿佛走进了一部古书之中。

看到"江南第一山"的牌匾和"锡惠胜境"的门匾，我们购票进入了景区的核心区域。这里有"御碑亭"，是供奉清朝乾隆皇帝御题石碑而建的。在御碑的四面分别刻有乾隆六次南巡四次到达惠山寺的御书诗篇。亭阁四周古树参天，有清澈的水环流，亭子建在中央，别有一番洞天，亭子的后面就是有1600余年历史的"大同殿"。

　　在惠山寺的门口有舞狮表演，喜欢看热闹的人，围了一层又一层。我喜欢静，就在寄畅园门口等。等的时间久了，就到附近几个园子里参观。虽然是冬季，万物萧瑟，但江南园林内在的情趣和生机，还是能让你心情舒畅的。

　　寄畅园，是无锡一个著名的园林。它始建于明正德十五年（1520），兴盛于明万历至清康乾年间，是江南地区山麓别墅式古典园林，也是无锡市唯一的明代古典园林，与瞻园、留园、拙政园并称江南四大名园。这个园子，是北宋词人秦观后裔秦金，购得惠山寺僧舍"沤寓房"后，在原来的基础上扩建，垒山凿池，移种花木，营建别墅，辟为私园，取名"凤谷行窝"。500多年间，秦家后代又改扩建，经多次更名，历经朝代更替，后来秦家后人改名寄畅园，是源于王羲之"取欢仁智乐，寄畅山水阴"诗句，颇有寓意。乾隆皇帝亲题"寄畅园"牌匾，可见寄畅园之妙处深得天下人之心。

　　寄畅园很雅，也很有趣。可以说经秦家后人的数代营造，已经成为江南园林的典范。寄畅园内亭台水榭，门堂馆所，镜花水月，桥段幽径，碑林书阁，每一处都是景中有景，寓意悠远，彰显了园主人深厚的文化底蕴。秦观，作为苏门四学士之一，诗词风雅多情，他的《鹊桥仙·纤云弄巧》"两情若是久长时，又岂在朝朝暮暮"一句道尽人间悲欢离合，至今让无数人勾魂倾倒。

他的后人，文学成就如何，我研究不多，但从寄畅园的构筑寓意中，也可以体现诗境和画境。在寄畅园中游走，徘徊，小憩，心情的安抚一直是畅快的。在一处临湖花墙处停留，透过花窗，看到湖水碧绿，一座小桥横穿一角，衣着鲜艳的游人走过，倒影婆娑，按下相机快门的瞬间，诗意盎然。寄畅园景点既多又密，百转千回都是景，仰望俯视皆有意。只因时间有限，季节不适，再访，已成怀中稠念。

惠山古镇一个不得不去的地方，还有"天下第二泉"。二泉映月，这首已经深入人们心灵深处的凄美旋律，就最早回荡在这里。这首中国二胡名曲，是中国民间音乐家华彦钧（阿炳）的代表作。这首由盲人音乐家创作的传世佳作，曲调高亢凄美，曾让无数人酸透心底，又引无数人奋发抗争，同命运展开决战。

我们看到的泉水虽只有一脉，但深知在地下奔涌的还有更多泉眼。这里虽没有济南趵突泉的百泉喷涌场面，但宁静处更富有幽幽诗意。我想，当明月升起，独伴泉吟，这里定是最美的境地。

走出锡惠公园出口，场外尽是如潮游人。挤不动，心还乱，脚步曲绕，当来到景区出口，看到广场的鼓阵时，情不自禁地又抡起了臂膀，把拳头猛击在鼓面上，激越的鼓点虽没有节奏感，铿锵的鼓声却极富穿透力，春天的音符，已经飞驰在太湖的水面上。

茅台镇的酒香

对于一群喜欢饮酒的人来说，茅台镇一定是个值得向往的地方。

我们先是去了四川宜宾的五粮液酒厂参观，然后就奠定了去茅台镇看看的决心。从云南旅行归来，由黔西南入贵州，到遵义参观遵义会议会址，去茅台镇就顺畅了。

北京圣雄文化传播公司总经理邹文武老师，知我们去茅台镇，特意乘飞机赶来，带领我们一起参观了祥康酒厂。这个依山而建，犹如一座小布达拉宫的酒厂，目前只按规划建设了三分之一，就拥有了 24 个车间，储酒 40000 余吨的庞大规模，其实力远超那些数以千计的小酒厂。据我们住宿的宾馆钟经理介绍，茅台镇有大大小小酒厂 3100 多家。酒厂之多，在全国实属罕见。因此，我们刚入茅台镇，就被扑鼻的酒香熏得昏昏沉沉，有两位女士竟有了不适的感觉，美食都受到了抵制。还有的同事开玩笑说，这里的交警一定不查酒驾，因为一开测酒仪，就显示醉驾。

茅台镇卖酒的店铺一个挨着一个，找一个吃早餐的地方，都十分困难。酒，垄断了这里的一切。直到邹老师提议让我们再多留一天，参观一下茅酒之源和古镇，我们才有了了解茅台镇文化的一次机会。

茅台古镇建在赤水河的岸上，当年红军四渡赤水，第三次渡河就发生在茅台镇。当年的茅台酒还是一个小的作坊，酿酒的工艺也是比较原始的。在我看来，茅台酒品质关键点在于这里特有的水质和特有的高粱。参观完茅酒之源后，我们沿古街浏览，那些古店铺古建筑，如今得到了较好的保护，但是规模不是很大。更多的现代建筑成为这里繁华的主流，可以看得出，茅台酒效应持续发酵，就是改革开放以来的现象。商业化淹没了古镇的原来色彩，人们更加注重酒的魔力，而渐渐淡远了文化本身。好在这里的夜景还是十分美的，或说是惊艳的。我们选了观看夜景最佳的一个酒店就餐，虽然消费高了点，但还是值得的。

酒，是作为一种文化而存在和得以传承的。我比较赞同邹老师的观点。"酒逢知己千杯少，李白斗酒诗百篇，""借酒消愁愁更愁"。这些我们常在嘴边的话，虽然说酒，其实是在对文化的解读。如果只是把茅台酒当成了一种奢华消费，那就失去了传承文化的意义。跌下神坛的一天，就会让人惋惜。

在酒厂，我们品尝了十多种品质的酒，除了差别比较大的以外，多数很难知晓其中味道。只能从入口是否绵软、回味是否浓厚醇香等进行简单的了解。至于酱酒的五种味觉，不能一一品鉴。参观了酿酒的过程，听了技术人员的讲解，也没有深刻的认识。原因很简单，我们更多的体验是酒所承载的文化，而不是酒的本身。

最近几年，喝惯了浓香酒的北方人，开始关注酱香酒。我个人感觉有两个方面的原因，一是保存的时间，而是酒后的感觉体验。大家更多地关心纯粮酿造的酒。我曾经喝过很多种酒，有的酒后有口干、头疼、眼涩的感觉，还有的对心脏有不良反应。总之，跟喝多喝少没有关系，跟酒的品质有关系。在茅台镇喝了几场大酒，感觉还是可以的。就是说，没有什么不良的反应。也许这跟"酒逢知己千杯少"有点关系,这是一个文化的话题。

保良老弟对酒情有独钟,买了钟经理的一箱好酒。由于车里实在装不下了,我们只好放弃了买酒的意愿,现在看来,多少有些遗憾。好在我们已经和酒厂建立了联系,相信今后能得到一定的补偿。

我们选择一大早离开茅台镇,远离酒香的诱惑,一是为了赶路,二是尽快隔断不舍之情。但愿茅台镇这个酒城,能更多地酿出美酒,更远地传承文化,成为我们一直期待的地方。

渼陂，星光闪耀

渼陂是一个古村，始建于南宋初年，距今已有 800 余年的历史。这里距离江西吉安市 30 公里，有"庐陵文化第一村"的美誉。"芗峰东立，乡岭西护，瑶山南耸，富水北流，可谓山抱水环，天然形胜。"正是这诱人的风光，才使得我们不远千里，走进这里。

驱车刚入村口停车场，细雨就飘洒而至。望着街口涟漪如歌的荷塘，我想不带雨伞也罢，雨中游，更有一番情趣。

第一个进入的景点是梁氏宗祠——永慕堂。由于这个村子梁姓是大姓，永慕堂也是村子里最宏伟的建筑。这个祠堂最早建于宋代，后经多次重建，如今依然古朴典雅，雄伟壮丽，气势非凡。这里的飞檐斗拱别具特色，成"官帽"状，雕刻精美，寓意深刻。导游详细讲解了每一处物件的来龙去脉，特别是每一副对联都暗嵌"永""慕"两字，尤为精妙。二层三进庭院构造的祠堂，不仅气势宏伟，就连中堂墙壁上的"忠、信、笃、敬"四个大字，每个字都有两人之高，可见当年建造之初的构想和气度之大。在讲解员的讲解中，我们还了解到，永慕堂还是当年红四军的军部。红色印记让这里更具纪念意义。

沿鹅卵石铺就的小巷向村中漫游，一个古朴的小院吸引了我们。这里有一个圆形的石桌，四个石墩，还有一个石碾；一面墙上挂着一个茅草编制的斗笠，另一面墙上挂满了金黄的玉米和如火的辣椒；一面土坯的墙和一面砖墙，色彩分明，颇有沧桑感和时代感。这分明是一个寂静的休闲之处，又充满了温馨的气氛。在这个小院的不远处，有一个窄窄的巷子，巷子中间有一个很普通的院子，这里曾是曾山的旧居。只可惜，当日没有对我们开放。

在小巷的尽头右转，行30多米，是一个正方形约100平方米的广场。穿过广场，对面是毛泽东旧居。我们在这里拍照留影，心中无比崇敬。"惟吾德馨"的庭院里，走进一个"桂馥兰馨"的门洞，这里其实就是一个书房。在书房的后院，有一处清净之处。院墙上用竹草装饰有一个图案，更有一副对联："万里风云三尺剑，一庭花草半床书"。

渼陂有许多格局奇特的庭院，是那个时代众人仰视的景观。在渼陂，明清时期的古建筑保存完好的就有367栋。朱德旧居，彭德怀、黄公略、毛泽覃旧居，都在这里闪耀光辉。节寿堂为红军医院，万寿宫为赣西南苏维埃政府，敬德书院为苏维埃政府总工会旧址，司马第为罗炳辉旧居，为这个古村增添了红色记忆。

渼陂是共和国将军梁兴初、梁必业、梁仁芥的故乡。这是一个将军村，出了四个将军。在"梁兴初将军故居"，在"万岁军经典战役展示馆"，我们谈起了不久前看过的电视剧《跨过鸭绿江》的精彩剧情。志愿军38军的浴血奋战场面，在我们的脑海里一遍遍上演。在将军的故乡，满怀的荣光，让我们心胸激荡！

在导游的引领下，我们走进了一条长900米的古街。这里店铺林立，门楼高耸，牌匾锦旗高挂，遥想当年，这里曾是繁华的商业街市。在一个古朴的米店前，导游停下脚步，告诉我们，这里就是电影《闪闪的红星》拍摄地。潘冬子米店智斗土豪的场景，就是在这里拍摄的。我兴奋地上前，将"今日无米"木牌，翻转成"今日售米"，电影里的场景顿时浮现在我的眼前。我和同行的中学时代老班长杨川和一起回忆当年一遍遍看《闪闪的红星》电影的情景，至今激动万分。当年，我们都可以全部背诵《闪闪的红星》里的台词，是绝对的影迷。

除了门票，我们还领到了品茶和乘坐竹排的体验票。

"红星闪闪放光彩，红星灿灿暖胸怀。红星是咱工农的心，党的光辉照万代。"此时的河边，正回荡着《红星歌》的旋律。在我们的心中，《红星照我去战斗》《映山红》这些久久萦绕在我们脑海里的歌曲，曾经激发了我们一代人为党的事业奋斗的壮志。

歌声久久回荡，我们的心愿一直在燃烧。渼陂，这个星光闪耀的地方，留下了我们永远的记忆。

品一座老城

——赫图阿拉故城印象

一座有 400 余年历史的老城,是需要慢慢品味的,何况赫图阿拉故城承载着大清王朝的建立和兴盛。然而,我们却是匆匆走过,蜻蜓点水一般浏览了岁月留下的痕迹。因为在湖光山色面前,这里的确逊色了一些。

在初步了解了萨尔浒之战的历史脉络之后,赫图阿拉就是一个绕不开的地方。因为清朝的 296 年,是从努尔哈赤建立后金开始的。1616 年,努尔哈赤在赫图阿拉的"汗宫大衙门",也就是民间称呼的"金銮殿""称汗",建立后金政权,继而在这里领导指挥 8 万军队击败明朝号称 47 万大军的萨尔浒之战,奠定了其逐鹿中原,建立清朝的基础。

在景区临近关门的时候,我们到了!面对景区管理人员的劝说,我们选择了可行方案,那就是租用景区内的专用车,提高游览速度,先从临近关门的景点开始参观。于是第一站选择了"汗宫大衙门"。

在导游的引领讲解下,我们先后走进努尔哈赤的寝宫、文庙、普觉寺等地方。在努尔哈赤曾经坐卧的炕上,大家争相入座,感受"大汗"曾经的温度和气场,引来阵阵笑声。

最有气派的还是"汗宫大衙门",它的外形呈八角形,重檐攒尖式建筑，内有大汗的龙椅，周边是八面旗帜，分别是黄、白、红、蓝、镶黄、镶白、镶红、镶蓝，这也是指清朝的八旗制度。导游详解了八旗制度的由来和发展，大家听得津津有味。

这个景点规模比较大，在广场上行走，有一种穿越历史的纵深感。导游说这里跟沈阳的故宫规模差不多，有多个相似之处。

乌云遮着太阳，时而也露出微光，但因逆光，建筑的宏伟受到了些许伤害。那天拍照的人不多，大都紧随导游听讲解。此时了解历史比观赏景物更重要。在我眼里，这里虽是大清的第一个宫殿，有一定的历史意义。但就建筑规模和艺术而言，同北京的故宫相比，还是逊色的。

努尔哈赤的出生地还是有点味道的，在这里称"塔克世故居"。这是一个不太大的院落，院门很小，也很朴实，同宫殿比，有些寒酸。但这里是富有原味风格的。院子里保存了一些400年前生活的旧物件。最令我关注的，是一个比房屋更高的独立的烟囱。北方寒冷，"口袋房，万字炕，烟囱竖在地面上"。整个建筑体现了满族民居的特点。在屋内的陈设中，"窗户纸糊在外，养活孩子吊起来，大姑娘叼烟袋"，这"满族三大怪"的风俗，也有充分体现。温馨、别致、生活气息浓厚，是这里的一个特点。我在这里买了两份满族风味的点心，原本想在途中解燃眉之急，不料整个旅途酒肉大餐天天有，直到回到家中，才品出了特有的清香。

汗王井的名气很大。它位于赫图阿拉城内中部，是城内唯一一口饮水井。井深丈余，井水充盈，俯身可取，清澈见底，清爽甘甜，严冬不封，酷暑清凉，被誉为"千军万马饮不干"的汗王井。我们一群人纷纷从井里汲水，在旁边的金盆里洗手，因为不懂规矩，闹了一场笑话。

我们还冒雨参观了正白旗衙门，一个四四方方的院子，典型的四合院建筑，是这里保存较好的原始建筑。在内城之内，还有许多建筑和看点，雨开始骚扰我们的心情，只好跟随导游乘坐我们的车，来到了外城。

赫图阿拉故城分内外两城。内城东西长551米，南北宽512米，占地24.6万平方米。外城建有中华满族风情园。有满族老街、地藏寺、显佑宫等。我们在导游的引领下，参观了满族历史文化长廊。外面雨声轰鸣，长廊内历史回声悠扬，一堂满族文化盛宴，让我们顿感精神饱满。从出口走出，雨竟骤然停了。沿湖的大道上，树木花卉青翠，空气清新飒爽，仿佛进入了另一番气象之中。

一路品味着老城的味道，一边呼吸着新鲜空气，刚要慨叹一声，雨又来了。雨，好似我们忠实的伴侣。从我们出发，到我们整个东北行程，可以说风雨兼程。这似乎像极了一个王朝的历程。努尔哈赤曾经找寻过其他可以生存的地方，但在经历了无数的风雨之后，还是回到了这里。

赫图阿拉，一个出发的地方，一个改变命运的地方，一个充满神奇的地方。在袅袅炊烟升起时，这里重新开始，成就了一代帝王。

当日，我们入住新宾满族自治县一家临街宾馆。听着彻夜不停的雨声，我们都做了一场"春秋大梦"。

皤滩古镇的千年遗梦

游完神仙居后,昊阳兄就有些体力不支了,拐杖似乎也没有发挥多大作用。虽然已经到了中午,我们还是决定去皤滩古镇吃午饭。我们把车停到了村口,想吃点当地小吃,村民说疫情期间小吃店都还没有开门。想吃饭,两公里处有一个"八大碗"的饭店。估算古镇不大,最多也就游玩半个小时,索性就先游景区后再吃饭。于是昊阳兄在村口休息,我们三人便走进了古镇。刚走进不到百米,正在为眼前的古老店铺原貌现状惊叹(这里从来没有被修整过,原汁原味地坐落在我们面前),突然就被一位女士拦住,说是从五一开始这里收门票35元。我们饥肠辘辘,又要交门票,就有了放弃游览的意愿。于是开车去找饭店。在一个桥头空旷处,看到一个规模还算不小的土家菜馆,就走了进去。由于过了饭点,只有我们四人用餐,四个菜一个汤烧得做得都不错。

饭店门口就是永安溪,一条水坝形成了一个落差很小的瀑布。河的对岸,远望有一大片古老的房子,那里就是皤滩古镇景区的真正入口。我们饭前去过的地方,是这个有"龙形古街"之称的龙尾,也就是这个景区的出口处。

景区门口的停车场很大,车辆却是寥寥无几,沿鹅卵石铺就的曲曲弯弯的小道,在绿荫的陪伴下,踩着满地散落的红的花瓣，绕过一道道水塘，走进了古镇。

　　皤滩，意为"白滩"，名字和遍布河滩的白色鹅卵石有关。在古代，或者说很早以前，这里是永安溪独一无二的五溪汇合点，朱姆溪、万竹溪、九都坑溪、又黄榆坑一起汇入永安溪。水陆交汇，形成了这里独特的地理位置，使之成为浙西重要的古代食盐中转码头。虽然历史已经随溪流远去，流进江河，流进大海，流进烟云，但漫步街头，店铺林立，祠堂开阔，庭院幽深，茶楼典雅，酒肆高大，书场戏台宏伟，都可以遥想当年的繁华与热闹。还有那些"官盐绍酒""苏松布庄""两广杂货""同庆和药材"等老字号，在古镇的街道上留有牌匾门店，赌场、花楼、当铺应有尽有。有人说，这里是一处拍摄武侠电影的绝好外景地。

　　沿着鹅卵石铺就的街道缓缓地游走，有一种穿越千年的味道。那些经历了风雨侵蚀的店铺门板，那些祠堂茶楼上的木雕砖雕，那些庭院里摇摇欲坠的屋檐瓦片，都印证了这里曾经遥远的岁月。值得让人引以为豪的是这里的无骨宫灯，被称为江南一绝，一直传承到今天，依然点亮着这里的一切。街道上很少看到年轻的当地人。脸上布满沧桑的老人，有气无力地招呼你买些当地的特产，毫无生机盎然的景象，更让你真实感到走进了一个古老的年代。

　　状元楼很有气势，大门紧闭，就连门缝也很严实。何氏大学士府遗址，这里称"何氏里学府"，是一处典型的江南式民居，庭院内有藏书楼、小姐闺房、大小天井，各种设计古朴典雅，布局精巧，可走进院落，犹如迷宫，到处散发霉味和枯味，因无人整修保护，显得破败不堪。陈氏宗祠门口的两个狮子石雕，造型活泼，雄伟高大，风雨中已经锈迹斑斑，没有了青青底色和光滑色泽。胡公大帝庙香火寥寥，塑像灰暗。石砌的房屋，伴随鹅卵石铺就的小巷通往幽深处，绿苔长满石缝，看上去小巷似乎有数百年无人踏足。这仿佛是个自唐代以来千年的梦境里沉睡的小镇，又是一个梦里繁华，梦里失落的小镇。远去的梦，沉淀着人们的遐思。

当然，我们还有意外的收获。我们在这里遭遇了红军第十三军的炮声。在中国工农红军第十三军第三团（师）纪念馆，详细了解了这支被历史硝烟淹没的，战斗在浙西南一带红军的历史。他们建军时战绩颇丰，后遭受过重大挫折，但作为一支红军部队，有着不可磨灭的历史功绩，彪炳史册。

蟠滩古镇很古老，环绕古镇的水系很美。用鹅卵石铺就的堤坝，把水圈点成无数个湖和塘，当然还有像月亮湖等那样美丽的名字。堤坝的两旁摇曳着婆娑的绿树，说不上名字的树种，枝条柔美飘逸，散发清香。碧绿的水里有许多绿苔，似动又静。有几位妇女在浣洗衣服，在水面上荡起涟漪，犹如千年遗梦。

青岩时光

把一切停下来，静静地分享时光。青岩，就是这样一个地方。

很多人选择了住下，在清淡的月光中，分享青岩的宁静。2017年的中秋节，青岩并不宁静。我们来得比较晚，在古镇内找不到一处栖身之所。镇外的一处酒店里临时用办公室改造的几间客房容留了我们。

米黄色的灯光，映衬着古镇的沧桑和神秘。我们沿青石铺就的街道拾级而上，时而有一条条小巷向周边分出，一个个红红的灯笼像羞涩的脸庞，透着神秘的诱惑。当然，丝毫没有恐惧的感觉，反而有一种跨越时空的亲切感。三三两两的青春男女从我们的身边走过，除了笑声，还有那种吃东西的声音，让夜色变得多情。

无论是沿街的店铺，还是隐进深处的宅院，还有教堂、寺庙、城阁，以及厚厚的城墙，当然还有荷塘，因了中秋的满月，显得格外地浪漫。月光洒在南门外的荷塘上，有些枯萎的荷叶，变得更加憔悴，犹如葬花中的林黛玉。在东门，圆月和角楼相互对话，仿佛正在记录一段历史与时代的深情交流。从西门入蜿蜒的城墙，浩渺的天空伸手可得，星光下的古镇，静谧得如同一尊睡佛。

月光迷离的时候,在一处小店小酌。老板和姐妹们见我们善饮酒,很是高兴,便推荐了当地的"状元猪蹄",助我们下酒。那种空前的喜悦气氛,也只有今夜才可以呈现。饮酒赏月,再吃上当地特制的年糕,当作月饼,更是一种别样的情怀。青岩的中秋之夜,却是分外的惬意和朗怀。

虽然青岩的时光是从夜色开始的,但我们也从不想放过清晨的美好。早上六点,当这里的一切刚刚开始萌动时,我们已经冲上了城墙。城墙很高很陡,有的地方是直上直下那种。我们从介绍中知道,这里曾经是军事重镇。在历代多次的战斗中,这里岿然不动固若金汤。站在最高处,看喷薄而出的太阳,青岩古镇尽收眼底。已经有袅袅的青烟,像一只刚刚睡醒的鸟儿慢慢升空。但对于整个睡眠中的青岩,显得那般无聊。我们在一个古树前欢呼、合影,想打破一种宁静,想显示我们的存在,但还是有些渺小。有几个愣头小伙站在城墙的最高处的边上,喊出无聊的粗话,也没有让古镇有一句回声。我们知道在六百多年的历史长河中,青岩始终以它的固有个性生存抗争,以刚毅和神秘让世人仰慕。

一个叫半亩塘的地方,还是有些诗意的。在一个僻静处,只有半亩的地方,荷塘、楼阁、亭台、花园,建得精致雅趣,令人心生美意和流连。晨光里的小巷,静得让人生情。是那种让人不忍离去的情感。特别是我们这些已经年过半百之人,对于往事的回忆,常常带着真情。去寻找状元故居的路上,遇到了一老一少两个女人。她们牵着一只玲珑般的小狗,行走得很悠闲,完全融入了这里的生活情境。我们向她们问道,她们笑了,因为她们也是外地人,也是来这里寻找状元故居的。她们的从容,让我们再一次认识了青岩。

青岩就是这样，没有一点让人陌生的地方，更没有让人感到不舒适的地方。这里的一切都熟悉得像你的过去时光，又像是未来归宿和值得寄托的地方。在这里，每个人都能找到你的所爱和美好记忆。你可以歌唱，也可以低吟，更可以一个人发呆深思。一切都随意而为，尽情而作。时光在青岩就是一场梦，永远像月光一样的梦。

曾刊发于《邯郸日报》

清明游隆中

清明时节雨纷纷,一路歌声行人醉。欲问风景何处好,河北河南到湖北。

2017年4月4日清明节,我们在雨中游览了位于古城襄阳的古隆中景区。雨中景、雨中情、雨中幻境,交织在一起,让我们难以忘怀。

我们同行的四个老友是在游玩了湖北恩施土司城、恩施大峡谷后,返程中游览古隆中景区的。我们四人两年前同游神农架景区时,曾中转古城襄阳,游历了米公祠,时间关系,无暇游古隆中,留下了些许遗憾。在那一次的返程中,我们在河南南阳游历了卧龙岗景区,算是对错过古隆中的一个补偿。而这一次,我们在晚上九点之后就住在离古隆中景区1.5公里的襄阳市工会干部学校,方知步行去古隆中景区都十分便捷,如果不去,不是太遗憾了吗?

清明雨,总是下得那么淅淅沥沥、缠缠绵绵,让人平增许多忧思和愁绪。漫步景区,雨中绿树婆娑,许多花儿含苞待放羞羞答答,条条小路蜿蜒伸向浓林深处。游客中各色各型的雨伞在各个景点聚集分散,也融入风景之中,成为一道流动的风景,让忧思和愁绪也随之浮动。清明时节,人们光顾这里,不仅是因为这里是刘备"三顾茅庐"和诸葛亮作"隆中对"的地方,是一个有着千古佳话的地方，更是人们追思先人的地方。诸葛亮不出茅庐而三分天下，以忧国忧民之情怀，谋天下分合之大事，尽鞠躬尽瘁死而后已之忠诚，成为普天下人之楷模。此时此地，游历此处，怎不让人浮想联翩！

虽是雨天，到这里游览的人群仍络绎不绝。在古隆中牌坊前留念，仍然需要抢镜头。牌坊两侧有诸葛先生"淡泊明志，宁静致远"题词，更有杜甫先生评价诸葛先生的著名诗篇《蜀相》中的"三顾频烦天下计，两朝开济老臣心"让游人感怀。这里古朴庄重，让人们也更加肃穆敬仰，让一切嘈杂之音远去。向山上问道，拾级而上，隆中书院在一处静谧中隐身。整个书院建设得典雅古朴，周围古树成行，绿荫浓碧，翠竹满园，确是一处读书研修的好地方。虽是后人修建，但传承求学治国精神，却是一件幸事。在武侯祠堂，许多人点亮一炷清香，拜祭一代名相，从中汲取智慧和忠诚之精髓，为自己的一生躬身立命。仰望那些历代名人题写的名联名诗名句，心中沉静而潮涌。环顾六角井，观泉流汹涌；停留草庐亭，想诸葛躬耕；三顾堂前多徘徊，卧龙草堂听雨声，每一处遗迹都勾起无数忆念。这里曾是诸葛亮17岁到27岁隐居躬耕的地方，也是他作为一个政治家、军事家、文学家谋略天下的地方。深厚的历史古韵让这里充满神奇之色。

小时候我曾痴迷《三国演义》一书，书中人物最敬仰的就是诸葛孔明。赤壁大战促成孙刘联盟，七擒孟获攻心为上平定南蛮，六出祁山鞠躬尽瘁，历历在目的智慧忠勇。如今游历在古隆中景区，可以触景生情遥想诸葛先生早年的风华绝代，的确是很惬意的一件事情。而此时我们正穿越一片竹林，听竹林深处传来幽幽琴声。突然云烟升起，顿时弥漫竹林水景，犹如仙境降临。此时，我朦胧中幻觉诸葛先生一袭白衣，羽扇纶巾，飘然而至，向我们挥手致意。雨雾蒙蒙，洞天顿开，一片牡丹园映入眼帘。红的娇艳，白的纯璧，省去了四月洛阳赏牡丹的一份劳顿，心中徒增快感。环顾周边景色，群山环抱、松柏参天、葱郁叠翠、水澄幽绿，风景格外优美，正应了人们对这里的评价："山不高而秀雅，水不深而澄清，地不广而平坦，林不大而茂密。"如果是雨中赏这里，更是无限风情在心中。因为你不管带着何种心情而来，这里的山充满智慧，这里的水深藏灵性，这里的树承载记忆，这里的花绽放深情。

雨中游古隆中，虽然只是一次邂逅，却是一生的钟情。

窑湾里的乡愁

正在为端午去何方采风的问题犯愁时,人民网推荐了八个好的去处。一个一个地欣赏图片,一个一个地梳理路径,真正能去的地方很难抉择。三天的时间,自驾游能够顺利往返,又不是太累太紧张,去哪里?我们选择了窑湾。于是,这个有着一千三百年历史,有"小上海"之称,能与水乡周庄媲美,更有北方特色建筑,大运河上的黄金分割点,能够让人想起乡愁的地方,走进了我们的行程里。

这里是京杭大运河与骆马湖的交汇点,水是这里的灵魂。窑湾三面环水,河道、湖面、沟渠、水塘交叉纵横,形成了密布的水网。水,或动或静或潺潺或奔腾,都别有一番情趣。特别是这里的湖面并不大,水塘居多,使我不禁想起了家乡的水坑。黄泥水里儿时的顽皮记忆。比起这里的水,那就天上地下了。有水就有船,有水就有桥,有水就有灵性。想走进窑湾碉楼般的城门,就要先走过一座桥。桥虽然结构简单,却是必经之路。拱形的桥,远看如轮弯月。碉楼式的城堡,在北方多见,而在江淮一带却是独特的。桥连着桥,像臂挽着臂。接着又要过桥,而这一座桥精致得富有诗意,在水中的倒影宛如一轮明月。从这座桥望那一座桥,距离之间就有一种美感,用镜头丈量,仿佛咫尺。有一群美女走过,有一种人在画中走,画在人中游的感觉。这一切都因了水的清澈，因了桥的精致。我突然就想起了卞之琳的那首《断章》，好像就是写这里的。

窑湾的街道并不是宽敞平坦的那种，更多的是曲径幽径，稍不留意，就会原路返回，如入八卦迷宫。这也许与水有关，因为水从来都不是直线前行的。弯曲应是水的本性。这里门店林立，有一种拥挤的感觉。可能是受土地的限制，街道窄院子小，显得挤显得拥。这里的门店，明清时期的建筑保存得很好，基本有原貌风格，且特色明显。印象最深的是哪个酱菜厂，也就是人民网上最诱人的那张照片，还有一种神秘的感觉。临街有店铺，院中有晒场，旁边有加工厂，后院有雅居，如此紧凑的布局，我还是第一次相识。可能因窑湾是漕运和盐帮的重要集聚地，这里的酱菜远近驰名。我特意买了几瓶，回家后品尝，果然味美清香，爽口爽心。这让我想起了老家的大缸，也是腌咸菜用的，比起这里的还要大。可白萝卜的咸菜比这里的酱菜那是逊色了不少。

黄昏是这里最美的时候。夕阳照在平静的湖面上，金色酱色红色组成多彩的梦境。游动的小船在湖面上摇荡，人影婆娑，犹如晚歌。幽静如梦的古街，仿佛一条条金色的丝带，那城堡就像一个结，把窑湾兜起来挽成一个大的渔船模样，在汪洋的水中飘荡。优哉游哉，如梦如幻，紧揪着游人的心，让你想起故乡，荡起乡愁。

鱼是这里的美食，所以大家都选择了吃鱼。我们选了一个小店，要了几碟小菜，要了这里的鱼，还要了这里的名品绿豆烧酒，想在醉中体验一下窑湾的风情。不知不觉中三人喝了两瓶，晃晃悠悠地走出酒店时，大街上已是灯火辉煌。窑湾古镇在灯影里晃动，在我们的梦里晃动，那一夜我们睡得很沉很香。

  清早起来，我们竟遇到了老乡。先是看牌照惊喜，后是听乡音亲切。人生处处是故乡，真的让我们高兴快乐。

曾刊发于《燕赵散文》

有一个地方叫流坑

　　从抚州名人雕塑园出来，我深为抚州的人杰地灵赞叹不已。王安石、汤显祖、曾巩、晏殊、晏几道、陆九渊……就连不是抚州人的陶渊明，也曾同这里有一年左右的为官巡察经历。这些文化名流与抚州的人脉关系，使得抚州成为一个值得记忆的城市。

　　带着无限的遐思和浮想，我们驱车来到了位于抚州乐安县的流坑村。正值中午，丝毫没有饥肠辘辘的感觉，脑海里装满了那些虽是石雕，却是栩栩如生，个性张扬的艺术形象。他们不仅搅动脑海，也充盈胃觉。然而大家还是少许添食，好以充足的力量在这个被称为"千古第一村"的地方，尽情地徜徉。

　　流坑，建村于五代南唐昇元年间（937—948），发展至今，村落面积有3.61平方公里，1200余户，6000余人，董氏占比90%以上。村庄四面群山拥翠，江湖环流，樟柳掩映，基本保留了明清时期的原貌。是一座历史文化名村。1997年8月，被曾任国家文物局局长的张文彬誉为"千古第一村"。

　　在导游的引领下，进入眼界的是几棵有着几百年树龄粗大魁伟的樟树。站在树下，仰望树冠，我们显得格外渺小和羸弱。这里一片宁静，除了平和朴素的村民，鸡鸭猫狗都那么的温顺。穿越千年时空，我们犹如走进一个世外桃源。这里远离尘嚣，仿佛除了日升日落，一切都是静止的。

村子东南两面青山连绵，乌江绕村而过。村中的龙湖将全村分成两个部分，在太阳的照耀下，从容安静。古人们喜欢就地取材，鹅卵石铺就的村路，取材于乌江河床。我们踩在上面，就是天然的脚底按摩器。这里的建筑青砖灰瓦，马头墙高峻，雕梁画栋，一展徽派风格。在那些斑驳沧桑的墙上，我们清晰地读到历史的痕迹。

　　进村不久，龙湖就呈现在眼前。在龙湖的岸边，有"状元楼""丈夫第""翰林楼"等门第匾阁，记载了这里悠久的历史与辉煌。最为著名的是五桂坊。它是"流坑是人才之乡"的有力证明。北宋时流坑董氏的第四代和第五代人中，同年有五人中进士，时称"五桂齐芳"，为了纪念这一盛事，流坑人建立了五桂坊。如今虽然只剩下一些牌坊的基石，但五桂坊当时的荣耀依稀可见，给后人的激励精神永存。流坑千余年来，登科入仕者众多，有"文武两状元，两朝四尚书，进士三十四，秀才举人灿若繁星"之称誉。可见此村文脉之盛。

　　听导游讲解，流坑的街巷纵横交错，但主要街道轮廓清晰，以"一纵七横"的八大巷为主体，间以若干小巷相联通，布局井然。整个村子从高空俯瞰，像一把梳子。旅行家徐霞客称这里"阛阓纵横，万家之市"。可见这里曾经的繁盛。在街巷里七转八拐，如入迷宫。有的巷子很窄，只能容一人侧身通过。在一条被现代人们称为"时光隧道"的巷子，一边是明代的高墙，一边是清代的高墙，从中间穿过，一日穿越两个朝代。在这些古院落里寻找历史的遗迹和光影，别有一番情趣。导游告诉我们，明代的建筑以砖雕为主，清代的建筑以木雕居多。从历史的风雨中穿过，我们才能更懂得文化传承的珍贵。

　　站在跨越龙湖的古桥上，可以看到如诗如画的水墨。徽派建筑的倒影、白云蓝天的倒影、樟树柳树的倒影、游客徘徊的倒影，形成了一幅绝美的画卷。在龙湖两岸和一个个街头庭院处，很多写生的美术系学生也成了画中人，装点了美丽清净明亮的龙湖。

在村东北的一片古树林后，坐落着一座大宗祠。它原是明代董氏大宗祠，曾是气派轩昂、端庄典雅的三位一体的建筑群。只因1927年军阀孙传芳部将邢玉堂一把大火，让这里变得苍凉零落，野草丛生。360多年历史的辉煌建筑，只剩下6根8米高的花岗岩圆柱，孤寂问天。导游说，许多人在这里联想起圆明园。

从大宗祠往西走，不远处是一座文馆。文馆始建于明代，建筑精妙，布局合理。特别是那个雕花式六角藻井，顶部六区是荷叶宝瓶纹，精工细雕，古朴华丽，很是诱人眼目。除了这些重要建筑里留有许多文人墨迹，在许多民宅的庭院里，门楣、山墙、影壁、厅堂处都留有文人墨迹。从王安石、曾巩到朱熹、文天祥，再到曾国藩、左宗棠，流坑文墨之多，年代之久远，让我们这些喜欢文墨的人大饱眼福。

在流坑的游览意犹未尽，导游告诉我们不远处还有一个免费的景点。那个叫"中国第一古樟林"的景区，1200年树龄的古樟树，蓊郁参天，众多数百年树龄的樟树聚会在此，成为又一个不得不游的地方，再一次让我们大饱了眼福。

流坑，太多的美好，都如它的淡然与平和。太多的记忆，都如它的悠远和绵长。太多的思索，都如它的繁华与失落。我们从流坑走进历史深处，太多的是久久的梦境与回味。

清明在兴化

清明总是在雨中缠绵，才有了"清明时节雨纷纷，路上行人欲断魂。借问酒家何处有，牧童遥指杏花村"的佳句。我因此感慨，古人就是厉害，比天气预报还要准。

去年清明时节，我们一行四人赴湖北恩施大峡谷，半路上细雨蒙蒙，在返程襄阳时，细雨变成了大雨。我们雨中游古隆中景区，至今记忆犹新。今年清明节，我们驱车赴江苏兴化游千垛菜花景区，又逢中雨，和成千上万的游客一道雨中赏油菜花海，除了被金灿灿的景色震撼，还在记忆中留下了一份美丽。

进入景区后，我们先要坐船游览。坐在一条限载6人的小船上，刚刚驶入河道，我们就被两岸的油菜花海包围，站在任何一个岸上，用镜头看我们，我们都成了油画中的模特。

一位50多岁的老妇人头戴斗笠，肩披蓑衣，躬身划动双桨，满脸的笑容和油菜花一样灿烂，在我们看来，她又是一道风景。

船逆流而上，轻轻荡漾的水面上，雨点激越像飞动的音符，而那上下翻飞的双桨犹如弹奏的双臂，雨声、桨声、欢笑声和鸣，犹如一首田园交响曲，而那蔓延的油菜花田，正是这琴声和鸣谱写的诗篇。

一处处河湾，一片片垛田，一眼望不到边的油菜花，给我们的是连绵不断的遐想和向往。

我们的衣服湿透了,尽管撑着雨伞。取景拍照,沉浸在忘我的梦想里。吟诵诗篇,寻找着美好的乡村记忆。当然还有小说家徐老师精彩的故事段子和丰富跃动的场景描绘,好像一部电影脚本呼之欲出。

清明,油菜花,雨,小船,垛田,伞,男男女女,这不就是浮想联翩的画呀!

在兴化,除了油画,还有国画。郑板桥老先生的墨竹,更是让我们赞赏一番。

在兴化市区,我们冒着雨走了两条街去寻找郑板桥故居。先是去了郑板桥纪念馆,而后去郑先生故居。有人告诉我们只有500米,我们就没有带伞。谁知远不止500米,更是走了弯路。到达一个有些隐蔽的小街角时,才看到了那个很小的门庭。这是我参观过许多名人故居中,规模最小的一个。

无论是客厅还是书房,还有居室和院落,都是相当狭小。只有一个小小的后院,桃花、翠柳相互映衬,一个不大的书法碑林厚重儒雅,才使得这里有了文化的味道。当然,这里最引人注意的还是葱郁的竹林,虽然悄无声息,但雨滴拍打竹叶的声音,仿佛就是先生奋笔疾书的音韵。

郑板桥先生被称为诗、书、画"三绝",尤其他的墨竹,"一枝一叶总关情",体现了文人画的绝妙境界。而他的书法,揉行楷隶篆于一体,以画意技法融之,"难得糊涂"堪称绝品。而我更喜欢他的诗:"咬定青山不放松,立根原在破岩中。千磨万击还坚劲,任尔东西南北风。"既是对竹子的赞美,又是对人生的写照,可谓诗情画意中言志的名篇。

在板桥先生故居的碑林处,名家大家的题词和书法作品浑然成趣,与小院的古朴形成一体。而亭台与回廊之间有一种隐秘的意境同先生的境遇似乎有些关联，平淡中有崎岖，让人陡生感慨。雨中的小院，此时有些拥挤，看得出，人们对板桥先生的敬仰还是浓郁的。

走出郑板桥故居，宽敞的大街两旁店铺林立，一派繁华景象。雨中，我们再一次穿梭，仿佛轻松了许多。

腾冲之诱

对一个小城的钟爱，莫过于想定居下来，像与爱人那样长相厮守。腾冲，就是这个让我们钟爱的小城。我们一行 8 人 18 天的行旅生活，腾冲热情地拥抱了我们 3 个夜晚。直到依依不舍地离开，我们都还在做着同一个梦：再去腾冲！

翻越高黎贡山，穿过龙江大桥，住进宽敞明亮而价格便宜的宾馆，雨就一直像音符一样陪伴着我们，让我们感受到了快乐、舒适、纯净和安逸。除了雨给予的温馨和浪漫，还有我们的小老乡刘宏磊和刚从腾冲市文化广播电视体育局副局长位置上退下来的李恩临先生的热情与厚道，使得我们更多地了解了腾冲的历史文化和风土人情，更深地爱上了这座风景秀丽、文化灿烂、和谐美好、宜游宜居的边陲小城。

和顺之美

电瓶车把我们径直载到古镇中心广场时，我们的眼界顿时洞开，和顺古镇就像是一个绝版的翡翠，玲珑剔透，光彩照人。腾冲有"翡翠城"的美誉。腾冲最早发现翡翠，加工翡翠，并把翡翠推向了世界。而和顺古镇这座有 600 多年历史的"中国第一魅力名镇"，它的美，就像一个艺术家精心雕刻的充满古韵的翡翠。

我们不断地转移镜头，一步一景，一景一天地，天地有神韵。在我们的眼睛里，在我们的心里，都是惊叹和震撼，还有永恒的享受。鲜花簇拥的古老门第，雨打荷塘的浓浓诗意，古树虬龙参天遮地，道观寺庙依山夺势，曲径小巷蜿蜒迂回，湖水碧绿溪流清澈，名人荟萃熠熠生辉。古镇的景观自然和谐，多种文化共存共生，成为古镇的一个典范。在参观了艾思奇故居纪念馆和和顺图书馆后，更是心弦鸣起。一个著名的马克思主义哲学家、教育家和革命家的风范和学识，让人敬仰。艾思奇的《大众哲学》在新中国成立前，曾经出版了32版之多，武装了千千万万个追求真理的民众。他被称为"人民的哲学家"，当之无愧。一个全国最大的乡级图书馆，丰厚的藏书和无数珍贵的孤本精品，胡适先生亲自题写馆名，影响了多少人从这里走向世界。作为全国著名的侨乡，和顺和腾冲塑造了比翡翠更美的文化。

雨中游和顺，雨，是和顺的灵魂。"和顺的雨，丝绸一样的柔软"，是谁这样感怀和顺的雨？雨打在百岁坊的牌楼上，生命像青翠的竹子，簇拥成风景。透过密布的云层和云层下的山峦，古树擎天，草木茂盛，这里是长寿之乡。雨与荷塘共叙诗意，引出那个穿着紫色长裙，撑着淡黄雨伞的俏丽女人。一切的往事都如烟雨漂浮，这里是忠贞之乡。雨和小巷同行，一幅幅对联辉映门庭，茶坊、纸坊、商馆、丝绸坊、丝糖作坊、铁匠铺、客舍，到处都是"冷暖随人意，缠绵动客心"的繁华和绮丽，这里是诗人不舍之地。青石铺就的街巷，被细雨清洗得透亮，青瓦白墙，在烟雨蒙蒙中如诗如画，让我们看到了和顺古镇的另一种静美。

在和顺，人们自由地生活，自立名胜、自建礼仪，怡然自得中构建一个与外界无所争执的小世界。和顺和谐，和气宽和，包容大度，一切都在自然与自得中存在与发展，在融合与团结中进步，这里虽然不是世外桃源，但更能安妥心灵与魂魄。有人说，和顺是灵魂的故乡，正是说到了人们的心底。

和顺之美，最能印证的是和顺成为中国第一魅力名镇的颁奖词：六百年历史孕育了极边古镇，三大板块文化交汇成丝路明珠。乡虽小，却有全国最大的乡村图书馆；人不多，还有大半居世界各地。一代哲人故里，翡翠大王家乡。小桥流水有江南风情，火山温泉是亚热风光，更有月台深巷洗衣亭，粉墙黛瓦，稻浪白鸥，一派和谐顺畅。和顺，一座滇南小镇，占尽了天时地利人和。

热海之奇

腾冲有 88 座温泉同时飘扬着温润的水的清气，这是一个奇特的世界景观。不知何时，温泉成了一种文化。腾冲更是我国西南边陲这个温泉文化的杰出代表。腾冲热海的兴盛和利用，也许在唐代就有，但自清代有了文字描绘和记载以来，这里就已经广受欢迎。

热海景区，更是一个花海。走进景区，首先搅动我们心神的不是温泉，而是花的海洋和植物的海洋。各色花卉竞相开放，争奇斗艳。各种热带植物林立纵横，与山川共舞，在沟壑与峡谷中攀缘蔓延，让游人频频动容。每一处弯路都是景致转换的节点，每一座山峰都是碧绿与白云的轻吻，更有众多无名的小花摇曳身姿，如欢乐拍手的少女，仿佛在欢迎我们的到来。

一个转身，我们看到了雾气蒸腾，烟云缥缈的幻境。原来走到了一个叫狮子头温泉的地方。在这个地热群内，有 80 多处各式各样的气泉、温泉。澡堂河瀑布、蛤蟆嘴喷泉、姐妹泉、美女池、大滚锅等,其中,14个温泉群水温在90摄氏度以上。我们买了鸡蛋,放到大滚锅的温泉里蒸煮,10分钟后吃,格外地鲜嫩。热海是腾冲地热区的高温中心,密布的温泉,涌水之大、蒸汽之盛、温度之高、水热活动之强烈,在全国乃至全世界都是一个奇迹。徐霞客游完热海时,这样写道:"遥望峡中蒸腾之气,东西数处,郁然勃发,如浓烟卷雾。"

  大滚锅温泉是热海景区的标志性景点,这个温泉水池,直径3米多,水深1.5米,水温97摄氏度,锅底温度102摄氏度,在周边形成一股冲天的乳白色烟气柱,似雾,似烟,似云朵漂浮,仿佛置身人间仙境。这里的多数温泉,只适合观赏,所以这里才是名副其实的5A级景区。这里的怀胎井景点,远近闻名。一个饮了井里的温泉水,使得常年不孕的妇女怀孕生子,解了家庭危机的传说故事,至今成为美谈。眼镜泉、美女池、鼓鸣泉、珍珠泉等,每一个温泉的名字后面都有一段惊艳迷人的故事。无论是仙女下凡,还是乞丐梦游,癞蛤蟆垂涎仙女等,正是这些故事传说,丰富了这里的温泉地质文化。

"大加工"之味

  进入腾冲的第一天,经老同学李志平介绍,我们联系了在腾冲做房产生意的潘经理和刘经理。他们在第二天的晚上,把我们领进了一处有着深厚地方文化特色的饭庄——董家花园。这里是腾冲四大家族"东董、西董、南刘、北邓"中"西董"的老宅。古朴原味、精致纯粹是一顿大餐的特点。老乡见老乡,两眼泪汪汪。一顿畅怀大酒,让我们忘了归途,醉了夜梦。

酒后大鼾，匆匆早餐，竟也忘了昨日的酒话。刘经理和李恩临局长又带我们来到了一个广场上。他们没有带我们去游览广场，而是带我们走进了一处门庭高耸，古色古香的院落里。"大加工"的门匾，让我们着实一阵迷蒙。经李局长的认真讲解，才知道这是一个有着国营背景的饭店，是专门制作一个叫"大救驾"饵丝的精品特色饭店。因为我们已经吃了早餐，刘经理就为我们8个人要了4份"大救驾"饵丝。"大救驾"饵丝有多个消费档次，我们要了39元一份的最普通饵丝。饵丝刚端上来时，大家先是硬着头皮吃，而后一扫而光。美味入口，在胃中回味，大家赞不绝口，都后悔吃了早餐。

"大救驾"是腾冲著名的地方名吃。主料是大米做成的饵丝，再配以鲜肉、鸡蛋、冬菇、辣椒等多种食料，营养丰富，味道鲜美。再加上我们去的是最为地道有名的饭店，就是享受了一道绝美的美食。

"大救驾"的来历，源于一个传说。传说明末永历皇帝朱由榔，败后逃亡缅甸。路过腾冲的时候，饥寒交迫，差点饿死。正在这个时候，遇到了一户善良人家，炒了一碗饵丝给他吃。由于时间匆忙，在炒饵丝的时候，主妇随手将厨房里的鲜肉、鸡蛋、冬菇等放入锅中一起炒，结果味道极其鲜美。永历皇帝吃后大加赞赏，问主妇这是什么饭菜，主妇回答是饵丝。永历皇帝认为名字太过简单，思考后说："就叫大救驾吧。"从此大救驾之名广为流传。之后，大家更加注重精细制作，将饵丝切成细丝，用滚水烫熟，加上鲜肉丝（或者火腿丝）、肉汤（或鸡汤），佐以酱油、葱花、芫荽及少许酸菜，形成了口感极佳的美味。

"大救驾"是炒，而"大加工"是煮，在佐料上更加丰富多样,味道更加清纯,更能符合多样化的口味。离开腾冲半月有余了,"大加工"的美味,还在舌边缠绕。

原乡之梦

原乡是一个具有美好未来的居住地。它以 34000 亩占地的规模,规划设计出的一片园林式生活居住区,让所有到过这里的人,充满了梦想。虽然从腾冲驱车需近一个小时,远离繁华市井,让人感到生活多有不便。但作为度假休闲的地方,却是一个十分得意合心的佳作。

走进原乡,满眼的绿丘,清澈的湖水,连绵起伏的绿洲,好似进入了一个高尔夫球场。乘坐电瓶车,环游它的花海,薰衣草的清香扑面而来,红的、黄的、紫的、粉的、白的各种色彩组成的花海有 2800 亩之阔。条条花径通往深处,片片湖泊波光粼粼,座座新房与白云相接,犹如广袤的草原上毡房座座。站在原乡花海的边缘,隔一条峡谷,同国家 5A 级景区火山地质公园相望,而这里也在精心打造 4A 级的景区公园,免费对原乡的居民开放。北海湿地公园与此为邻,相映成诗,组成优美画卷。

诗意的生活。原乡就是一个新的领地。不需要刻意的奢华,只要有一扇面对山峦和河流的窗户,就足够了。白云悠悠,你可以对话和长叹,也可以发呆和遐想。无需为停车和拥堵犯愁,更不用担心丢掉灵魂。这里一切舒适得叫人梦游。

原乡就是一个居住的梦乡,一个想成为腾冲人的现实梦想。在读取了原乡密码之后,我们更加了解了腾冲为什么越来越受到欢迎的缘故。生活的品质永远在向有梦想、有胆识、有创造精神的人靠拢。

有人问，这里的火山会喷发吗？一位地质学者回答说，如果你能活一万年，可能能看到。一万年太久，一百年我们也等不得。实现今天的梦想，就从今天开始。

与一棵榕树合影

——游三坊七巷随想

　　福州到处可以看到古老的榕树,像一座座塔,守护着城市的安宁;像一支支巨大的伞,为城市遮挡风雨;像飘逸在空中的绿洲,舒展着城市的青春。让我更深刻记忆的是鼓楼区南后街中央的那棵古榕树,它深深扎进泥土里的根须,默然伸进三坊七巷,让历史文化的窗口像明珠一样闪烁,承载了半部福州现代史,乃至中华半部现代史。

　　站在离那棵古榕树不远的地方,合影留念,努力拍下榕树的繁茂与葱茏。我知道,树有多高,根就有多深;树有多蓊郁,根须就有多繁茂。榕树是福州的象征,游榕树下的三坊七巷,需要谦恭,需要诚实,需要平静。

　　从北到南,三坊七巷规则地展开一条条历史的风景线,更以浓厚的文化气象,深邃的诠释,让每条坊巷流淌光芒。被光阴磨得流光的石板,随时可能滑倒每一个寻访这里的人,但人们还是小心翼翼地浏览似乎陈旧的门庭,很少专心关注脚下,因为来这里的人,都怀抱着一颗仰望的心。

　　在严复故居,我们几乎忽略了庭院的规模和结构,古朴和简约,幽静与安谧,就连屋檐也不高,卧室简陋,灯光灰暗,似乎还有永远斑驳的潮湿。但这些都没有使一个思想家、教育家的胸怀狭窄，放眼世界的目光缩短。严复不仅著述了很多启蒙思想的著作，还创办了《国闻报》，系统地介绍了西方民主与科学，将西方的社会学、政治学、政治经济学、哲学和自然科学介绍到中国，成为中国近代史上向西方国家寻找真理的"先进的中国人"之一。这个郎官巷子里的巨人，为中国资产阶级思想启蒙，做出了巨大贡献。

衣锦访，有衣锦还乡、荣耀故里的意思。走进这里，我们仿佛觉得自己太过平庸了。一座座让人们惊叹的庭院，雕梁画栋，精致气派，纵深开阔，一院一景，设计精巧，匠心独运，呈现了别有洞天的瑰丽风光。在水榭戏台，我们观赏了这个清嘉庆进士郑鹏程的宅子里独具风韵的建筑。一个木结构单层平台，四柱撑起的单开间，下面建有清水池塘，中隔田井，正面是阁楼。这里深谙水清、风清、音清的声学原理和美学价值，成为一个时代的典范舞台。我们看到几位姑娘在一间化妆室里化妆，准备演出节目。看来这里还发挥着舞台作用，相比现代化的舞台，可能更有观赏效果。

文儒访，名字在宋时就已经存在，可见时代久远。这里曾居住有宋代国子监祭酒郑穆，明代抗倭名将张经，清代名将福建提督、台湾总兵甘国宝。著名的"三官堂"，就在文儒坊的闽山巷，坊中有巷，巷子里有院，即使巷子很深很窄，也常有深宅大院隐藏期间，所以坊和巷，很难区分。三坊还有光禄坊，更是一个名人聚集的地方。比如我们熟悉的有近代小说翻译家林纾、著名作家郁达夫等。

杨桥巷、塔巷、黄巷、安民巷、宫巷、吉庇巷，还有前面提到的严复先生居住的郎官巷，构成了格局里的七巷。我们仔细浏览了塔巷、黄巷和安民巷，虽然多数院子不对外开放，有的是协会和旧时机构纪念馆，作为一个文学爱好者，还是特意走进了福建省文学院，感受了一番文学闽军的不凡气象。小院的角亭，设计精巧别致，周边三角梅和炮仗花开得灿烂，不得不在此留影纪念。偶然走进的中共福州市委旧址，一个并不起眼的窄门里，别有洞天的机关，可以想象当初创立组织时选址的精妙和智慧。

当初我们只是顺着巷子游览，一条龙似的连在一起，把坊和巷串联在一起游，后来大家直接横穿巷子，找那些有特点有名气的故居游。再后来直接去了林则徐纪念馆。

虎门销烟，让人们无比崇敬民族英雄林则徐，所以进入林则徐纪念馆的人流十分拥挤。我们先是看到"林文忠公祠"的牌匾，才知道这里是由林氏后裔及门人集资兴建的林则徐祠堂，后经修缮和扩建，2009年6月新馆才正式对外开放。这个新馆面积比原来扩大了一倍多，还新建了"林则徐史绩展"，让人们更加全面地了解林则徐作为一个民族英雄的不朽精神品质和光辉人生道路。在御碑亭的两侧，有一副对联："苟利国家生死以，岂因祸福避趋之"。这是林则徐《赴戍登城口占示家人二首》中的两句诗，充分体现了林则徐愿为国献身，不计个人得失的高尚情怀。林则徐一生为官数十年，曾历官翰林编修、江苏按察使、东河总管、江苏巡抚、湖广总督等职，一生清廉勤政，为国为民，是中国清代后期政治家、文学家、思想家、民族英雄。我特别崇尚他的民族气节，欣赏他的爱国精神，更喜欢他的文学品质。"海纳百川有容乃大，壁立千仞无欲则刚"，走出纪念馆，自己的气概好像也上升了。

为了寻找林觉民故居，我们走了很长一段路，等于从南面返回到了北方，走了整个南后街。林觉民故居并不大，是一处三进的小院落。后来被冰心先生父亲买去，因此这里也是冰心先生故居。冰心先生在她的名作《我的故乡》中，对这里有过细致的描述。林觉民作为中国民主革命的先驱，"黄花岗七十二烈士"之一，为追求民族解放付出了年轻的生命。冰心先生是我们非常熟悉的散文家、儿童文学作家、翻译家，她的《寄小读者》《繁星》《小桔灯》等作品都深深地影响了一代人。在这个小院子里，还住过林觉民的侄女林徽因，这个民国才女，也在这里度过一段美好时光。

三坊七巷，作为福州著名的旅游区，如今有了更多的荣誉和称号，这是对这片古老街区抢救性保护的结果。留住历史的足迹，留住文化的根脉，留住乡愁的记忆，民族复兴的路上，就会积聚更多的力量。

福州的记忆里，还有"王庄阿咪"的美味佳肴，上下杭街区的水景浪漫，更有"闽江之心"沿岸的璀璨灯火，我们在一棵榕树下集合，为福州祈福，也为我们伟大的祖国祈福。

雨中访内乡古衙

那一天,雨下得特别大。从四川、重庆、湖北一路返程,我们一行八人原定在河南南阳吃午饭,因多次经历南阳,知道内乡古县衙值得一访,便商定冒雨去内乡吃当地名小吃"鱼蹿沙"和"卷煎",然后游内乡古县衙。

"北有北京故宫,南有内乡县衙",这是我国考古界一种流行说法。内乡县衙同北京故宫、河北保定直隶总督署、山西霍州署(州)衙一起,形成了中国古代四大官衙。"龙头在北京,龙尾在内乡"便成了游历古衙的一种流行语。

内乡古衙作为一个古代的县衙,用现在的眼光看,规模并不是太大。但从承载的历史文化角度审视,还是有其独特的韵味和镜鉴的。这是全国保存最为完整的古县衙,兼具长江南北建筑特色,在元朝大德年间(1304)开始修建,风雨沧桑七百多年,可以说是半部官文化史。讲解员雨中穿梭讲解,雨中尽显温暖的职业表情,给我们留下了深刻印象。我们有几个人没有带伞,衣服几乎湿透,但还是饶有兴致地听完了全部讲解。

内乡古衙的第一个亮点就是门口的古照壁,我们老家称影壁墙。这是用青砖浮雕组成的硬山式一字型照壁。照壁在古代有阻挡内外视线交织和聚气聚财的作用,即使在偏僻的山村,一些稍有资财的人家,讲究风水,也常常会建造一个影壁墙。这里的照壁浮雕上有一个形似麒麟的怪兽，讲解员告诉我们叫"犭贪"。它是神话传说中的一种贪婪之兽，力大无比，能吞金吃银，极其凶猛。在怪兽的周围画满了各种宝物，到处都布满欲望和狂妄。画面上的怪兽欲吞日，又吞日无望，极尽狂躁，凶相狰狞，最后欲壑难填，坠入大海而亡。仿佛是在警示给人们："人心不足蛇吞象，贪心不足吞太阳。"

战战兢兢迈入衙门，青石铺就的宽敞广场中央矗立着一道牌坊，很有气势，这里称为"宣化坊"，就是宣传教化的意思。宣化坊面南书有"菊潭古治"四个大字。内乡古称菊潭，隋朝曾设菊潭县，古治是告诉人们，这里历来就是治理百姓的官吏机构。宣化坊红柱、蓝标、琉璃瓦，图案雕刻简洁明快，给人一种仰视之态，意在树立威严。雨中的宣化坊更有一种沧桑感，使人们感到压抑。

在县衙大门至照壁之间，有一东一西相互对称的两座亭式建筑，东边的叫旌善亭，西边的叫申明亭，一个是用来表扬好人好事，一个用来对坏人坏事进行惩戒，都有教化民众的作用。这里还有寅宾馆，专门接待高级官员。膳馆是接待上级官员吃饭的地方。还有双祠院，供奉土地神和衙神。三班院，是三班衙役听差的地方。监狱，更是不可或缺的地方，男监女监，各种刑具刑罚，让人毛骨悚然，不寒而栗。

走进一层层院落，戒石坊、六房、吏房、户房、礼房、兵房、刑房、工房，还有典史衙、大堂、门子房、屏门、二堂，各种衙门功能应有尽有，门类齐全，既体现了官场的等级森严和办事风格，也让人从中读到了古代的官场文化。特别是对那些戏剧中曾出现的"水火棍"，俗称"杀威棒"的使用，何为"三木之刑"等，有了现场感知，更能体会到官府用来威慑百姓的种种

第三辑 古镇怀古

套路。

　　内乡古县衙的两个颇有文化内涵的地方"夫子院"和"三省堂"，是特别值得详细考察的。夫子院是旧时师爷办公的地方。师爷不是正式的官员，是知县聘请的重要幕僚，虽没有品级，不吃皇粮，但由于深知官场业务和文化，大都是知县亲信，可以说是知县的密友和心腹。因此夫子院也不比知县居住的地方差，相反还有一种神秘感。夫子院里有一棵桂花树，有七百多年的历史，我们去时，正逢桂花飘香。桂花的香气充盈着整个院落，即使是雨天，香气也没有消散。雨打桂花落在地上，有的被踩进泥土里，却依然散发清香。在这里，有一个展览，我们相遇了一位"先知"，他就是被称为"金元之冠"诗人的元好问。他曾在金哀宗正大四年（1227）在内乡任知县五年。我们深知与他有诗缘，便请讲解员做了较为详细的讲解。读到他在《偶记内乡》中"桑条沾润麦沟清，轧轧耕车闹晓晴，老眼不随花柳转，一犁春事最关情"的诗句，我们被他关注农耕农事和百姓生活所折服。元好问是金代的一代词宗，留下诗1380余首，词377首，是金代作品最多的词人。元好问词的内容虽不及其诗内容广大，但在金词坛却是题材最丰富的一家，艺术上以苏轼、辛弃疾为典范，兼有豪放、婉约诸种风格。抒怀、咏史、山水、田园、言情、咏物、赠别、酬答、吊古伤时，无所不及。他一生从政10年，金被灭后遭囚禁，一生坎坷，但他在中国古代的文学地位是不可替代的。"问世间，情为何物，直叫生死相许？天南地北双飞客，老翅几回寒暑。欢乐趣，离别苦，就中更有痴儿女。"吟诵他的诗，可以知晓他的不凡与多情。

　　三省堂是县衙的三堂，是知县正常办公议政的地方，这里也成了一个文化集聚之地。三省堂之"三省"，取之于论语"吾日三省吾身",就是每日反省自己做事是否尽心尽力了。这里有许多匾阁和楹联,多数都是告诫提醒官员要为百姓谋求安居乐业。其中一联上联为:"吃百姓之饭,穿百姓之衣,莫道百姓可欺,自己也是百姓",下联写:"得一官不荣,失一官不辱,勿说一官无用,地方全靠一官",其中寓意深刻。三省堂正中悬挂着"清慎勤"三个大字的牌匾,字体工整,清俊有力,是清代皇帝劝诫为官者的箴言,可见历朝历代都对官员要求很严,只是总有官员像照壁上的怪兽,极尽贪婪,被大海淹没。在这里有官员的休息室和更衣室,简单的家具和摆设,看上去都十分简约。听讲解员的讲解,得知在内乡做官的历代的官员,清廉的好官还是多数。这也是这里能够成为廉政文化教育基地的缘由之一。

每所县衙几乎都有后花园,内乡县衙也不例外。雨下得越来越大,我们还是放弃了游览。从正门走出,回首照壁画面,漫步雨中,久久不能平静。一个朝代的更替,一段历史的兴衰,一棵大树的繁茂与萧瑟,一个人生的辉煌和平淡,都会在风雨中渐渐远去,在风雨中模糊。与时代同步,与美好共荣,与创造共舞,才是真正的不朽。

茶田深处藏古韵

如果你相信当今人世间确有"世外桃源",位于广东省梅州市梅县区雁洋镇的"雁南飞茶田景区"应该算是其中一个。

同样是山,这里山清水秀;同样是水,这里水碧山幽。在这里,我们感受到了从山外看山和山中看山的截然不同。

这是一个国家 5A 级景区,可能是"养在深闺人未识"的缘故,广东人到这里来的都不多,我把美景图片发到朋友圈后,就引起了一位同学的关注,她已在广州生活了多年,从来没有听说过这个地方。

首先惊呆我们的是满山的碧绿和遍地的花香,还有蓝天白云下面寂静的色调。当我们这群从北方一路跋山涉水,穿洞过江而来的老家伙,看到春色如此秀丽多彩时,心中的喜悦无以言表。电瓶车的终点站是"茶情阁",沿途经过多处美不胜收的景点,我们都欲提前下车,被景区人员劝阻了。我们从他的笑意中,了解到更撼动人心的美景还在深处。

"茶情阁"建在一片高地上,宽敞明亮,视野极佳,这里是游客们免费品茶的地方。大厅里摆满了各式各样的茶饼、茶具、茶桶,琳琅满目,诱人心魄。那些与茶有缘的人,会在这里一坐半天或一天,享受茶香弥漫的每一个日子。

茶山壮丽,茶田秀美,更美的是通往茶田的路上,那一片片花海，姹紫嫣红，仿佛点燃了整个春天。当被一大堆女游客占据拍照，她们激动的呼喊声彻底打破了这里的宁静。我们一行八个老汉，躲不开也挤不进，只有远远地择路而行，在另一片花海中寻找自己的一片光影。

雁鹅湖犹如一块通透的碧玉镶嵌在景区的胸前。这里崇山环绕，丘壑叠翠；茶田层递。云雾缭绕；曲径通幽，处处鸟鸣；湖边静坐，仰望蓝天，这里就是一个梦境。

这里称得上壮观的就是围龙大酒店。这座按照客家土围楼建筑风格建造的现代化酒店，设计精巧，技艺精湛，内涵丰富，特色鲜明，曾经获得中国建筑工程最高奖"鲁班奖"。大酒店置身秀美山川之间，朱红色高耸挺拔，从高处看如红唇吻天，在碧绿的包围中独傲苍穹，蔚为壮观。只是我们无缘入住，留下遗憾。

雁南飞神石是景区的标志、名片，作为融入客家文化内涵的建筑，以"雁南飞，茶中情"的理念传承，使得文化的根脉更加深厚深重。品茶与品文化、读山水与读人生、赏茶艺与识客家风情融为一体，就能让每一片茶叶成为水中的精灵。

"林尽水源，便得一山，山有小口，仿佛若有光。便舍船，从口入。初极狭，才通人。复行数十步，豁然开朗。土地平旷，屋舍俨然，有良田、美池、桑竹之属。阡陌交通，鸡犬相闻。其中往来种作，男女衣着，悉如外人。黄发垂髫，并怡然自乐。"陶渊明《桃花源记》的这番描写，虽不是针对桥溪古韵景区写的，但我们眼前的此情此景，仔细品味，却让我们更有一番似曾相识的感慨。

从雁南飞茶田景区门口的停车场乘坐大巴车在崎岖蜿蜒的山路上盘旋而上，又在一个大门处换乘电瓶车再向山里爬行，一个古朴幽静的山村露出半个脸面，这里就是被广东人誉为世外桃源的桥溪村。

　　这里四面环山,只有一个小出口,方圆只有一平方公里。明朝万历年间,陈、朱两姓人家先后在此卜筑营居,世代联姻,繁衍生息。民间,更有许多故事充满传奇。这里依山傍水矗立的座座房舍,小桥、流水、人家,自然而居,错落有致,富有诗意。特别是一座叫"继善楼"的建筑,传承客家风格风貌,也有西方姿态风韵,可谓中西合璧。整个楼内构造布局奢华,方正端庄,雕梁画栋,古朴雅致;楼外庭院开阔,依山而居,门前溪流环绕,亭台多姿;形成内秀外华的格局,是这个山村民居的典范。除继善楼外,世德楼、宝善楼、世安居等多个有数百年历史的建筑,组成这里一道壮丽的风景线,承载着这里厚重的文化基石。

　　沿溪流而下,两旁小路鲜花盛开,古色古香的客家楼在树木的掩映中若隐若现。热情的村民同我们打招呼,询问我们的来路,得知我们来自河北,脸上的笑容灿烂,因为他们已经和我们八人中的两人交谈了一阵子。

　　树高根深,生活在这里的人们热爱这片土地,如果不是时代的飞速发展,这里也许还是一片净土,今天成为我们北方人都可以抵达的景区,这将是更多的人向往并渴望到达的地方。陶渊明眼里的世外桃源,不再只是一个梦境,而是古韵里正在弥漫的茶香。

第四辑 风景太行

郊野雨中怀想

微风,细雨,郊外。

周末,去一个地方寻找闲适和乐趣,沁河郊野公园成了一个选择。

按常理,明知雨将至,待在家里,更安全更惬意。可我偏偏想出去体验一下雨中景象,还是不是儿时的感觉。

年纪大了,闲下来了,不再那么匆忙了,才有了诸多回忆。喜欢少时的懵懂和冒失,年轻时的果敢和勇气,中年的见识与从容,把自己当成一部电视剧的主角,开始沾沾自喜,开始自我欣赏。

任何人,只要还有回忆,心底就一定还存留着向往。去一个地方,能够触景生情,见物思物,甚至滔滔不绝讲一串自己的故事,说明活着还有情趣和快乐。有的人,一生都在追求物质利益,常常以炫耀资产和资本为荣,一旦失去本钱,一切都会归零。有的人,一生都在享受精神生活,有的时候,生活拮据得令人心疼,可生命里有一种骨气,总是让许多人敬畏。有的人,物质与精神兼备,乐善好施,在朋友间穿梭,有得有失,反而成了"富贵"之人。当然还有形形色色的人,怀揣各种人生观、价值观,在人群中游走,分享了不同的结局,留下了不同的风景。我不想刻意让人们选择人生之路,只想告诉你,郊野公园的河、湖、港、汊，野草、岸柳、芦苇、槐花，曲径、亭台、栈桥、花园，都会让你找到自己的境界。

在河水分散成多个支流的地方，人们把几块巨石放入河中，形成了一种集聚和浪花。这种平淡中生奇观的景象，正是我们每个人都渴求的愿望，所以，能吸引了众多的游客，就不足为奇。在一片宁静的湖面上，雨滴像一颗颗石子，激起连绵不断的涟漪，时而还有鱼儿跃出水面，惊起更大的波纹，静中有动，诗意荡漾，让许多人流连忘返。在一处山丘处，花草弥漫，与远山连接，让人们陡生一种连绵无穷的遐想。在河边，茂密的芦苇，丛生勃发，即使在河流的中间，也如绿色的烟火喷涌，让人们读懂了生命的坚韧。沿河徜徉，雨中的脚步匆匆，但细微处，总有感怀在心中涌起。人生跌宕，难有郊野公园的平静。心，有悦动，有激越，有彷徨，有平静，都应该感谢大自然，感谢那些创造美好的先贤与智者。

也许，我们有了更多的财富，才能展开更多的力量。物质从来不是我们追求的全部。在我们生活的城市里，郊外的公园越来越多，我去过的地方，也有十多个了。还有农民兄弟们一个个如雨后春笋般涌出的黄瓜小镇、粮画小镇、葡萄小镇、荷花小镇、桃园小镇、草莓小镇等，都为城里人创造了无数心灵放松的地方。如果把这些广而阔之，在方圆百公里的地域，你能享受到的快乐去处，会有数百家或更多。我曾去过山西、河南、山东、陕西的许多特色小镇，从进入到迈出，就是一种心灵洗礼过程。

雨，分明还在下，但我已经没有了感觉，因为这样的细雨，正如我一直渴求的诗意。走在桥上，湖是风景；行在路上，花是风情；驻足亭前，雨是琴弦；遥望远处，山是幕布；看红衣女子秀出树林，满园都是生机。

郊外，细雨，微风。一切都合了美好心情。读懂生活的人，常常乐意在人生奔波的路上稍微歇息。读懂爱情的人，更喜欢在不断的追求中漫步偎依。即使被烦恼和忧愁困扰的人，也应该退一步，让更蓝的天，进入自己的视野。人世间，不能总和别人去挤，去争，去夺，上善若水，水利万物而不争，有水的地方，生命长久，希望永存。

曾刊发于《邯郸晚报》

寻找马鞍宫

同一个爱好自驾游的商先生交流景点，他告诉我有一个仿似娲皇宫的地方很神秘，值得一游。正逢周末，一觉醒来，抓紧去办了几件家里急需办理的小事，能放松一下时，突然感到特别热，就想起了去看看商先生说的那个景点，一个在大山深处的神秘去处。

约了三个驴友，驾车前往导航只能认识的武安冶陶镇，边走边打听一个叫岭底村的地方。好在从冶陶镇到岭底村，有三处岔道口我们都没有走冤枉路，真实感到了山民的真诚与朴实。到达岭底村时，村民指给我们一个停车的地方和一个大约的方向，以及一个叫马鞍山的山名，至于我们找的那个庙，他们也不知道叫什么。可能是我的驾驶技术不高，沿着悬在空中，既窄又险的山道前行时，心里有些发慌，一位驴友只好下车引路，才得以安全到达一个可以停车的地方。

我们从山脚向山顶眺望，不由自主地，汗水湿透了衣衫。

先是走在村民上山种地的路上，还算平坦，没有多远就是羊肠小道。沿途是绿油油的梯田和红彤彤的花椒，清新的香气扑鼻，虽然衣衫已经湿透，但还是心情盈盈。正在兴头上，前面出现了岔道，如何走？四个人形成了两股意见，无奈只好给商先生打电话，可移动、联通、电信都没有信号。我们靠感觉选了一个方向，结果越走越陡峭，成了在荆棘中穿行。我一个人穿凉鞋，爬山更吃力，好歹凭一股子犟劲，终于发现了一条羊肠小道，向上攀登，竟然走到了山顶上。

没有找到那座庙，仔细地揣摩，我们站立的地方应当是老百姓说的马鞍山的马鞍中央。庙在何处呢？我们大声呼喊。终于听到山谷里有人应声，但山谷里树多林密，根本看不到人影。一位驴友说：手机有信号了！又给商先生打电话，信号时断时续，终于有了一个大概方位，我们沿着羊道径直走，奔向可能有羊圈的地方，终于找到了羊圈，一直走，又上了一道山梁，仍然没有庙的影子。我们又折返，向另一个方向找，又无路了，遍地荆棘。只好沿原路返回，发现了一个只有一人多高的小庙，仔细查看，不应是这个一推就倒的小庙，怎能有女娲宫的形状呢！又开始打电话，信号时断时续，听不明白。三岔道，向何处去？我选择了一个最窄的路上去，没走几步，看到了有砖砌的一个小角飞檐，再向上，向绿荫深处寻找，终于看到了那座庙！惊喜，欢叫，步伐加快，走到庙门口，仔细地辨认，才从模糊的字迹中知道了这就是"马鞍宫"。

周边荒草萋萋，马鞍宫里打扫得干干静静，三层的飞檐式建筑，是模仿涉县娲皇宫建筑的。在一处绝壁上凿出一块凹处，依绝壁矗立三层楼阁，最上面一层有铁链固定在山崖上，木质柱子支撑整个楼阁，虽规模不大，按当时的条件，没有十多年的时间，也很难建成。在宫殿的两翼，有修建的石阶通往有佛像供奉的山洞，如在对面远视，像宫殿的两个翅膀，有欲飞的感觉，看来是经过了高人设计的。因为这里在绿树的掩埋之中，从山脚到山顶到任何一个地方，如果不亲临这里，都不可能看到马鞍宫。这正是这里的妙处。

在清净的高台院落里，有一个隐藏的水井，我们搬开压在上面的石头，用主人留在那里的一个水桶汲水，洗手洗脸，一股清凉刺骨，一下子冲掉了我们身上的暑气。那种快感，一直伴随我们走下山来。

曾刊发于《邯郸晚报》

峡沟的春意

好的天气能带来好的心情。正是在这样一种状态下,我去峡沟的。

峡沟是一个村庄的名字,在太行山的深处。一条峡谷,走到一个沟里,有一个只有三四十户人家的村庄,叫峡沟。名字的来历就这么简单,可进入峡沟就没那么简单,这也正是许多人到这里游玩猎奇的一个缘由。

峡沟虽然离我的老家只有 20 多公里,我却一次也没有去过。在数十年的印象里,那里山高封闭贫穷,不值得去。上一代的人在 20 世纪 70 年代去那里修坝筑堤建水库,艰辛与困苦的往事,如今不堪回首。现在,一条平坦蜿蜒的山路直达峡沟的山外,正在修建的一些旅游设施也待继续开工。因了山和水的雄伟和秀美,这里将很快成为游人如织的风景区。

许多车停在水库大坝的外面,游客下车步行穿越山洞进入峡沟。我问了问洞外那些卖山货的老乡,知道有十多辆车开了进去。我一点也没有犹豫,打开车灯,径直朝山洞里开去。这是一条人工开凿的山洞。洞壁上山石犬牙交错,时而有一处处弯道,需要格外小心。我集中精力,把握分寸,还是在两个弯道处剐碰了后视镜。从洞里穿行的人们,只有在较宽处紧贴石壁,我的车才能通过。大约走了三四公里的路程,才到达另一洞口。我把车靠向山体，向山外观望，数十丈高的绝壁之下是碧绿的一潭湖水。不由得沿绝壁向山顶仰望，湛蓝的天空白云悠悠，天空与湖水相互映照，宛若一片如梦的仙境。

在一处农家乐的门前停着十多辆车，这里是唯一能停车的地方了。顺着山风飘来的香气，我知道也该吃些东西了，此时已经下午一点多钟了。每次去山里，都想吃山里的大锅菜。可这次女老板告诉我，大锅菜已经被人预定了，只有面条和炒饼。看来这里的生意不错。借着做饭等待的空间，我选择了几处风光拍照。柳芽刚刚吐绿，在春风中飘逸，像姑娘的秀发一样美丽。沟壑的阳面，绿了的野菜，星星点点，仿佛春天的脚印。当然还有远处山脊和山腰上的一抹一抹的桃花，或红或白，在还是萧瑟统领的山野间飘逸，让这里的春意显得格外淡雅风趣充满幻觉。

鸡蛋卤子面条，吃得自然香甜。饭后沿着沟底的小路向深处走，看到山坡上一片一片的桃红如醉如痴。高处的枝头开得灿烂，花儿犹如少女的笑脸。低处的枝头花儿还裹在苞里，像甜睡的婴儿。时而有喜鹊在空中盘旋，叽叽喳喳叫个不停。让我们感到十分喜悦。有的游客喜欢攀登，上到了半山腰。有的游客喜欢赏花，一直围绕花儿转悠。山沟很大，山体很雄伟，更美的是蓝天白云，一副自然自得的样子，让我们的心情格外轻松舒畅。

和煦的阳光，幽静的山沟，雄伟的山峰，悠闲的天空，这一切构成了优美的图画。当然还有穿着五颜六色盛装的姑娘们，她们穿梭在那幅画图里，成为闹春的使者，让峡谷里的春意更加美丽充满生机。

娲皇宫的神韵

在涉县中学就读的时候，刚刚学会了骑自行车，同学逗我去一个远地方，问我敢不敢。我问去哪里？同学说去奶奶顶。在我的印象中，奶奶顶就是个烧香拜佛的地方，那个时代根本不敢去，远远地站在山下，芳草萋萋，没有任何感觉。后来参加了工作，外地的朋友来邯郸，总是喜欢找一个有点奇特的地方玩一玩，于是我首选吊庙。因为吊庙气势宏伟，文化悠久，游客很多，有奇绝之处，成为我送给外地朋友的一份大礼。那年中国"抓斗大王"包起帆来邯郸讲学，我陪他游吊庙，他对吊庙感触颇深。时任涉县政协主席的安振海先生送他摩崖石刻拓本，他如获至宝，常常念念不忘。那时的吊庙，以建筑奇崛和历史遗迹取胜，令人叹服。而在我时隔三五年后，再次登临时，娲皇宫的神韵，已经让人心怀憧憬，流连忘返。

女娲补天的传说由来已久。虽然全国有多处女娲庙或祭祀女娲的地方，但我眼前的娲皇宫却是全国规模最大，历史文化最久远，最让游客难以忘怀的地方。来这里的游客都有一颗虔诚的心，因为这里是华夏祖庙之一，是祭奠先祖的地方。在中国能够让我们下跪的地方并不多，炎帝陵、黄帝陵、尧庙、妈祖庙等等，在女娲面前恭敬跪拜绝不是什么迷信，而是一种崇高的敬仰。虽然三皇五帝之说难以定位，女娲却是我们的人文始祖，她抟土造人，炼石补天，拯救众生的故事源远流长，早已成为一种民族的象征。

选择在祭祖大典前夕，沐浴飘飘秋雨，走进娲皇宫景区，有一种如梦如幻的感觉。在补天园，绿，成为最赏心悦目的景致。一百多种植物，几百种花卉，数不清的欢乐浪花，让人如入仙境。茅草屋再现远古的风情，潺潺流水激起对往事的忆念，漫山遍野的山花，充满了野性，缤纷又灿烂，不禁让我们疑是女娲炼石激起的火花。依山造势，碧波宁静的是补天湖，仿佛女娲戏水的地方。从山上看，应该是女娲炼石补天累了，以飞翔的姿态歌唱的地方。几十米的绘画长廊，描绘了涉县的乡土风情，从善如流，反映了中华民族优良的品质。也许每一个图案的背后都有传唱千古的故事，包含了民族的精神民族的气节民族的伟岸。

北齐的石刻犹如辉煌的天书，记载了经典，彰显了气势，丰富了历史画卷。在北齐石刻纪念馆，那些栩栩如生的石刻人物肖像，或怒或愁或喜或悲或笑或乐，都传承了一种千古的神韵，更把中华民族文化的精髓发挥到时代极致。在那些石刻上，有的记载功德，有的传承文化，有的颂扬真善美，让我们领略和体会的是文化的厚重和深邃。在一座塑像前，我久久凝目思索，却总是参不透其中微笑的内涵，如果能有一个评价，那尊佛像比起蒙娜丽莎更有魅力。当然我指的是那种笑容，有独特的魅力。参观了石刻纪念馆，就有一种自豪感，那就是我们的家乡历史文化的灿烂，不是任何一个地方能够比拟的。

当然最具影响力和震撼力的还是娲皇阁。建在古中皇山的腰部，以独一无二的恢宏气势傲然挺立，上不惧压力，下藐视沟川，远望百里山峦，极尽风光无限。在阳光灿烂时，极目远眺，漳河水系犹如飘带，蜿蜒如蛇，腾云吐雾。即使风雨飘摇，娲皇阁悠然自得，在薄雾中诵经布施祈福天下，俨然静对人间无穷苦难与幸福。在我的印象中，雾里寻娲皇宫，更有一种神秘感，更能让人把先祖入梦。

　　走进娲皇宫，让人心旷神怡的不仅是风景，更让人感怀的是变化。听讲解员讲解，我们才知道，今天的娲皇宫，绿树成荫，水声叮咚，山美水秀，文化浓厚，是因了几任县领导持之以恒的关怀与心血的投入。在这里，每一个工作人员都视这里为家园，无论是指示牌、植物牌、卫生间、休息凳、标志杆等，都一尘不染。那些在空中悬挂的灯盏，也颇具匠心，模仿了历史的图腾，展示了宫廷的奢华，充满了历史的神韵。这里的一切一切，都不是我原来印象中的模样，正在我的惊喜和惊奇以及赞叹声中，迎来更多的游客。

曾刊发于《邯郸晚报》《邯郸日报》

寻找花驼村的记忆

最近我又去了一次花驼村,这个太行山深处的古老村落曾经留有我难忘的记忆。

记得还是在 2003 年,我参加了《燕赵散文报》组织的一个"炉峰山之秋"的采风活动。活动的最后一站是天宝寨,下山后,我们来到了花驼村。这里的村支书特意安排几个村里的人,给我们做了一顿我至今都感觉是美味的大锅菜。这正是我一直想再一次走进花驼村的缘故。当然,挂念那里的还有村民的吃水问题,那口水井。

记得当年的村支书曾经说过,花驼村许多人都搬走了。虽然这里风景秀丽,空气新鲜,民风朴实,但因吃水困难,留不住更多的人。这里曾经是八路军的毛巾毛衣厂、肥皂厂、被服厂、兵工厂,有过红色的记忆。这里还是个旅游休闲避暑的好地方,但因道路不畅,也没有引来更多的游客。十多年前,我们也曾宣传过花驼村,但这里并没有火起来。好在今年市里的旅游发展大会将这里作为一个重要的景点开发,以后,旅游专线公路通了,旅游栈道修好了,旅游饭店建成了,相信这里一定会受到更多游客的关注。

因了那个难忘的记忆,我先是关心能不能吃上大锅菜,结果没有收获。就在一个农家乐吃了一碗面条,没有想到竟然也找到了大锅菜的味道。面条是机制的，但卤子却是很有味道的。清香、不腻，清淡、味觉很美。南瓜、豆角、香菜、土豆、鸡蛋，调理得很讲究，又很随意自然，有一种自然的山里的味道。女老板看我吃得高兴，又加了一勺卤子给我。一大碗面条，吃下去，我的嘴角香香的，老板的笑脸甜甜的。于是我想到了水的问题："老板，你们这里还缺水吗？""村里打了一口深水井，有水了！"老板的眼睛不大，此时早已眯成了一条缝。但她舀给我洗手的水，来自水缸里。

我一直特别关注山区农村的吃水用水问题。小时候，我生活在山区一个山沟里。整个村子只有一口水井，常常没有水。全村只靠三个蓄水池里的水生活。遇到大旱之年，吃水都是靠发水票度日的，浑浊的水只够用来做饭。现在用上了自来水，这是何等的幸福呀！

村庄大都是依水而建的。河流、溪流、山泉、水井，这些水源都是建立村庄的必然条件。在工业生产日益突出的时代，一些河流断流，山泉水井枯竭，古老的村庄失去了生存的基本条件。于是有了水窖、蓄水池、小型水库等水利设施，但水质问题一直值得人们疑虑。如何从根本上解决山区一些地方的用水难题，让百姓喝上清澈的自来水，是功在当代利在千秋的大事。

水井越打越深，几乎到了深不可测的地步。我们有现代化的打井工具，不怕艰难险阻。但这井，我们能一直打下去吗？生态环境的保护，我们一直在路上。河流的上游、泉水的源头、水井的水位，现代化能做怎样的保护呢？如果利益比生存还凶猛，人类是不是还被称为人类。人类生存的根本问题是什么？空气、水、阳光，这个我们一直寻找的课题，答案何时能解？

在一个叫蝴蝶谷的栈道上走了不到一百米，天空就掉了几滴细雨。我非常高兴，我知道这里多么需要雨的光临，它就是周边满山翠绿的神仙呀！只可惜，不到一分钟的时间，雨就停了。周边又听见重机械的轰鸣声。一座座山头被劈开，一个个沟壑被填平，路变得宽敞，眼界变得开阔。大山从寂静中醒来，人流变得拥挤。

我执意去寻找那个八路军工厂前面的水井，已经没有了踪影。一座座石头垒成的房子，依然像堡垒矗立在那里。小巷还是特别的狭窄，曲折得有棱有角，像刺刀。院子不大，房子低矮，钻进去很凉爽。那棵古树，据说有五百多年了，几个乡亲在树下吃饭，端着的碗比我吃饭的碗大得多，吃得很干净。现在他们不用因吃水而发愁了，乡亲们似乎少了更多的忧虑，心情都放松了许多。

再有几个月，旅游大军就会浩荡而来。那时，这里的景色会更美。秋天是这里最美的季节，满山的红叶，金色的田野，巍峨的山峦，盘旋如绳的山路，如火如梦的果实，一切都是如歌如诗的美景。我期待着再来，带更多的朋友来，再一次找到大锅菜，让清香的味道弥漫整个山村。

太行崖柏

　　一个阳光明媚的周日，和几个朋友到河南与山西交界处的王莽岭，才认识了崖柏。褚兄喜欢收藏树根和石头，尤喜欢各种具有艺术造型的根雕或原始木料，让我们感到惊异。他的月收入千元多一点，却不吝啬地花费数十元、上百元买下山民手中的木制品，欣喜地搬回家，慢慢欣赏，总有一番滋味在心头。

　　因了褚兄的爱好，我好奇心萌发，于是在网上找崖柏的知识，仔细地浏览网页，才知道了它的珍贵。它的另一个名字太行崖柏，更是让我感到了惊奇与自豪。因为我们就生活在太行山下，每年数十次上太行山，在每一处景点，看到那些摆在地摊上的树根，那些有些奇特无比的树根，从没有正眼看过，更没有问过，也不知道它们的名字。崖柏，这个被列入濒危植物的树种，由于不可再生和人工培育，显得异常珍贵。网上介绍说，一个崖柏手串竟能卖到七八千元。这使我对崖柏心生敬畏。

　　长在悬崖边的柏树，从生存的环境看，就是一个奇迹，就给人一种敬仰之情。在石缝间长大，缺水少土，迎风沐雨，随时都有坠崖的危险，从中就更让人们惊叹它性格的坚韧。也许正是这样，它们才叫崖柏，才成为了一种永恒的精神。这使我想起了抗战。在国家与民族危亡之际，中国共产党领导的八路军转战在太行山上，他们身处险境，扎根于人民之间，在敌人的数次围剿中坚定从容，最终取得胜利，屹立于民族之林，他们的精神不正是崖柏的象征吗！

在我短暂的印象里，崖柏很少有长得高大挺拔的。但网上介绍说重庆的一颗崖柏生长了220多年，被称为"崖柏王"，应当称为奇迹。在朋友的痴心下，我也仔细地欣赏了那些摆在地摊上的崖柏雕塑制品。它们坚实的躯体，细密的木纹，倔傲的体型，让我心里震颤了一下。面对那些丑陋的畸形的崖柏，我想到了眼前一些事物。我认为任何卑微和单薄，孤单与寂寥，倔强与孤傲，只要勇敢面对，就永远会找到欣赏者。崖柏有众多的收藏者，正是因为它的奇特和珍稀。崖柏有许多品种，诸如雀眼、瘤疤、云纹、火焰纹、水波纹、黑线、阴阳等，都是收藏者根据崖柏的形状和纹路给出的美誉。任何一个事物，丑的一面就是美的一面，美的一面也有丑的一面。美与丑只是换一个角度的问题。我们崇尚美，更应崇尚美的本质。

自从王莽岭之行，我开始关注崖柏。我看到山上的树很多很密，山上的花灿烂地开放，山上的风很爽。崖柏每天都和他们相望在一起，显得孤独无言，几乎只有沉默的份儿。长在悬崖边上，游人是不敢光顾的，我们用长焦距相机观赏，也没有什么特殊的地方，反而更觉得眼前的树，眼前的花，眼前的景致更有魅力。崖柏之于我们游客只是它的艺术性。我清楚地知道，一个鲜活的生命存在的价值是有限的，而生命背后的价值是无限的。崖柏越来越少，不仅是因为只有少数的地域存在，更因为不可再生不可培育。我们期待更多人关注崖柏，关注生命背后的意义。

曾刊发于《邯郸晚报》《河北交通报》《燕赵散文》

石头的精神

去英谈，其实就是体验石头的硬度和精神。

太行山上的一个古石寨，相传曾是黄巢起义军建造的营盘。石头建造的房子，石头围聚的山寨，历经了无数的战乱，还能存在几百年。一些房子，有的自成院落，有的是多层的石楼，依山而建，气势宏伟，已经让人惊叹。当然我们惊叹的不只是石楼的巍峨，也不是房子的精巧，更不是隐秘的历史，而是生活在这里人们坚硬的生活态度和精神。

从"营盘"到"英谈"，历史的变迁无须考证，但这里的建筑群体，呈现的独特风情与风貌，倾注了世代生活在这里的山民心血和汗水。明代从山西迁徙到此的路氏，在这里延绵数十代，靠智慧和勤奋使这里不断繁荣。抗战时期，这里成为国民政府河北省主席鹿仲麟的办公地，成为许多抗战将军栖息留恋的处所，成为后勤补给的后方根据地，成为一个英雄的山寨，其生命存续的硬度是不言而喻的。看到那些从石头缝隙中长出的不多的绿树，那些有上百年历史年轮的古树，那些斑驳而不失优雅的门庭雕刻，那些似乎陌生又依稀充满生机的石磨石碾石臼石槽，历史的精神在这里依然熠熠闪光。

沿石板街向高处问路，家家门口用目光注视你的是那些妇女和老人。他们已经习惯了一年一年留守家园的生活。无论是战争年代，还是今天，青壮年们都远离这里，似乎他们的远离，才能使得这里保持寂静和安宁。我不知道战争年代，年轻人所从事的事业是否同石头有关，但问及他们今天出门打工的营生，多半与石头有关，从事煤矿和铁矿的工人居多。靠山吃山靠水吃水，这句话除了与资源有关，也应当包含同资源奋斗中产生的技能。这里的石头能给予的不仅是房屋和楼院，更有石头赋予的技能与精神。

一个中年人告诉我，垒一个五间的石屋，十几个人一起干，也就是十多天的工夫。而从山上选这些石头，恐怕需要几个月甚至几年的时间。没有一种坚忍不拔的意志，没有持之以恒的精神，没有不达目标决不罢休的气概，是建不成那些高耸挺拔的石楼的。甚至在选石材，运石材，打造石材，建楼的过程中，付出生命的代价也是存在的。在我看来，在这里的每一座石头建筑，已经不单纯是一座石头垒成的房子，而是充满对生活的憧憬，对生命的敬畏，对人生美好追求的精神高地。

除了石头，这里还生产板栗、核桃、大枣。在我的记忆里，这些都不那么柔软，不那么容易吞下去，不那么让人感到简单。在这里，就连农家吃的豆腐也比城里的显得结实坚硬。许多人采购一些手工艺品，虽然大都显得笨拙或粗糙，但正与这里的气韵相映照，因此变得可爱。如那一双双结实憨厚的布鞋，那用玉米包皮编制成的坐垫，还有那看上去有些不上眼的拐杖，都让人们相信这里人们的淳朴敦厚。这里人们的性格也是坚硬的，摆卖自己的产品，话语里没有乞求的气味，更不哗众取宠。说话有棱有角，就像墙上那整齐的石板。不会说软话，不做卑躬屈膝的姿态，爱买就买，不买就走，不还价不作假，石头一样的实诚。也许我们许多人心理上受不了，但仔细揣摩，能够体会到是大山和石头造就了他们的性格。

战争没有把这里毁掉,因为这里曾经是后方。一群一群的人们开始从城市涌入这里的时候,曾经的后方开始变得紧张。有的人在这里租房,作画、吟诗、休闲,还有的谋划在这里建别墅,建工厂。这里的明天将不再安宁。也许过几年,这里的石头也会软化,石寨会坍塌,人们会狂躁。因为人类是大自然改变者,抑或不是破坏者?我最大的担心是英谈还能不能成为更多的人的惊叹之地。我更希望英谈坚硬的精神能更多地保留,更多地受到尊敬。

曾刊发于《邯郸日报》

太行红叶

说到红叶，不能不提到北京香山的红叶，那种壮观，那种气派，那种魅力，都是让人难以忘怀的。当代著名散文家杨朔先生的《香山红叶》，更是写尽了香山红叶的深邃和瑰丽，人生的风景与追求，成为我们永远的记忆。

记得1984年的秋天，我住在北京复兴路上的一个小旅馆里，等待交通部领导对全国劳模焦红事迹材料的修改意见，闲暇之间，就有了去香山看红叶的念想。于是我独自一人，乘公交，转了两次车，来到了位于北京西部的香山脚下。望着高高的山顶，我一路攀爬上去，在红得发紫的红叶间穿梭，脸上都被阳光映衬得红彤彤的。那时，我二十多岁，虽然刚开始喜欢写诗，但在灿烂如霞的红叶丛中，并没有找到诗情的感觉。2008年，北京奥运会后，我第二次登香山，感觉在气力上都不敌两位老领导，更没有找到红叶的感觉。不过我站在山顶，一览北京的现代大都市风貌，还是感慨万千的。

香山红叶，不仅是北京的一个名片，也是全国人民向往的一个著名的风景区。

在追随香山红叶的记忆里，每年到了欣赏红叶的季节，都要和朋友们结伴去看看周边的红叶。河北沙河王硇鸡冠山的红叶，临近崖边的更鲜艳；山西黎城四方山的红叶，两山垭口上的更灿烂；河北涉县庄子岭的红叶，山腰处的更热烈；河南林州太行大峡谷的红叶，谷底的红叶色更浓。它们都是太行山的红叶，它们也是太行山秋天的一张名片，以特有的色彩、品质、气概和风度，成为人们观赏追捧的热点。

　　说到红叶，其实有千种以上的植物会呈现。主要是因为植物内的花青素在遇到寒冷以后，为了自身抵御风寒，而出现的变化。在北方，枫树、柿树、漆树、橡树、黄栌、五叶地锦，还有一些灌木和槭树类植物，在秋天都会变成红色。太行山上的红叶，估计也是许多种植物变化形成，我们也不能一一辨别。但站在绚丽红叶的面前，一种难以抑制的激动和兴奋，是动人心魄的。

　　从位于太行山深处的武安市管陶乡大水岭村开始登山，先是攀登沟壑，然后沿之字形山路曲折蜿蜒而上，正可谓一处一景，沿山路躬耕前行，风景渐入佳境。除了秋的山，高耸清明；秋果或红或黄或绿，稀疏挂在树梢，是那种独享风情的气概；还有白云悠然飘逸，闲适自在地在群峰之上吟诵，更让人心旷神怡。

　　我们不停地仰望山顶，寻找通向红叶灿烂绽放的区域，然而总是看似近了，又转向远处，直到身心疲惫，想要歇歇了，鲜红的指引，又在眼前闪耀。

　　终于走到了一棵树下，红彤彤的景象十分壮观。我们仰望树冠，白云、蓝天和密密的红叶形成镜头里的水粉画，一下子境界全出。我们当时就把这棵树命名为"网红树"。我们在这棵树下停留的时间最长，拍摄的照片最多，付出的情感最丰富。此处红叶向山坡上延展，同五彩缤纷的各种树叶一起绚烂，把整个山坡涂上了油彩。

同行的女人们，总是季节的女神，她们早已做好了准备，"红装素裹"，换上了浅颜色的衣服，置身红叶之中，以端庄秀丽之姿，写尽人生之妩媚。那些喜欢拍视频的人们，更是扭动腰身，在音乐中变幻不同姿势，并且深情歌唱，声动整个山谷。

歌声惊动了山顶上的一户人家，这个叫西垴的地方，今天没有守住往日的宁静。这里有一棵高大蓊郁的槐树，看树龄在百年之上。树下有一座小到只有水桶大小一般的天地庙，还有一个石板桌和两个石凳，也许这就是山顶主人的神灵和快乐。这些在众人眼里很不起眼的摆设，但在我眼里却很有意义，因为我懂得生活在这里的人的精神世界。孤独和寂寞，守望与期待，不是一个人的生活状态，更不是全部。不远处，屋顶上金灿灿的玉米，堆满了他们的笑声。而且他们的笑声比我们的歌声更嘹亮，更美，更富有感染力，在山谷中传得更远。

太行山曾经是贫瘠的，因为这里缺水，尽管有的地方有点点滴滴的山泉水，但至今许多村庄还依靠水窖生存。然而这里的人们从来都是朴实勤劳的。他们有像红叶一般热烈的心，也有像山峦一样挺拔的品格，更有像土地一样坚忍不拔的精神，他们无愧为"太行山人"。在最为艰难的十四年抗战中，这里的女人中有和红叶一样可爱的"太行红嫂""太行奶娘""子弟兵母亲"，正是她们的无私奉献，让太行山更加雄伟挺拔，让太行红叶更加绚丽壮美。

放眼远处，群山巍峨，层峦叠嶂，山峰之下红叶开得蓬勃辉煌。太行红叶，正以最美的画卷，为太行山披上秋天的盛装，这也是太行山最美的季节。

下得山来，寂静的山川此时正在遐想：当冬雪覆盖了红叶之后，为什么冬天这里依然高耸昂扬，不卑不亢，坚定从容？因为红叶里有太行的魂魄，有生生不息的希望。

哦，太行红叶，你比香山红叶是不是更富有神采呢！

山水之间

在向往的山水之间觅一片纯净世界,放飞禁锢的心情,又一次走进落寞。

退休之人,自由弥足珍贵。四十余年的拼争攀爬、风雨兼程、甘苦辛辣,待到瓜熟蒂落时,自然应当收获,可眼前的境况,却让我心中并不平静舒坦。去哪里寻觅一处可以熨帖心灵的风景呢?

周边游,乡村游,爬山越沟,寻找野趣,在寻常中寻找不寻常,几个旅友就这样达成了共识。

太行山深处的柿子红了,梦一般的故事撩拨着我。故乡的银杏林遍地金黄,一年一度的菊花展锦上添花。朝阳湖碧蓝的湖水秋波荡漾,那一叶扁舟诗一般地吟唱。白云大道贵妃垴上云朵畅想遥远的牧歌,寂寞的皇宫落满夕阳。漳河小三峡浪花朵朵,簇拥着快乐一泻千里。黄花山涧云雾缭绕成仙境,一支神兵正在出发。景梅山上风吹野草见牛羊,神奇古寨炊烟升起……虽然风景都是旧相识,却总有新人相伴,风和日丽下,风景和心情一起在路上。

太阳每天都是新的。风景依然每天都在变着模样。如果你还没有出发,夕阳一定很快落下。

在漳河滩涂上,那一片已经收割过的土地,虽然光秃秃的,但堆起的谷垛像抗战时期的哨兵，触景生情，浮想联翩，让我不得不环顾群山，那里是不是藏有奇兵百千，正等待一声号角！

那棵落尽了叶片的柿子树上，依然挂满鲜红的柿子。它们像大山的星辰，点燃这里的寂寞。遥想当年它们都是救命的果实，如今只是城里年轻人欣赏的一种风景，心里不免有些酸楚。该收获的无人收获，收获的人去了远方。时代的车轮，总是喜欢追逐。

景梅山顶牧场的草枯了，风依然摇动着它的凄美。那个住在山顶的人家，那几户依依不舍守着石头房子的村民，他们又是怎样的一种坚守和情怀呢？

云朵聚来散去，总想亲近山峰，又常常若即若离，一种莫名的孤独始终悠闲中释放丝丝缕缕的愁绪。贵妃早已不是往日的贵妃，白云也不是昨日的白云。在岩角村喝碗羊汤，也已经品不到儿时的滋味！

山水之间，你可以寄情，可以放歌，可以沉默，也可以归隐，还可以从此不归。任何能放下的都应当放下，一草一木，一岁一枯荣，我们都是大地的种子和草粒。

在梁沟兵工厂烈士陵园，有许多故事都已凝固成血染的石碑。一位八路军的副营长为了突破日本鬼子的包围，深夜给已经几天没有吃到饭的群众和战士送吃的，摔下了悬崖，壮烈牺牲；一个老乡为保护乡亲和战士们的安全，不小心捂死了自己因饥饿哭泣的三岁儿子；一位队长身负重伤，为了不连累急速撤退的队伍，选择了开枪自尽……悲壮、无私、大义凛然，浩然正气天地间，这里的山崖陡峭，每一块石头都是丰碑。30多位革命烈士长眠于此，山水之间，他们的英魂永驻。

黄花山上紫云洞里，曾经发出八路军一二九师反扫荡的一道道指示；神头岭上伏击的号角，依然回荡在人们的耳边；赤岸村的电波把漳河水掀起波涛，太行烽火燃遍两岸；在太行山水之间，到处都激荡着英雄传奇，鱼水情深，至臻大爱。

游走于周边山水之间，虽不能常常惊艳，也不能每每陶醉，更没有忘情迷途之惑，但越发熟悉，就越发亲切，越发心动，往往让自己难舍难离。

"其实山水并非布匹，可以一段一段割开来裁衣。心境的差异，犹如程度不同的光，投在山水上，反照出千变万化的景观来。"（诗人舒婷《仁山智水》）但我们还是习惯了游走，把山水之间的景观存在一片片记忆中。

春天来了，桃花红了；夏天到了，山高水长；秋天展开画卷，遍地瓜果飘香；冬雪皑皑延展，万里银装素裹。即使随意走近每一朵花，抚摸每一片叶子，捧起每一滴水珠，击碎每一柱冰挂，都难掩心灵深处的挚爱与亲情。山水之间，我们就是始终不渝的存在。

那一天，参加了一位老前辈的葬礼。长江支队南下干部，终于有一天从福建回归太行山深处。山路上是寂静的，如他远去的时光。土地上的落叶是湿滑的，因为这里有晶莹的露珠。山水之间，虽然早已不是当年的景象，然黄土依然泛着清香。

任何一个走出去的人，山与水都在你的脚下，都在你的心中。因为我知道，山有根，水有源，山水之间有不变的情怀。

人间四月文冠花

邱县宣传公众号发出赏花令后,我第一时间走进了文冠果园。

女人一朵花,女性对花更钟爱,于是我特意邀请了女作家俊萍主席、女摄影家白鹭女士同行。在高速公路出口又有两位女花迎接,文冠花园顿时成了花的海洋。

沿一条并不宽敞的赏花路,一路拍摄时,一种洁白的花吸引了我们,没有等到讲解员解说,我们就开始留影拍照,结果地里的果农说,这是苹果花。吃过苹果,没有见过苹果花,闹个笑话也是在所难免的。

终于走到了文冠果树前,一树树漂亮的花开得特别灿烂。娇而不艳,雅而不淡,纯洁而烂漫,简约而多姿,端庄而清丽,俨然是花中上品。在四月,同牡丹花同期开放,在我看来,文冠更具风姿。文冠花散发出的浓郁芳香,使得十里之外春风微醉,路过果园的车辆都频频减速慢行,正是为了吮吸一口飘香的空气。

文冠花,学名文冠果,又称文光果、文冠木。春季开花,秋初结果。耐干旱、抗风沙,在我国北部、东北部、西北部都有野生和种植。文冠果满身是宝,花、叶、果,可赏、可饮、可入药,是难得的植物佳品。只可惜,在我国大面积培育和种植的地区并不多,位于邯郸市东部的邱县梁二庄镇的万亩文冠果园,已经成为全国种植文冠果的翘楚。

近几年来，邱县加大了产业引领的力度，发展文冠果产业的步伐加快，许多果农自发种植文冠果树，已经形成了一定规模，这就预示着文冠果飘香的春天就要到来。

在春季的百花园里，文冠花似是"养在深闺人未识"的一种奇特的花，因为没有大面积的种植和广泛的宣传，又因与"国色天香"的牡丹花期接近，而少了人们的关注。这也许是许多人不知晓文冠花的缘由。当我的抖音发出视频作品时，就有人询问这是什么花。

文冠花的美丽，不仅在于它自身的丽质，花开时呈现的多重色彩变化，更让它具有无穷魔力。它开花时，先白，次绿，再绯，后紫，花蕊黄、红、白、绿兼容相济，互为映照，为人间呈现出一花开，百色生的奇特景象。更有在一棵树上，因阳光照射和花期不同，花的色彩也不同。一笑百媚生，文冠花风情万种。

文冠花虽没有牡丹的娇艳和富贵，却有百花的本质与精神，而它的果实富有无数妙用，做油，清纯而甘醇；做脂，润肤而美容；入药，祛病而养生——都是许多花果不能企及的。

在邱县县委宣传部李霞的引领下，我们乘电瓶车游览花园，在果园深处寻觅花王。在一棵花开如梦的文冠树前，风中摇曳的花枝努力地伸展臂膀，把每一朵花推向空中，皎洁的花、绯红的花、鹅黄的花苞编织成五彩的云朵，弥漫了这个果园。身着红色风衣的俊萍主席是特意换装前来的，用浓烈的红装与洁白的文冠花媲美，更让春天盎然多姿。白鹭女士更是"长枪短炮"，相机手机轮番上场，把美丽的瞬间收进诗意的镜头。

不知不觉竟然过了中午，我们似乎还没有尽兴，于是在镇人大美女副主席的引领下开始品茶，浓郁的茶香扑鼻入口，沁人心牌。在二楼展厅，我们又急切地询问文冠果的产品售卖价格，还想把文冠果引入家庭种植，爱上和痴迷，已经渐入佳境。

走出文冠果园，大家意犹未尽，在排了近千米长的土特产品销售展览长廊前，白鹭买了几袋当地特产，送我们每人一袋。走在乡村振兴的路上，到处是收获和希望。

人间四月文冠花，你来时，请带上快乐的心情和灿烂的笑容，春天的花香一定能让你迷醉其中。

梨花开了

从南方回来不久，魏县的梨花就开了。

老朋友词作家牛振岭先是对我的游记作品做了点评，接着打来了电话，告诉我：梨花开了！

之前老兄从北京归乡后，多次约我到魏县小聚，毕竟我们面对面交流的时光，已经过去快二十年了。我喜欢诗歌，他喜欢歌词，三十年来，我们之间作品交流从来没有间断过。有时候，我也写一两首歌词，总是不尽如人意，多数搁置，于是不止一次向他请教，业余和高手之间，差距立竿见影。

相见，总要相见。我们都退休了，可以自由支配时间了，所以振岭兄诚心邀约，我必诚心赴会。在魏县，还有一位是我一直想见的老朋友，他就是作曲家郭建国。四十余年前，他在邯郸师专音乐系读书，常求教于他的同乡段继书老师，家父和段老师是邻居，所以我们那时就相识了。建国小我一岁，音乐天赋极佳，创作了许多优秀作品。他原本有更好的平台，但那种对故乡的痴情，豪爽义气的性格下的倔强，更适合那片土地。

魏县的梨花，开得娇美，冰清玉洁一般总是能让你的心灵顿时净化。虽然魏县的梨花节每年都搞，以前我也去过多次，但三年疫情之后绽放的梨花，显然更加醉人。我们现在一般用手机拍摄梨花，与花对话，更加亲密。用一种真挚的情感，读微风摇曳中的梨花，似乎更能找到婉约的美。那是一种纯洁、甘甜、高尚的美，香气清幽的美和灿烂烂漫的美。

也许我和振岭、建国都老了，银发开始烘托我们的形象，相望相觑，一见如风。但彼此心底的歌声还是那么悠长。在申家饸饹面文化园餐厅，老板申文堂深情演唱牛振岭作词、郭建国作曲的申家饸饹面主题歌《饸饹情思》时，我们都陶醉了。那种浓郁的乡村情调，快乐悠扬的旋律，情真意切的期盼，从心底发出的真挚呼唤和绵绵情思，完全可以撼动每一个懂得生活的人。

人生就是一首歌，味道总是永远不变的。振岭曾经在北京打拼十多年，但难忘乡情乡音。他的歌词，始终缠绵于家乡的每一寸土地，始终呼唤梨园的每一处乡愁，始终追寻与生俱来的丝丝根脉，使得他的作品具有强劲的生命力和时代感。建国总是不丢失那种豪气和情怀，在音乐里渲染那种亲情的张扬和绵延的韵律，仿佛音符跃动就是他生命的亢奋，激越也罢，低吟也罢，一种倔强的性情，点燃平原的每一处角落。这是我第一次欣赏他们两人合作的歌曲，一种我久违的快乐，使我不能拒绝他们举起的每一杯美酒。

梨花开了，桃花也开了，油菜花开了，杏花也随风开了。田野上正在奏响希望的歌声。不绝如缕的人流，穿梭在田埂上，游历在花海中，以各种姿势表达对每朵花的情爱，他们和鲜花一起畅谈春天的美丽，遥想累累果实，我看到每个人的脸上都写着灿烂与快乐。特别是那些穿着色彩艳丽服饰的女人们，想把梨花、桃花、油菜花、杏花……都画在身上，她们想让春天永驻。

突然耳畔响起了一首熟悉的旋律，我在醉梦中看到如雪团一般迎面扑来的梨花在眼前飞舞，一片片梨园正蓬勃上演一场田野盛宴。让悠扬的歌声陪伴我们一起去赏梨花吧，青春就是梨花的模样。

老道旮旯的秋悟

深秋的周末,驱车进入太行山的深处,一个叫老道旮旯的村庄大隐于世。陡峭的山壁,银光闪闪,如鬼斧神工;跌落的山泉,成人字形,像垂落的古藤化石;光滑的石阶,攀缘而上,蛇形布阵,犹如久远的岁月;唯有满山的红叶,灿烂的燃烧,迸发一簇簇生机,使得这里迎来了游客的脚步。这里存在的一切都如原始的期待。那深深的沟壑,笨重的山体,直顶云天姿态万千的山峰,给游客们留下无数的遐想和奇妙的构思,使得一个从不被外界知晓的山村,有了一个新的富有诗意禅意的名字——仙界山。

能够进入这样的山村,在拥挤的生活之余,寻得一个宁静与悠然自得处,得益于公路的四通八达,更得益于高速公路的快速延展。从梦中醒来,只两三个小时,就能在深山中呼吸到新鲜舒适的空气,还能伸手摘得苹果和柿子,望着蓝天白云高歌呐喊,听回音袅袅,那是何等的快乐!记得三十年前,也是到这个村庄邻近的地方,我们凌晨四点出发,半夜十二点回家,十几个小时一路颠簸,那一车土豆拉得好辛苦。"要想富,先修路",当初只是一个简单的口号,现在已经成为一句深入人心的名言了。时过境迁,感受最深的还应是我们这一代人。

在公路的沿线,到处可见销售苹果的摊位,一斤上好的苹果两元钱一斤，比城市里的超市便宜了一半以上。我们三个人买了五十多公斤，心里甜滋滋的。卖给我们苹果的一对年龄已过七十岁的老夫妻更是笑逐颜开。因为他们不出地头就收获了劳动的快乐。

在我们的目光里，与大山为伴，与溪流共生，与白云对话，与袅袅炊烟一起入梦，老道叴旯村的乡亲们，从来就是过着神仙一样的日子。多少年来，这里的人们同外界少有接触，有的甚至一辈子也没有走出自己的村庄。在城里人看来，他们闲适、自然、无忧、自得的生活，分明充满了禅意，深得城里人的向往。而生活在老道叴旯村的乡亲们呢？当他们看到身着艳丽的服饰，开着高级轿车，端着"长枪短炮"，个个神采奕奕风情灼灼的城里人时，心里又有何等的滋味呢！那些常常把菩萨藏在心底，把未来寄托给佛的人，此时心里就会被另一种禅意侵袭，从而梦想改变自己的生活追求。于是他们改变了过去的想法，开始打开一扇门，开始敞开封闭的胸怀。

树上挂满了红彤彤的柿子，柿子在红透了的柿子叶中摇曳，在一个个山沟里闪烁，闪烁成梦幻，闪烁成灯盏，使得这里红红火火，充满了喜庆。在这里，从城里来的人，不用攀上树去，伸手便能摘下柿子。他们装满了所有的背包、塑料袋和衣袋，可以说满载而归。这种不劳而获，仿佛有些不道德，但乡亲们没有反对，反而偷着乐。因为这里的柿子已经不再是他们生活中的必需，而是一种展示的风景。有人喜欢，给他们快乐，成了老道叴旯村百姓的一种新境界。如果禅意是一种无私的奉献，是一种有得有失的境遇，是一种相互给予的快乐，那就渐渐接近了生活的哲学，接近了老道叴旯人此时的心愿。

最能让我体验的是老道叴旯的秋，宁静朴实归真的秋。因为它消弭了夏天的鼓噪与沸腾。风是静止的,树是静止的,山是静止的。水流无声,石头无言,河床寂寥。此时,我觉得老道旮旯像是在修行,在参禅,在悟道,更是在渐渐觉醒。因为这里的静,是隐秘的静,是无知的静,是单纯的静,又是一种渐入惶恐的静。好在,这种静正在被打破,成为一种有价值的接受享受和朝拜的静,在渐渐伴随禅意前行,为人们打开一扇优雅的殿堂之门。

每年的秋天,我都去太行山深处采风,除了去看红叶,还会去看秋天的山景。因为经历了春的复苏,夏的蓬勃之后,秋山更能让人顿悟,更能让我深刻地感受人生。如果说春是你的童年,夏是你的青年,秋恰是你的中年。在许多人眼里,春是希望的象征,夏是奋进的象征,而秋显得萧瑟。而我却认为一个人的中年更值得关注和赞赏。这不仅是中年和秋一起代表着成熟,更多的收获背后,却是更加沉重的责任。就像丰硕的果实一样,在田间、屋顶、场院到处堆满的时候,一个中年人的所思所想不完全是喜悦与快乐,而更多的是忧虑与期待。向前走,冬的凄凉与苍白临近,雪,会遮盖你的一切脚印和踪迹。回首来路,青春的风景已经远去,热烈和激情变得淡然,回忆,会让你的一切老去,充满慨叹。而让你能够有一丝欣慰的只有,老人的依靠,孩子们的依存。中年和秋,那么的相似,正如我眼前的景致和现实生活的感受。

去深山处赏秋,是因为自己正是秋山上的那一枚红叶。因为我知道,任何一个经历过秋天的过客,心里都有一种念想,像山一样屹立,像河一样奔腾,像白云一样悠然。因为秋就像一个雕塑家,留下的是深刻的印记。秋更像一个画家,喜欢把更美的世界给你,而你总是只能欣赏。秋还像一个诗人,总是颂扬你的丰盈和高贵,而这一切只是你想马上放弃的。如果你真的感受了秋给你的哲学,你一定会生活得快乐,就像老道旮旯的过去,就像那静得出奇的大山与沟壑。

老道旮旯的秋意是那般的浓烈,又是那般的清澈,让我们读懂了珍惜,也读懂了快乐,更读懂了生活。

曾刊发于《河北交通报》《邯郸文学》

第五辑　心海漫游

草原，心灵的故乡

一

"美丽的草原我的家，风吹绿草遍地花，彩蝶纷飞百鸟儿唱，一湾碧水映晚霞，骏马好似彩云朵，牛羊好似珍珠撒……"多么动听的歌声，多么深情的旋律，多么形象的描绘，草原总是梦一般地缠绕着我。

草原就是一首辽阔的诗篇。这里有雄壮的美，彪悍的美，悠远的美，苍凉的美，深情的美。

草原就是一支悠扬的歌。激越、高亢、热烈、奔放，又满含追寻、期待、憧憬和畅想。

每逢夏季，草原就会展示它最美的形象，以它更加辽阔的胸怀，更加热烈的情感，更加奔放的性格，迎接心爱它的人们。

这个夏季，江南大雨滂沱，江河湖泊告急；新冠疫情多点突发，新疆、北京、大连吃紧；让我们这些喜欢出行的人，心里多少有些紧张。纵观祖国版图，辽阔而壮美，休闲或避暑，去草原感受不一样的美，成了我们一拍即合的首选。于是，一行八人，驾车两辆，男女搭配，在中伏出发，既得意又惬意。"因为我们今生有缘，让我有个心愿，等到草原最美的季节，陪你一起看草原……"唱着那首《陪你一起看草原》，出发了。

从古赵都出发，为了避开北京，我们经张家口北上，第一站进入了锡林郭勒草原。

汽车在高速公路上奔驰，如入无人之境。车窗之外，连绵起伏的丘壑，碧绿无边的草原，白云悠悠的蓝天，让你目不暇接，眼界无边。

时而牛群、羊群、马群一片片在天空上飘浮，在草原上构图，如锦绣延展，如歌声飘逸，如诗情画卷，让你不停地举起手机，拍拍拍，生怕遗漏任何一个俊美的画面。

几百里驰骋，如飞如歌，汽车就像一支金梭和银梭，在编织着辽阔的梦，编织着希望和灿烂。

小柴开始晕车了，眼晕、头晕、胸闷、呕吐。风景摄入的速度太快，让她原本娇弱的身心更加疲惫。再加上 10 多个小时的长途跋涉，吃不消也是正常的。我们在一处风力发电场观景点停下，让她感受一下近乎静止状态下的草原。此地周边百里布满了高耸的风机，静观风叶似乎在休息。风，不是很大，轻轻的、飒飒的、爽爽的，一种从醉梦中醒来的感觉，顿时在我们的额头、面颊、脖颈、胸怀舒展弥漫，心情就像此时蓝天上轻松漂浮的云，有些酥软。短暂的停留，也就是轻松地呼吸了一口草原清新的空气，换了个座位，小柴竟然放弃了要折返回家的念头，继续前行的心情就像天空上的云，越来越好了。

"一只鸿雁当空飞呀飞，策马奔腾向前永不悔……"此时我想起了《歌在飞》。

二

"给我一片蓝天一轮初升的太阳，给我一片绿草绵延向远方，给我一支雄鹰一个威武的汉子,给我一个套马杆攥在他手上……"《套马杆》的歌声高亢、明亮、悠扬。在经历了蓝天和绿草之后,在夕阳的余晖里,我们驶入锡林浩特。这座有"中国马都""草原明珠"美誉的城市,是我们此行进入的第一座草原城市。

城市的街道很宽阔,行人稀少,落日的余晖很美,有一种冷凝清淡的味道。从汽车上钻出来,我们感触到了比凉爽还要凉爽的温度。这个时候,我们想到了酒,想当一个威武的汉子。走进一家饭店,羊蝎子锅,蒸发着热气,再加上酒的烈度,回到大街上,我们不再是瑟瑟发抖的游客,而是谈笑风生的锡林浩特人了。

一觉醒来,匆匆去游览内蒙古四大庙宇之一的贝子庙和市博物馆,都吃了闭门羹。疫情期间关闭室内场馆,对我们也是保护。好大的一个贝子庙广场,我们退后几十米,才拍到贝子庙的全景。额尔敦敖包公园里,人们深情相会,彼此敬仰神灵,许下心愿。我们在碑记中读了这里古老的蒙古族历史文化记载。游牧民族的辉煌历史,也像草原一样辽阔久远,比起我们过去的简单记忆,在这里收获了许多。这里是一代长调歌王哈扎布的故乡,也是民间文化"潮尔道"之乡。流传于锡林郭勒的《小黄马》《走马》还有那些旋律悠长舒缓、意境开阔、气息绵长、声调高亢的蒙古族长调旋律,就像一群奔腾不羁的野马在广场上流淌,同现代气息的广场舞旋律一起汇入锡林郭勒大草原。

三

我年轻时最爱唱的一首歌是《草原之夜》。"美丽的夜色多沉静,草原上只留下我的琴声,想给远方的姑娘写封信,可惜没有邮递员来传情。"李双江深情的演唱,让无数个草原不眠之夜变得多愁善感,充满力量。

为了那个草原之夜,为了传情给思念的姑娘,我们在草原上一直奔驰向前,向前,向前。像箭一样的公路,带着思念;直上云端的天路,带着向往。我们始终想在碧绿与白云相接的尽头,见到像晚霞一样美丽的姑娘。

我们追着云朵追着太阳,可草原太辽阔,无法凭借眼睛和心灵的直觉判断方向。在我们的眼里所在的地方都是你曾经到过的地方,没有导航,我们就是随意漂泊的一根小草。山峦、蒙古包、牛羊群、蜿蜒的小路,一切都如昨日,又似曾相识。直到饥肠辘辘,满眼黄花,想在一个镇子停下来,解决肚子问题,可一不小心窜过去了,还闪过了路边一个挥手的姑娘。当然,一不小心又会走进人家的院子,扑鼻的肉香和袅袅烟气,让我们又找到了一个可以充饥的地方,那个大眼睛高鼻梁满头辫子的姑娘,正是饭店的老板娘。好年轻呀!身上还有浓浓的草香。这时我竟然想起了那首歌:"乌黑的头发,浅浅的酒窝,圣洁的目光,甜甜的歌声,美了戈壁肥了牛马骆驼羊,醉了小伙醉了太阳和月亮……"

在我的记忆里,草原夜景最美的应该是皎洁的月光和耀眼的星星,当然还有悠扬的琴声。那种辽阔天空中,低垂夜幕下,风涌草动的旷野上,你若收拢身心,更能懂得月光星光的高远与明亮。当然还有一种寂寥和孤独,一种悲怆与苍凉,一种幽深和恐惧。这是一个长期居住在繁华都市里的人心中,更能迅速产生的感觉。那一年,我在一个寂静的山沟里,望着星空,听着虫鸣和渐远渐失的吠声,就产生了这种感觉。更何况,此时的草原安静

第五辑 心海漫游

得就像一座浩渺的水窖。好在这一夜我们住在了乌兰浩特。乌兰牧骑宫的辉煌灯火，宏大壮丽璀璨的夜景，让我们感受到了不一样的草原之夜。草原的辽阔，已经被无数像明珠一样的城市点亮，人们不再是漂泊、漂泊、漂泊，而是在茫茫草原之中寻到了心灵之洲，开始过上诗一般的生活。

四

"我的心爱在天边，天边有一片辽阔的大草原。草原茫茫天地间，洁白的蒙古包散落在河边。我的心爱在高山，高山深处是巍巍的大兴安。林海茫茫云雾间，矫健的雄鹰俯瞰着草原。呼伦贝尔大草原，白云朵朵飘在我心间……"《呼伦贝尔大草原》这首满含深情的歌曲，可以说，有成千上万的人会唱，会在心底唱。

人们说，呼伦贝尔草原是世界最美的草原。在海拉尔，这个呼伦贝尔市政府所在地，我们第一次看到城市街道里涌动的车流，第一次遭遇了堵车。这里吸引了更多的游客，也吸引了更多的商客，吸引了更多的朋友。这让我特别的惊叹。

呼伦贝尔市是中国面积最大的一个地级市，这里的辽阔是任何一个草原难以比拟的。这里的草原更加平坦，更加辽远，更加美丽。这里是世界著名的三大草原之一，有3000多条纵横交错的河流，有包括呼伦湖、贝尔湖等在内的500多个星罗棋布的湖泊，天然牧场连绵10万平方公里，一直延伸到大兴安岭林区，这是何等的一种辽阔和壮美！

"天下草原""莫日格勒河""额尔古纳河""根河湿地公园"，呼伦贝尔布满了让你心动的风景打卡地。满洲里、扎赉诺尔、黑山头、扎兰屯、冷极村、塔河达门，在每一处我们留下足迹的地方，都是美梦相伴的地方。清澈的溪流，茂盛的森林，遍地的野花，扑入我们梦中的白桦林，还有一个个朴实的木屋，热情的护林人，都是草原上永远的诗章。

在满洲里看夜景，套娃广场风情万种，套娃酒店气势恢宏。路上，虽有蚊虫叮咬，但还是收获满满。在中俄边贸旅游区，偶遇邯郸老乡，专车接送我们参观，送水送情终生难忘。去莫日格勒河，道路维修拓宽，导航迷路，当地车辆善意引路，终于登上观景台，九曲十八弯的壮丽景色和百头牛群转场，宏大场面至今在胸中回荡。拜谒成吉思汗庙，是草原上的一个圣典，一般每月的农历初一和十五进行两次，这两天免费对所有人开放，我们成了幸运的游客。参与和亲历神圣的仪式，亲身体验蒙古族的重大奠仪，成为生平第一次。

美丽的草原我的家，行走在草原，虽有失落和迷茫，更多的是快乐和温暖。草原的胸襟里有爱有情，有豁达有包容，有阳光有风雨，有平坦有泥泞，更有风雨兼程和勇往直前。

"父亲曾经形容草原的清香，让他在天涯海角也从不能相忘。母亲总爱描摹那大河浩荡，奔流在蒙古高原我遥远的家乡。如今终于见到辽阔大地，站在这芬芳的草原上我泪落如雨……"让台湾诗人席慕蓉作词的《父亲的草原母亲的河》去用一个游子的情怀认识草原感知草原歌唱草原吧，草原永远是我们每个人心灵的故乡。

穿越陕北

我十分佩服驴友们的能力，他们把触角伸向了陕北。在他们制定的旅游线路里，我们也心血来潮，决定利用周末加周五晚上的时间，长途跋涉近 800 公里，扑到了靖边县龙洲镇的波浪谷景区。

这是一个还没有综合开发的自然景区，不收门票。到这里来的人很多，各地的游客都有。从车牌上看，陕西、河南、内蒙古、宁夏、山西的游客居多。波浪谷景区是一个丹霞地貌的景区，波浪似的岩层，在山谷间此起彼伏，好像亿万年的海浪突然凝固，在早晨和黄昏时显现出更加美丽的霞光色彩，令人浮想联翩。

从高处深入谷底，是一条条羊肠小道。那些被风化的赤红色岩石细末飘洒在羊肠小道上，使你稍不留意就会从高处滑到谷底。我几乎是半蹲半爬下到谷底的。借助那些长在崖壁上的荆棘和草稞，手上扎了许多刺，才心惊胆战地在谷底落脚。穿过最深的谷底，最窄处只有一脚之地，小心翼翼地通过时，两手必须扶着崖壁，否则就会站立不稳。当然最快乐无忧的是那些小孩子，没有害怕的感觉，也让大人揪心。

最令人兴奋的是，出了一处山谷，竟望见了一片湖面。有不少的游客乘游船游览，笑意和湖水一起荡漾，荡漾着快乐的心情。在这个严重缺水，靠天吃饭的地方，有这么一片水面，犹如天赐。在湖面的一侧，是一处陡峭的岩壁，上面有人工开凿的洞穴，都在崖壁的中央，给人一种神秘的感觉。

这里的风特别地干燥，行走不一会就让你感到呼吸困难。上山的途中，有些极大的不适应，缓步走了一公里，遇有百姓安置的服务站，吃了一碗酸凉粉，才感到舒服了些。回到我们停车的地方，又赶紧地吃了一个西瓜，坐下来，心情才舒缓了许多。和这里的卖西瓜的大娘聊起来，朴实的民风，让我们有久违了的感觉。大娘让我们免费喝小米粥，还免费供应咸菜。于是我们悄悄担心起来，一旦这里综合开发，游客如织，还有这么好的民风吗！望着正在扎紧的银色钢丝围栏，相信不会有更长的时间，这里将收取不薄的门票。如果能惠及百姓，那将是更好的事情。

在大娘两个儿媳的告知下，我们又一次出发，穿越靖边县城，来到了靖边县北部近60公里处的统万城遗址。这里是2012年刚被列入世界文化遗产预备名单的国家级文物保护单位。

走进统万城遗址，我们有一种震撼的感觉。这个在人类历史上留下的匈奴唯一一座都城遗址，也曾经称为"北京"，跨越了近1600年，让我们感受到了雄伟与辽远。这里高耸的几处残垣城堡与城墙，虽经历千年风雨剥蚀，但仍然巍峨挺拔。在辽阔草原如洗的碧空映衬下，显得大气磅礴。匈奴贵族赫连勃勃建造的这座大夏国都，是在西汉奢延古城基础上修建的，经历了东晋、隋、唐、宋、元、明等数十次战火，如今的遗址也不失当年的霸气。我们环都城遗址一周，在可能搜寻的地方寻找石块和瓦片，听风声中的历史烟云，那些遗迹都十分清晰。

因为整个都城遗址都是白色的，这里又叫白城子。在强烈的阳光照射下，城堡遗址显得更加雄伟。这里已经接近了内蒙古的地界，我们回程就穿越了鄂尔多斯乌审旗的地界，接受了警察的检查，似乎有了一次出国的感觉。因为提起匈奴，真的是太遥远了。同去的两个女学生，就更感到了沧桑。

在黄昏，我们穿过了延安。第三天，我们游览了宜川的壶口瀑布。陕北，这个曾经相当遥远的地方，在高速公路的帮助下，两天就被我们穿越再穿越。

曾刊发于《邯郸日报》《河北交通报》《燕赵散文》

风雨雁门关

当我们驱车到达雁门关时，已是中午时分。我们在关外简单地吃了几口饭，便入关了。

我们沿着一条古商业街攀爬而上，两边的门庭显得十分冷落。然而，在数百年前，这里曾是一处热闹繁华的交易场所。早在北宋淳化二年（991），朝廷在这里设置代州雁门寨榷署，成为宋辽两国贸易的中转站。宋朝向辽国运输的香料、犀角、象牙、茶、瓷器、麻布、漆器、铜、锡等和辽国向宋朝输出的盐、布、羊、马、驼、北珠、玉器等，都要经由此地。到了明清两朝，雁门关更是成为著名的边境贸易"旱码头"和商贾通道，每个月的交易量，最高可达白银3万两。

然而，当战争来临时，这里就成了激烈的战场，炮火、杀戮充斥着这里的每一个角落，使得雁门关变得一片苍凉。元朝时，雁门关在战火中几乎被毁坏殆尽。

现在的雁门关建筑主体为明清时修建，走近雁门关瓮城门，眼前的一副对联写尽了这里的气势："三边冲要无双地，九寨尊崇第一关"。在明朝，当时的守军将雁门关修建成双城双关：即雁门古关和雁门关。两座关城都与长城相连，形成拱卫之势。

我们在雁门关建筑群里徘徊，先后走过雄伟的天险门、地利门、瓮城门、关公庙遗址，又仰望了高耸的威远楼，俯瞰两侧蜿蜒起伏的长城，远观苍茫的周边群山，感受着历史的沧桑。由于战争和国防的需要，这里的建筑分布得非常分散，建筑风格汇聚了各个朝代的特色，形成了独特的雁门文化。行走在每一块石砖上，我似乎听见了阵阵马蹄声；站在城楼上，似乎出现了血染的战旗。

接着，我们走出关外，登上一座城楼。在城楼上，远眺雁门关关城，它扼群山之咽喉，一夫当关，万夫莫开，可以想象，在冷兵器时代，从关外入关是何等的艰难！看到眼前此景，我更能体会到雁门关之所以成为兵家必争之地，正在于它"外壮大同之藩卫，内固太原之锁钥，根抵三关，咽喉全晋，势控中原，密弥京师"的特殊地理位置。

在关外建造有许多纪念亭。这些纪念亭里，或竖立着石碑，或竖立着人物塑像，或竖立着场景雕塑。这些石碑、塑像的内容所展现的，都是不同时期的帝王、将相来到雁门关考察、题词的故事。我欣赏着这些石碑、塑像，仿佛走进了历史的岁月。

在关外的建筑群里，最著名的是当属李牧祠。祠堂建筑群规模宏大，山门前有石砌平台，平台上竖立着一根石制旗杆和一对石狮。山门两旁还建有钟鼓和鼓楼。走进祠堂庭院，两侧为厢房，正面祠堂内供奉着一座李牧塑像，背面供有韦驮像，并悬挂着朱衣道人傅山亲笔题写的对联："重台唱法祥云遍覆菩提树，莲台传经瑞口光临极乐天"。

雁门关的天气说变就变。我们离开城楼，准备爬上旁边的一处长城，可刚爬了几级台阶，天空风云骤变，大雨倾盆而下，我们只好躲进一处烽火台里。休息了没多久，天空中便已风停云散，阳光直射。当我们登上长城，风清气爽，举目四望，一派北国风光。不远处的威远楼下，几株杨树挺拔高耸，它们像戍边的

旅途漫记

战士,更像和平的使者,他们的存在,与古老的城楼相互映衬。

虽正值暑假,但来雁门关的游客并不多。听当地老乡说,就在一周前,雁门关还下了一场大雪,使这里的气候格外凉爽。这位老乡告诉我们,从历史上看,虽然雁门关因战争而闻名,但相对来说,和平的时期还是更多的,在绝大部分时间里,雁门关是一个贸易的大市场,是国家关税的重要征收地。

听了老乡的讲述,我想,"狼烟过去是繁华",雁门关,似乎就是最好的证明。

曾刊发于《中国劳动保障报》

甘南，圣境的旅途

和去敦煌一样，我们的团队要从郑州坐火车去兰州，然后再乘大巴去甘南。那一次是13人，这一次是26人。

早晨6点09分在兰州下火车，一个藏族的卓玛导游接站，把我们领到了火车站附近的一个叫"马有布"的牛肉面馆。一夜的劳顿，能吃上正宗的兰州牛肉面，大家还是蛮开心的。

卓玛开始讲解行程。但回应得很少，原因是大家有些累了。卓玛无奈，只好满足大家休息。我坐在最后一排，努力地看窗外的风景。沿途经过临夏回族自治县，那些金光闪闪的清真寺，形状各异，高低错落，几乎每个村庄都有，很让人惊奇。特别是有的气势宏伟，尤为壮观，惊奇之中又有赞叹。

我们的第一站是被誉为"世界藏学府"之称的拉卜楞寺。这个宏大的寺庙群位于甘南藏族自治州的夏河县，藏语全称为"噶丹夏珠达尔吉扎西益苏奇具琅"，意思为具喜讲修兴吉祥右旋寺，简称扎西奇寺，一般称为拉卜楞寺。拉卜楞寺是藏语"拉章"的变音，意思为活佛大师的府邸，是藏传佛教格鲁派六大寺院之一。寺主是第六世嘉木样呼图克图，其他领导人包括八大堪布、四大赛赤。拉卜楞寺在历史上号称有108属寺，是甘南地区的政教中心。1982年，被列入全国重点文物保护单位。整个寺庙现存最古老的是唯一的第一世嘉木样活佛时期所建的佛殿，是位于大经堂旁的下续部学院的佛殿。我们到达时正赶上佛殿在进行盛大佛事。我们先是被挡在佛殿之外，而后被允许进入参观。这里充满松油的芳香，一切井然有序。佛事的庄重神秘，让我们的心灵沉寂。

一位同行者在佛殿外的广场上拍了一张老者虔诚向佛的照片，因是瞬间抓拍，很有生活情趣，让人感悟信仰的力量。这里的阳光很强烈，有一种灼人的感觉，尽管是在中秋过后。红的浓重，黄的灿烂，金色闪耀。寺庙宏阔的院落，似乎给人一种包容，但又森严。但愿接受洗礼的人们能接受这里的宁静坦荡。

郎木寺建在山腰上，有东方小瑞士之称，海拔3000多米，我们攀登得有些吃力。随行的有几个人，高原反应，没有上山。导游说这里主要是看天葬台，我们无缘，也不可能。只看到有无数的秃鹫在天空盘旋。一座佛塔前，许多人在虔诚地叩拜。一座座气势宏伟的寺庙临山而建，在阳光的照射下，更加庄严肃穆。这里的树木植被比拉卜楞寺茂密。这里是甘肃和四川的交界处。我们在交界的白龙江边合影，共叙友情。在夕阳的映照下，大山深处袅袅的炊烟，如白云一样悠闲，使得这里更加美丽寂静。

头一天行程，两个寺庙群。游程还算轻松。晚上住进了迭部县城的一家宾馆，条件比预测的要好，关键是厚厚的被褥，暖暖的被窝，让我们很快把美景带入梦乡。

清晨起来，感到了格外的寒冷。好在加厚了衣服，又去广场跑了一圈，马上上车取暖，没有太多地感到不适。迭部是红军走过的地方，著名的"俄界会议"，著名的"腊子口战斗"都发生在迭部县。只可惜我们未能到纪念地参观，因为一座座大山等着我们，一处处美景等着我们。在扎尕那，我们更是进入了仙界。

　　扎尕那，我们是第一次听到这个名字。导游告诉我们是一座石头城。到了以后，许多人没有找到感觉，我还是感到了莫名的震撼。后来才知道，"扎尕那"是藏语，意为"石匣子"，位于甘肃南部甘南藏族自治州迭部县，由四个自然村落和拉桑寺组成。四周群山环绕的扎尕那，在当地藏民的眼中，这里是神仙创造的地方；在美籍奥地利裔植物学家、人类学家约瑟夫·洛克眼中，这里应该是亚当和夏娃的诞生之地。这里山势奇峻、云雾缭绕、景色优美，宛如仙境般美好，仿佛就是上苍从袖口里洒落在甘南版图上的一卷翠。

　　这里的观光栈道还没有修好，我们沿着蜿蜒的小路走了一段，有些气喘吁吁。许多人骑马上下，兴致勃勃。远望天上落下的巨石，神秘的像一座座城堡，炊烟升起的村落显得那么渺小。我把长镜头拉近村庄的距离，也犹如火柴盒大小。他们被装在石匣子里，显得那么美妙。原来这被《中国国家地理》杂志列在中国十大非著名山峰名录的扎尕那，也是一座天然石头城，因地质构造复杂多样，形成了好多挺拔峻峭的山峰，峰峰紧相依，处处露峥嵘。象形山石、蚀余景观、峡谷、洞穴处处皆是。形象逼真，惟妙惟肖的各种自然景观散落在这人间仙境，恰似一处世外桃源。这里海拔4000多米的山峰有10多座，这些山峰犬牙交错，高耸入云，形态奇特怪异。阳光照耀下的雪峰，更是银光四射，璀璨生辉。经导游讲解，这就是所谓的"迭山横雪"，是古洮叠的十大景观之首，清代诗人曾写下"迭山南望白无边，雪积遥峰远接天"的诗句来赞誉迭山的雄奇壮丽。这里就是亮、美得叫人神往、神秘得令人幻想的"香巴拉人间乐园"。

　　这里的道路狭窄，景区开发正在进行。车堵得厉害，我不得不下车指挥交通，尽一份绵薄之力。

如果是挺拔的山峰震撼了我们，如果是湛蓝的天空陶醉了我们，如果是纯净的村寨迷醉了我们，那么在松州古城，却是璀璨的灯火燃烧了我们。

旅游除了心情以外，还有一种更得意的收获，那就是运气。在川主寺镇短暂休息之后，我们选择了晚上去松潘赏夜景。这座古松州古城，曾是文成公主入藏的必经之地。松州城外的雕塑，成了我们拍照纪念的热门景点。大家在此照了合影，情绪进入高潮。

登上古城墙，夜色刚刚降临。导游正在有滋有味地讲解，突然一盏彩灯亮了，大家一片欢呼。导游就问我们是谁打开了灯，我说是我。导游正纳闷间，所有的彩灯都亮了。这里成了一条人间的灯河。再看大街上、广场上、山顶上，所有的灯都亮了，成了一片灯的海洋。我们才知道，这里正在搞首届灯会，我们赶上了一个文化大餐。

沿着古城墙，缓步游走，每一个灯景里都有一个美丽的故事。在城墙上，有许多著名诗人和历史名人的塑像。李白、杜甫、高适、李商隐等，他们的诗卷也以雕塑的形式陈列在那里，在灿烂的灯火中闪着熠熠的光辉，让人荡起无限的遐想。而在每一条街巷，各种抒发民族风情，造型各异，风姿绰约的灯花，让无数的游人流连忘返。

沉醉在灯影里，酣睡在甜梦里。一大早，我们向位于若尔盖大草原的深处进发，沿途进入藏家听藏民讲风情故事，又入风情街参观藏族风情，穿过川北草原最美湖泊"花湖"，一路奔波，在临近黄昏时，来到了唐宁古镇。这里是通往九曲黄河第一弯的一个小镇。清凉的风从遥远的地方吹来，让我们多少有些战栗。

第五辑　心海漫游　　207

视野越来越开阔，水的信息渐渐多起来，九曲黄河第一弯终于到了。

初入眼帘的是一弯湖水，在阳光的照耀下，犹如一个明镜。转身，是一条通往山顶的栈道，蜿蜒曲折，人流如织，宛如一条长龙。一座如北京天坛造型的玻璃塔建在山顶上，闪着耀眼的光芒。有同行的朋友测此地的海拔有3300多米。一个台阶一个台阶地上，一个风景一个风景地展现，等到了次高峰时，海拔3600多米，九曲黄河的盛景尽收眼底。黄河在这里蜿蜒九曲，缠绵多姿，犹如巨蟒静卧，犹如神龙腾空，犹如银练飞舞，如梦如幻，意象万千，成浩渺之势，图腾之像，让人心底的憧憬绵延不绝。可以说，这是我一生以来第一次看到如此的浩大天象。赞叹自然之神奇，中华之伟大，胸中爱国之情激荡！没有等到黄昏落日的景象，多少留有遗憾。但在心中呈现的九曲黄河盛景，却至今乃至一生深藏心底，难以消弭远去。

住若尔盖县城，一切还算满意。一夜无梦。当早晨起床看窗户外时，仿佛下起了雪。只是雪花没有在地上停留，就化入泥土。早餐已过，地上开始积雪，雪花越来越大，渐渐地成了景色。

汽车在草原公路上奔驰，道路两旁被雪片掩盖，黑色的牦牛在雪地里蠕动，彩色的经幡在雪中飘舞，让大家美得都要蹦起来。司机只好在一个景区临时停车，让大家尽情拍照，尽享大自然的美妙。因为在我们生活的城市，孩子们还穿着短袖背心。车，继续前行，道路蜿蜒迂回在山地与草原之间，景色越来越美。远处的雪山，近处的雪景，转眼的绿洲，遍地的牛羊，蓝天白云的不断变幻，图画般的美景，如梦幻的意象，都让我们目不暇接，心潮澎湃。此时，我只想高呼：甘南，我心灵的圣地。你的美，让我沉醉！

　　一路的美景相伴，尽管奔波了八个多小时的路程，却没有半点劳累的感觉。下午四时到达兰州，因乘火车在半夜。大家结伴乘公交车游览了"黄河第一桥""白塔山公园""黄河母亲"雕塑。在小吃一条街品味兰州风味，坐公交返火车站。两元游兰州，成为意外收获。

曾刊发于《邯郸晚报》《河北交通报》

虎林三日

暑期东北行的第七日，我们到达了黑龙江省鸡西市虎林市。

前一天晚上，我们在牡丹江市拜谒了"八女投江"雕像，向八位英勇不屈的抗联女战士致以崇高的敬礼！在当晚开行的最后一班游船上，我们欣赏了牡丹江两岸美丽的夜景，观赏了五彩缤纷的烟花，陶醉在璀璨的灯火里。

一路向北，风驰电掣。高速公路两旁是一望无垠的碧绿田野。玉米、大豆、稻田，《在希望的田野上》这支欢快的旋律，一直在脑海中回荡。"北大荒精神肇始地""《红灯记》原著诞生地"，这些我们过去并不知晓的知识点，在这里找到了答案。

2200多公里，虎林，我们选择了休整。其实所谓的休整就是在此地多住两天，不再频繁搬动行李，安排游览的时间多一些，路上行驶的时间少一些。虎头旅游区、珍宝岛旅游区、兴凯湖、北大荒开发建设纪念馆，虎林三日，我们收获满满。

乌苏里江起点

游虎头旅游景区，最美的地方是乌苏里江江边。清澈的江水，白云在水面上留下倒影。江边宁静明亮，一个十分惬意的地方。虽然不远处有一集市，但并没有人声嘈杂。这里有几棵高大蓊郁的树，留下了斑驳的年轮，记载了历史的风雨。

乌苏里江原是中国的一条内河，历史的原因，这里才成了我国同俄罗斯的界江。穆棱河水流入松阿察河，与发源于俄罗斯境内的伊曼河在虎头镇汇合，开始称为乌苏里江。我们看到两条河流水流都比较急，汇合以后变得舒缓平静。在一块标注有"乌苏里江起点"的石碑前，大家纷纷留影，能到这里，大家还是很兴奋的。

江边有停泊的渔船，还有垂钓的鱼竿，这也让永辉老兄动了心思。

这里还有一座关帝庙，虽然规模很小，但这确是中国最东部的关帝庙了。这些文化记忆的存在，已经深刻证明了这里古老的文明。

虎头要塞

关于虎头要塞的电视剧看过不少，曾为这一日本侵略者建筑的军事堡垒震惊过。当我们亲自走进要塞内部，观看了要塞内的构造和机关后，除了阴冷外，没有了其他感受。因为再坚固的工事，也没有抵挡住苏联红军的进攻，这里也因此成为第二次世界大战的终结地。

虎头地下军事要塞是日本关东军在中国东北东部中苏边境上建的一个军事基地。虎头要塞始建于1934年，于1939年基本完工。它位于虎林市虎头镇周边完达山余脉丘陵中，西起火石山，东至乌苏里江，与俄罗斯的伊曼隔岸相望，南起边连子山，北至虎北山。中心区域正面宽12公里，纵深6公里，在方圆数十公里的范围内，共有大小10余处要塞，由猛虎山、虎北山、虎东山、虎西山、虎啸山五个阵地组成。

我们在阴森的地下工事里，看到了指挥所、通讯室、伙房、粮库、弹药库、浴室、发电所等，可以说结构复杂，设施齐全，战时可容纳12000人。在地面上还看到了通风口、暗堡、反击口、坑道等，看来日本侵略者是在这里下了一番功夫的。

在要塞遗址的出口处，有一座苏军阵亡将士纪念碑，是当时苏联红军建设的。当年虎头战役历时17天，要塞支撑点的日军守备队1387人，除55人突出苏军包围逃离阵地外，其余全部被歼。苏军也伤亡2000余人，其中493名战士献出了生命。可以想象当年的战斗何等惨烈。

珍宝岛

从虎头镇到珍宝岛旅游区还有60多公里，没有高速，都是国道、乡道。行进中，导航出了问题，我们三辆车没有跟上另一辆车，拦住一辆当地的车问路，才知道该变道时，因为路标不清，没有拐弯，直行走错了。

在东方红林场的林荫间疾驰了20余分钟，终于一个猛拐，进入了珍宝岛旅游区广场。广场不大，游客也不算多。一条江的对面就是珍宝岛哨所，因是军事重地，不能登岛。江边停了环岛游的汽艇，每人50元，征求大家意见都不坐。背对珍宝岛，留影、合影，选择多个角度，凡是有标志的地方就拍，大家心情格外地好。向往已久的地方，虽小，但意义重大。不管过去这里曾发生过什么，来了，就圆了一个梦。

珍宝岛位于乌苏里江主航道我国一侧，面积仅有0.74平方公里，自古就是我国领土。1969年3月发生的一场领土争夺战，让这个小岛驰名中外。如今这里是一个植被很好的生态旅游区，湿地公园被称为"世界最美湿地"，这里早已淡化了战争的阴影，成为观光科考、休闲度假、避暑养生和冰雪项目的重要目的地。

临近中午，景区只有一家饭店，大家想吃西红柿鸡蛋面，虽然有点贵，但还是填饱了肚子。

在下一个景点月牙湖，面对满池盛开的荷花，大家玩出了花样。

兴凯湖

从虎林到兴凯湖国家自然保护区，需要往回返100多公里，走国道少走40公里，我们就导航了国道。结果驱车在国道和乡道上走，穿村过镇，路途不易。好在能同老百姓亲密接触，也能看看村镇风光，也还心里安定。

兴凯湖是东亚最大的淡水界湖，总面积4380平方公里，北属我国1080平方公里，南属俄罗斯。兴凯湖南北长98公里，东西宽50公里。平均水深3米，最深处10米，呈葫芦状、琵琶状。只可惜在我国境内只有四分之一面积。站在湖边，湖面一望无际，像是站在海边一样。因是界湖，不能坐船游览，大家望洋兴叹有些不悦。后经过沟通，决定坐船在我国内陆湖小兴凯湖里游览。

船离开岸边，大家有些迫不及待，纷纷涌向船头和顶层。一开始大家并不兴奋，直到船进入湖中深处，湖鸥成群地在船头盘旋，追着游船飞，激发了大家拍摄湖鸥的兴致，无数张优美鲜活的照片在旅游群里传播，形成了一个晒美图的小高潮。

船渐渐地靠向岸边，鸥群远去，大家意犹未尽，在兴凯湖博物馆关门的瞬间，涌入参观，发现了"将军石"景点。这个位于密山市当壁镇的景点，正是王震将军纪念碑和北大荒开发建设纪念馆。

在北大荒开发建设纪念馆里，当年的老照片吸引了我们同行的杨川和老兄，他仔细观看，竟然找到了一张当年851农场幼儿园的照片，有一个娃娃很像他的哥哥。原来他和他的哥哥都出生于虎头镇当年的851农场。这一发现，深深触动了他的心灵。

虎林三日，并没有真正意义上的休整，因为每一个景点的游览都使身体和心灵受到历练，快乐总是伴着我们，让我们鼓足了精神斗志，开始了更精彩的旅程。

华夏东极：留住时光

"华夏东极""东方第一城"，抚远，拥有这些美誉。

抚远位于黑龙江省东北部，黑龙江、乌苏里江交汇的三角地带，东、北两面与俄罗斯隔乌苏里江、黑龙江相望。抚远作为中国陆地最东端的县级行政区，是最早将太阳迎进祖国的地方。

今年四月初，我们决定组团去东北旅游的时候，作家、摄影家吕国防老师曾推荐去抚远看看，我详细查看了地图，了解到了已经回归并开放旅游的黑瞎子岛，以及声名远播的"东方第一哨"等景点，是一个值得去打卡的地方。抚远，渐渐开始在梦中浮游。

从前一站虎林出来，高速公路一路通畅，车少路直，视野开阔，车速飞快，董胜利老弟事后感言，这是他使用定速巡航时间最长，驾驶舒适度最优的一次。然万事都有瑕疵——

高速出口被封，我们在乡道上颠簸，一个小时后，我们来到了有"东方第一哨"之称的地方，但无法靠近。大家在远处拍照留影，终于到达这里，心中还是有不少的满足。

终于到达黑瞎子岛景区门口了，大家开始有些轻松。这里的工作人员都很和善，秩序井然，导游和景区大巴车驾驶员敬业、热情、大度，给我们留下了深刻印象。

穿过一座跨河大桥，我们正式进入黑瞎子岛。导游详细介绍了黑瞎子岛的往事今生，名字的由来。原来这里的学名叫抚远三角洲。这里地处黑龙江和乌苏里江的交汇处主航道西南侧，是中国最东端的领土。黑瞎子岛自1929年"中东铁路事件"后，苏联将黑瞎子岛占领，到2008年10月14日，中国和俄罗斯在黑瞎子岛上举行中俄界碑揭牌仪式，黑瞎子岛一半领土回归中国。2011年7月20日，黑瞎子岛开放旅游，是国家4A级旅游景区。

在导游的引领下，我们乘坐景区大巴车，来到了黑瞎子岛湿地公园。这是一个很纯净的地方，水清澈透明，映衬着蓝天白云的梦幻浮动，荷花十里飘香，乌拉草开着淡红色的花在水岸边摇曳，红木栈道优雅地伸向芦苇深处，在每一处亭台处观赏回眸，都如进入诗画梦境，引得大家赞叹不已，流连忘返。人在画中，画在诗中，诗在梦中，这里才真正称得上是一个自然纯粹的世界。

如果说，湿地公园静如处子，东极宝塔却能搅动云天。这座宝塔为八角形楼阁式塔身，高61米，采用汉唐风格，塔高9层，气势宏伟，直抵云霄。因只开放到第六层，我们高瞻远瞩，河流汤汤，湖汊密布，绿色荡漾，风光无限。

其实更气派的还有东极宝塔广场。广场是按照太极图案设计的。广场直径171米，代表黑瞎子岛回归的171平方公里领土。广场两个极点分别布设龟和麒麟，周边还有56根青石盘龙浮雕柱，代表了56个民族共同团结守护。另有4根擎天精雕龙柱在宝塔四角，形成雄镇四方之势。广场上的建筑雕刻，处处体现中国悠久的文化元素，体现了回归后的主权意识。

信步游荡在广场之上，自由的心像此时天空中的白云。在倾听了导游几个富有神采的传奇故事之后，大家更是心怀豁亮。此时，我竟突然想吃冰棍了，于是在广场入口处买了爽口的冰棍，一口下去，顿时甜到了心底。

笑声和快乐始终伴随着我们。当我们坐进铁笼子车里，去熊园看望黑熊时，才明白其实自由的黑熊是在观赏我们。明白了这个道理后，大家又一次开心地笑了。我看到黑熊吃到从我们手里递出的食物时，黑熊也笑了，笑得有些狡黠，也有点冷幽。

按照原来规划的行程，我们从黑瞎子岛出来，先去东极广场，那里有一个繁体"东"字制作的雕塑，同俄罗斯那边的一座教堂对应，应该是我国最东边的一个标志，然后驱车280余公里入住同江市。然一辆车刚一启动，轮胎报警信号灯亮了。天要留你，你必与抚远有缘。我们只好重新优选宾馆，决定在太阳最先升起的地方，享受一个不眠的夜晚。

梅岭遐想

在我的藏书中，陈毅元帅的《陈毅诗词选》是我的宝贵珍藏。

陈毅元帅的《梅岭三章》《七古·手莫伸》《青松》都是我特别喜欢的作品。读陈毅元帅的诗，总能领略到一种刚直峻拔、气壮山河的豪迈气概，体会到一种大无畏、愈挫愈勇、永不服输、忠诚高洁的英雄精神。因此，每每谈起陈毅元帅的故事，都不免情不自禁地吟诵他的诗作。

2020年11月初，一行六人同游广东丹霞山，同行的吕国防老兄，提议去梅岭看看。他曾经是个军人，又是个作家和摄影家，对于梅岭，有更深的感情。他的提议受到了同行朋友的一致赞同。决定去梅岭的前夜，我和国防兄更是激动地交流了一夜。

记得两年前，我和几个朋友刚刚去过江西瑶里，那是皖赣边界上一个很美的古镇。在那里，我们偶遇了陈毅的住所，了解到陈毅在1937年底和1938年初指导红军游击队改编成新四军，全面投入抗战的地方。著名的"瑶里改编"，也是抗日统一战线的一个标志事件。在瑶里，我能感受到的是山清水秀、古朴幽静、祥和平安，一点也没有战火硝烟的味道。

而我们这次要去的粤赣边界，一个叫梅岭的地方，却从一开始就在脑海里翻卷着浓浓的烟火。这大概就是因为我们彻夜畅谈陈毅元帅的那首诗的缘故。1936年冬天,梅山游击队根据地被围,陈毅带着伤病,在树丛草莽中隐匿了20多天,想到不能突围、面临绝境时,写下了七言绝句组诗《梅岭三章》:"断头今日意如何?创业艰难百战多。此去泉台招旧部,旌旗十万斩阎罗。""南国烽烟正十年,此头须向国门悬。后死诸君多努力,捷报飞来当纸钱。""投身革命即为家,血雨腥风应有涯。取义成仁今日事,人间遍种自由花。"这首真实地记录了一个革命者在生命的紧要关头,仍然以一种乐观的革命浪漫主义情怀,表达对革命事业忠诚,和以一种大无畏精神写就的诗章,鼓舞和感染了无数的人。作为一个陈毅元帅的崇拜者,在他战斗诗篇的诞生地,再一次吟诵这首当代经典诗篇,此时更加心潮澎湃。

梅岭,被更多的人知晓,应当感谢陈毅元帅。在导航地图上,在旅游信息中,只有"梅关古道"符合我们寻觅的地方。而梅岭更有一个正式的名字,就是被称为岭南五岭之一的大庾岭,梅岭只是它的一个别称。是陈毅元帅的著名诗篇《梅岭三章》,让人们知道了梅岭,而忘记了大庾岭。

沿大庾岭的梅关古道踯躅前行,鹅卵石铺就的道路,在山岭上逶迤,路两旁遍布姿态万千的梅树。想到梅花盛开的季节,这里一定人流如潮,此时的我们感到特别的失落。在一座刻有汤显祖《秋发庾岭》的诗碑前驻足,细读诗作,觉得在此感怀秋景的并非我们几人。看到陈毅元帅手书《梅岭三章》原稿的诗碑,更有一种无比的崇敬涌上心头。诗稿手迹潇洒流畅,墨迹饱满,从容镇定,毫无惊慌错乱之感,彰显了一个英雄大智大勇的情怀。整篇作品,不仅是一首革命浪漫主义诗篇,更是一件书法杰作。在诗碑前伫立许久,一字一句地反复朗诵,竟然觉得周边的梅花霎时开了，红遍了整个梅岭。

梅关古道，最早设关于秦朝。其实在宋以前，是只有岭而没有关的。唐开元年四年（716）张九龄路过梅岭，见山路险峻，就向唐皇建议开凿梅岭，获准后主持此工程，经过艰苦努力，完成了这个浩大工程。到了宋代，这里修建了关楼，以后历代州府多有修葺，才有今日我们看到的"岭南第一关""南粤雄关"的关楼胜景。

作为一个景区，梅花怒放景致最佳，但这里还留有不少历史遗迹耐人品味遐思。这里有"夫人庙"，是纪念张九岭夫人戚夫人支持张九岭拓展梅关古道事迹，后人修建的。有的故事虽是传奇，但惊天地泣鬼神，讴歌了一种精神。一座"接岭桥"虽是单孔石拱桥，但坐落在地势险要上，也很有名气。"半山亭"也称"憩园亭"，是人们欣赏风光和休息的好地方，也常让人对人生旅途多有感慨。"将军祠"是为纪念汉代裨将庚胜建造的祀祠。庚胜更关乎大庾岭之名由来，值得我们对庚胜进行研究。云封寺、六祖庙虽是古遗址上修建的，对于游人了解这里的历史变化，很有意义。"望梅阁"建在山顶，登阁可以俯瞰江西大余县城。远望浮云悠悠中，山峦叠嶂；群山沟壑中，楼群耸立。景色秀美中，一座现代城市正舒展画卷，让所有来过这里的人，心旷神怡。

景区开辟了"元帅岭"景点，从古道向上仰视，岭高坡陡，气势逼人。沿石阶盘旋而上，沿途遗留有多个战场阵地壕沟和坑道。指挥所、瞭望哨、机枪阵地，虽有仿制痕迹，但完全描摹当年战场情形。遥想当年战场，一定是硝烟弥漫，火光冲天。而如今松柏挺拔，满山翠绿，山花烂漫，景色诱人，柔和的阳光下静谧安详，让曾经是军人的老吕同志充满了遐想。

站在梅岭的最高处，一个写有"伸开双臂，拥抱两省"的灯塔形雕塑前，拍照留影，感到自己的心胸顿时宽阔，大声喊出来时，仿佛一切都将远去，和平的天空在眼前越来越广阔，任凭你快乐地旋转起来。自由的笑声，正如遍地的花香，弥漫了整个世界。

宁德三日

2023年3月1日,我们从浙江温州沿沈海高速进入福建宁德,福鼎市是第一站。

福鼎市是福建省一个县级市,街道窄,车辆多,停车位紧张,是我们的第一印象。我们入住的宾馆不提供停车服务,以致找停车位就花费了近一个小时。到了晚上,找到一个饭店准备前往就餐,终于在半道上发现了一个离宾馆较近的停车位。为了不让其他车抢占,5个人站在那里占位。当保良从远处把车开过来,又用了一个多小时。车稠人稠,皆因地皮稀少。

福鼎白茶,是享誉全国的品牌。饭后在当地人的指引下,我们走进一条专门卖茶的商业街,八个人分成三拨儿,进了三家店铺品茶。原本都没有购买的意图,所以都是去品的,我买了二两牡丹,老板送了点银针,大家回宾馆品尝,觉得还可以。川和第二天还是顶不住诱惑,在太姥山买了些。毕竟这里是原产地,可以算是正宗。

3月2日,福鼎,"海上仙都"太姥山

福鼎太姥山,是我们首选的旅游点。这个有"海上仙都"之誉的著名风景区,一年四季游客不绝如缕。相传尧帝老母种蓝

（一种蓝草，其汁色蓝，可以染布帛）于山中，逢道士而羽化成仙，故名"太母"，后又改成"太姥"。又传说东海诸仙常年聚会于此，所以有"海上仙都"的美誉。

乘景区大巴进入景区登山处，仰望群山峰峦，姿态万千，各种造型栩栩如生，"夫妻峰""迎客峰""龟蛇相会""玉兔听潮""蹲猴望海"……形似且神似，让你脑洞大开。

在一块巨石上，有"太姥胜景"和"果然名山"的朱红石刻大字，十分耀眼。在这里，八个人的队伍，分成了三队，有的去往白云寺，有的去往迎仙台，我和川和、光华去往一线天方向。

我们先是穿过了一个洞穴，看到一线天入口处排成了长队。我欲上前观望，被排队的人告知我的块头，过一线天紧张。我们三人只好放弃一线天，沿着崎岖陡峭的山路来到了一片瓦景区。

在两山夹持下筑一寺庙，上面一块巨石置顶，很像一个瓦片，如此精致的神工制作，我还是第一次遇见。这里地势险峻，松树参天，一棵古茶树百年风貌，寺前香火缭绕，峰峦间云雾缥缈，宛如仙境。

按照地图标示，我们来到了八百罗汉堂，参观后有些迷路了。问了两个当地人，才知八百罗汉堂院内有一条小路可以到香山寺。于是不顾饥饿和疲惫，赶往香山寺。香山寺香客很多，他们大都预定了斋饭。我们观赏了香山寺内一个像犀牛一般的巨石，巨石栩栩如生，如犀牛侧卧，标有"犀牛洞"。看到其他香客的饭景，我们加快脚步，忍着饥饿赶往九鲤湖。因为刚给另一小队通了电话，想在九鲤湖汇合，结果他们继续爬山了。

九鲤湖很美，水面翠绿，倒影多姿，山景和树影相互映衬，画面格外精美。特别是入口处的一座桥很富诗意，桥体多圆孔，如一轮轮明月相连，整座桥成弧状屹立，同周边山水相映成趣，

第五辑　心海漫游　223

在此留影者众多。桥头有一摊位,服务很好,于是我们就用方便面加鸡蛋充饥,蘸着美景的色彩,吃得很香。

又是一阵子的攀爬,时有湖泊和奇石在眼前呈现,终于走上了凌空栈道。一面是悬崖绝壁,一面是葱茏美景,远方是神仙聚会的山景,漫步云间,顿时步履轻盈,在缥缈变化的山景中游走,仿佛步入仙境,与仙同行。

太姥山景区很大,对我们年逾花甲的人,俨然就是一种考验。观海栈道,腾云驾雾,更富有刺激性,另一个小队比我们晚下山一个半小时,他们在观海栈道山迷踪,收获了惊悚和刺激。

3月2日,霞浦,海滩观日落

近几年,宁德霞浦县在游客、特别是摄影爱好者的鼓噪下名声大噪,甚至超过了厦门的鼓浪屿。

我们也是慕名而来的,看到对霞浦的众多好评,想在霞浦的美景中做一次休整,在日出日落的霞光里,做一场美梦。

从天姥山景区出来,一路上紧跑,就是想赶在日落时分,欣赏一道美景大餐。可能是急于求成,心急如焚,来不及认真筛选,来到一家客栈,设施一般,自感有些仓促和不适,但俯身窗户可以看到大海,也算心中有了些许安慰。

放下行李,稍作休息,等另一辆车赶来。我们一起去了不远处的海滩。因为不是黄金季节,海滩上没有几个人。我们走向海边的礁石,不停地转换角度拍照,此时太阳正在缓缓落下,沙滩上一片金黄。因为不是摄影爱好者们选择的滩涂,清澈明净的落日景象,并没有特定地点拍摄的那种效果。在海滩上观日落,大家还是兴奋的。马上潮水开始涨了,我们紧急撤离。

渔村只有一家餐馆,因为没有游客,不开张。我们只好开车去几公里外的长春镇上吃饭。好在老板挺热情,饭菜虽然贵了些,能吃上一顿当地特色的饭菜,幸福感也是满满的。

夜色朦胧,灯火稀疏,渔村出奇的静。大潮的轰鸣并没有把我们惊醒。也许累了,也许潮声中更容易入梦。直到我听到了很久很久没有听到的鸡鸣,才从美梦中醒来。

3月3日,霞浦,海边看日出

从手机上搜到当地日出的时间是早上6点25分左右。于是在鸡鸣声中,我们早六点集合完毕,开始沿海滨公路驶向海边的最佳观景点。

海滨公路设置了观日出专线,节假日是不准机动车通行的。这也许是指旅游旺季,对于我们几个不识时务者来说,完全没有任何意义。沿海修筑的观景公路和观景平台很漂亮,十几公里长,可以容纳数万人同时参观。看来当地政府还是颇有远见和气魄的。

在一个观看日出最佳平台处,相遇了来自上海的一对男女,也是专程来看日出的。风很凉,大家等了10多分钟,已经过了六点半了,还没有日出的任何迹象,那种喷薄而出的惊喜没有出现,大家有些失望。于是开车离开观景平台。没有过5分钟,太阳出来了。我们马上在就近的观景点停车,太阳已经升出了海平面。上海的两位游客告诉我们,只有一分钟,太阳是跃起的。

看着太阳慢慢升起,把一块礁石染红,把一片船帆染红,把一片大海染红,我们激动得跳了起来。毕竟看到了日出,我们还是幸运的。

3月3日，屏南县，白水洋·鸳鸯溪

　　一路向西，到达位于宁德屏南县白水洋景区时，已经是中午时分了，好在景区内有一个大酒店，满足我们吃饭，还是不成问题的。总是担心吃饭不便，心里就会不舒服。不是旅游季，许多小店不营业，心存芥蒂也很正常。

　　白水洋，是宁德列入世界地质公园的一个景区。景区面积77.34平方公里，拥有世界唯一的鸳鸯猕猴自然保护区。有"天下绝景，宇宙之谜"之说。

　　乘电瓶车进入，在一个广场处停车，有一个石碑上刻有原国务院副总理吴仪的题词："奇特景观"。看来这里还是有不少领导人来过。沿河边走，碎石铺就的路，有些光滑。河床里哗哗流淌着泛着白色浪花的水波，清澈见底，露出浅黄色的地质纹路。一路平坦，不时有桃花、梨花开放在一片片绿洲上，荡漾着袅袅春意。

　　很快，我们就来到有世界最大浅水广场之赞誉的白水洋中洋广场。我们小心翼翼地步入那些零星的石头上，在阳光的照耀下，洋面波光粼粼，一片白光闪耀，十分晃眼。据说逢夏季，这个浅水广场上有上万人在这里戏水，因此这里又被称为"亲水天堂"。

　　双龙桥很有特色，古朴幽静，像两条龙侧卧，在中洋的上首屹立，连接两座山峰，别有意趣。天祥喜欢在这个地方拍视频发抖音，做得仔细认真。

　　沿河的左岸走，可以看到一块巨石矗立于河的中央，还有几处激流险滩，是人们漂流体验刺激的地方，可惜季节不对，只能望洋兴叹。过一座石墩桥，有一片很幽的竹林，倒映在河洋里，好似一幅油画。

鸳鸯溪，是一个浩大的峡谷景区。从白水洋景区回返12公里，进入一个小村寨，再行不到两公里就到了。沿着一直向下的栈道，曲折蜿蜒，山就压在我们的头顶。看到溪流还在很远的谷底，多数人都胆怯了，我也有些担忧。这一次，新军一反常态，一声不吭地走在最前面。郭骁紧随其后。我想在一个大拐弯处，给他们拍一张凌空栈道上的合影，结果后面5人竟原路返回了。

新军电话联系了景区救援部门，知晓了可以直接上山的洞梯位置，让我们三人很是得意。在一个也称百丈漈的地方，欣赏了飞流直下三千尺的瀑布后，一个转身，就进入了一个山洞。在工作人员的引领下，站到电梯里，只几分钟，我们就上到了有70层楼高的山顶上。电梯建在山中，将一座山中间掏空，把电梯放进去，称为"洞梯"。我是平生第一次享受这样的立体交通。

回景区大门的路上，几只猕猴在林间戏耍，还有一只在台阶上向我们迎面致敬，那种快乐和满足状态，好像在为我们的意外收获祝福。

宁德三日，每一天都有故事。故事里有紧张、徘徊、惊奇、担忧、烦恼、意外、遗憾，但更多的是快乐。旅游不是一件简单的运动，吃住行乐，都要满足，把日子搞得热乎乎的，就不失望了。不失望的日子，每天都阳光灿烂。

你好，小蛮腰

　　小蛮腰，一个美丽又充满柔情和诗意的名字，与其说是广州的新地标，还不如说是广州美少女的青春范儿。

　　这座屹立于广州市海珠区，广州市中心，城市新中轴线与珠江景观轴交汇处的主体高454米，天线桅杆高146米，总高度600米的当今中国第一高塔——广州新电视塔，广州塔，小蛮腰，以其卓越的风姿，靓丽的风采，超然的风度，使得第一次同她见面的人，都会深深地喜欢上了她。她好似我们每一个人心里早已追慕已久的梦中情人。

　　你好，小蛮腰！你好，广州！不远千里，日夜兼程，我们来了。

　　当我们进入广东梅州时，我突然收到了一条陌生又熟悉的微信，老同学宗丽霞问我是不是到广州。因为不想叨扰她，所以回复还没有确定去不去。直到抵达惠州，她又一次发来信息，我只好说安排到广州。其实在广州的行程中，我们只安排了游览白云山。

　　广州市对外地车辆的限行政策是"开四停四"。作为国内一线大都市，自驾去游览各处景点显然不现实，停车就是大问题。我们选择了一个比较偏僻，又比较便利的地方——犀牛角。这里有公交车的始发站，宾馆周边小吃店、大排档应有尽有，夜宵可以吃到凌晨3点。虽然热闹了点，影响睡眠，但吃喝不愁，饭菜不贵，公交便利，还是比较满意的。

同行八人团队，有人来过广州，有人想多休息一天，我们只好自由行动，化整为零，各取所需。老同学联系了我，我只好安心在宾馆等待。直到临近黄昏，同学才和她的邻居，一个武汉美女一起找到了我。为了便于出行，她们帮我下载公交乘车码、地铁乘车码，一路介绍广州，直达珠江广场。

我们先是参观了广州大剧院，这座广州新中轴线上的标志性建筑之一，拥有歌剧厅、实验剧场、当代美术馆等艺术专馆和歌剧、芭蕾、交响乐三个排练厅。这个由英籍伊拉克设计师扎哈·哈迪德设计的，被称为"圆润双砾"的建筑，非常有特色。这里正在上演一场梦幻歌剧，有人找我们买退票，看来这里的演出还是很受欢迎的。老同学告诉我，她的女儿经常来这里看话剧。

老同学的女儿见到我，一定要请吃饭，让我联系同行的朋友。当我电话联系郭骁和天祥一起吃晚饭时，他们两个已经迫不及待地登上了电视塔。228元套票，也只是登上了450米的极速云霄，他们想在这里看日落，不忍心下来。我、同学和她的邻居以及就在附近工作的同学女儿伊伊，一起来到了伊伊精心挑选的一家名叫"常来"的顺德菜馆吃了一顿美食。谈起伊伊三岁时，和我们一起在北戴河旅游的时光，她早已记不清了。她从一所名牌大学毕业后，进入金融业，在经济发达的大都市就业，已经是很有成就了。于是老同学退休后客居广州，加入了一个知名的社区舞蹈队，也深深喜欢上了这座城市。

我并不知道同学们的行踪，原来有三位女同学都在广州，于是打电话过去，都是因照顾孙子孙女外孙外孙女，不能脱身。我一声叹息，也是无奈。有的同学已经二十多年未见了，六十多岁的人，我们都不知道还有多少个二十年。想起《年轻的朋友来相会》《二十年后再相会》这两首歌，突然有些感慨和心酸了。

夕阳西下，最美的那一轮光芒很快就消失在灯影里。小蛮腰亮出她多姿多彩的形象时，又一次惊呆了我。此时，广场上人流骤增，周边灯火璀璨，一派繁华景象。广州市的两座最高建筑，百姓称为东塔、西塔，像两条通往夜空的天梯，我站在下面，仿佛一纵身，就能去摘星一般。

粗壮的东塔、西塔对面就是窈窕的小蛮腰，一种强烈的视觉对比，形成的旋转画面，是惊世骇俗的。现代意识与现代美感，在这里完美呈现，在我们这些年逾花甲的人眼里，就是一个如花的梦境。

懂事的伊伊怕我迷路，一直把我送到了地铁站口。下了地铁我还真迷路了，公交车站就在旁边，竟没有找到，只好打车回宾馆。原本很近的路，用我手机导航，绕了很远，出租车司机说你该告诉我住在犀牛角，不该手机导航。回来就好，郭骁和天祥还在喝酒，我只好蹭上去，后来又叫来了保良。老褚和光华因为斗酒，已经提前结束战斗，第二天去白云山，光华走不动了。

终于大家愿意统一行动了，第二天上白云山，八个人一起出发。我们下了公交车，天祥导航了一个进入白云山最近的门。我一刷脸进去了，他们几个都被挡在了门外，只好买票。因是一个偏僻的门，进入的都是当地市民到白云山锻炼的。因为没有任何交通工具，我们一半的人走了不到 40 分钟，竟然走不动了。只有郭骁、天祥、老褚和我，一起继续攀登。直到游完了麓湖、明珠楼、飞鹅岭等景区，才摇摇晃晃地出了北门。

也许老褚和光华惦念着小蛮腰，老褚决意返回，我们只好去了沙面岛。

后来听老褚说,他和光华原本想各自花 398 元套票,登上高度 460 米的摩天轮,可是排了长队,也没有如愿。小蛮腰的魅力,还是能撼动人心的。

广州还是有许多值得游览打卡的地方,从沙面岛出来,我们沿珠江岸边走便赏,海关大楼、爱群大厦、南方大厦、永安堂大楼,还有塔影楼等,它们都如一座座碑记,记载着广州的风雨历程。虽然比起小蛮腰,它们已经不再辉煌,也不再受宠,但它们见证的历史,将永远成为广州的影像。

当更多的年轻人喜欢小蛮腰,喜欢现代化走进我们的生活,我们也想慢下来,品味一下昨日的茶香,和新时代的脚步一起共振。

你好,小蛮腰,让你的精彩继续耸立,继续闪耀,继续光芒四射吧。时代在变,风景在变、人们对美好生活的期盼没有止步。强大的祖国正在崛起,光彩至今惊艳世界。

哦，香格里拉

飞机降落在香格里拉机场时，天刚蒙蒙亮。由于机舱里的温度和机场外的温度相差很大，大家忙着增添衣服。我自认为身体能挺得住，于是独自走出机场候机厅大门。一股刺骨的冷风袭来，我感到了一种危机。好在接机的藏族同胞桑杰尼玛一脸的微笑站在我面前，让我顿感暖意融融。

趁着他们增添衣服的时间，我环顾了机场周围的建筑和景色，更多地仰望天空，仿佛来到了另一个世界。人们把这里唤作"人间的天堂"，我开始慢慢地品味这个地方。

一路上很少见到车辆和行人。桑杰说我们来的不是最佳的季节。如果是五月份以后，这里就会是花的海洋，当然更是人的海洋。沿街看到整洁的楼房和藏舍，都盖得富丽堂皇，很有民族风情，也很能给人们带来畅想。香格里拉市，在群山的围绕中，在蓝天的笼盖下，在白云的描写里，显得格外清净安详。这里"雪山为城，金沙为地"，牛羊成群，青稞飘香，是"三江汇流"的腹地，如果这里不是天堂，何处又能让心灵安享呢！

1933年，英籍美国作家詹姆斯、希尔顿在他的长篇小说《失去的地平线》中，描写了这样一个和平宁静的地方。经过数十年来人们真诚地寻觅，云南迪庆州这片圣洁的地方，成了人们朝圣的天堂。因此一个叫"中甸县"的地名在历史中止步，香格里拉走进我们的心灵。

普达措国家森林公园,是一个美得让人心醉的地方。沿着草原蜿蜒的河流溯源而上,河谷变得狭窄,树木变得茂盛,阳光变得刺眼,远山变得苍劲。在属都湖的边上,清澈幽蓝的湖水,在阳光下潋滟,犹如一块天空中的绸带在浮动。湖边是高高的松林,形成的绿色森林,仿佛是天宫遗落的地毯。走在霜花覆盖的木头栈道上,不小心就会成为湖里的游鱼。白云悠悠投影在幽蓝的湖面上,天上水中是一个美景中的两个镜面,我们就像是在镜中行走的神仙。最是那些多情多义的少女们,穿着鲜艳的服饰,被人们当成了人间的仙女。

普达措最美的不是这些自然景物,而是那一种绝美的宁静。这里的一切,仿佛都不容侵犯,也没有人冒犯。一个绿得透亮,犹如精灵一般的小松鼠,那么无畏地跃上我的手臂,吱吱叫上几声。一根折断的松树,在湖水里轻轻晃动,自然地从清新到腐朽,漫长的岁月,一点也没有感到沉重。没有嘈杂的叫卖,没有乱飞的塑料袋,就连炊烟也静得出奇。这里只有心灵的净化一秒秒地出发,在我们的生命里渐渐滋长。

从普达措回到宾馆,心情格外宁静。只是灿烂的阳光照进我们的窗口,诱引我们再一次出发,去离我们住处只有800米的独克宗古城。这是个依山而建的古城。"独克宗"是藏语的发音,意为"月光城"。我们首先走进了月光广场。看到一处把藏、汉、纳西族风格融为一体的古老庭院,想走进去。又看到这里建有"迪庆州红军长征博物馆",就径直迈入大门。真的没有想到,这个博物馆建得规模很大,不仅图文并茂地介绍了红军从这里经过的历史,还介绍了整个长征的历史,更好的是这里利用了声光电的现代技术模拟了红军爬雪山、过草地的场景。在这里看到的悟到的是一种心灵的洗礼。

在月光广场的西侧是大龟山，这里建有龟山公园。沿石阶攀爬，开始有些急，马上就感到了胸口发闷。只好停下来深呼吸。在这里，一切都不能急。望着高耸的寺庙，还有那个载入吉尼斯世界纪录的世界最大转经筒，我们也不能急。因为接近黄昏，此时天空的云朵变得格外美丽。我们慢下来欣赏，正是在感受美好。在那个世界第一的转经筒前，众人一起用力，金光灿灿的世界，就这样变得更加吉祥如意。在夕阳里，我们深切地感受到，我们都是生命的剪影，都是朝拜者，也都是生命里的强者。

香格里拉，不仅只有普达措的宁静和永恒，也有哈巴雪山、梅里雪山的壮美，还有松赞林寺的庄严华贵，当然也包括虎跳峡的惊叹与深邃。在虎跳峡，我们可以感受峡谷的气势和水流的汹涌。这个世界上最深的峡谷之一，因一个美丽的传说而享誉世界。这里不仅能增添壮志和果敢，也能欣赏到玉龙雪山的背影。壮阔与壮美同时撼动你的心灵，恐怕这里是独一处。虽然只有短暂的感受，但你仔细地回味，还是久久不能释怀。因为面对汹涌的金沙江，你能够联想的故事和画面太过神奇。

天堂有多大，天堂有多美？没有任何人的回答是全面的。香格里拉，能给你的愿望插上翅膀，能让你的心灵安慰，能让时光等候，能为你一生吟唱扎西德勒！

哦，香格里拉！圣洁的地方，人间的天堂，我爱你一生一世！

曾刊发于《邯郸文学》

山叶口的记忆

对于我,山叶口,就是一种记忆,一种很深远的记忆。

我不知道文平兄是不是一种特意的安排,山叶口这个地方,绝对就是那种一见就让你难以忘怀的地方。

在38.5亿年前,这里曾是汪洋大海的海底。虽然我们不能想象那时的海底世界是多么奇妙,而经历了一场近乎奇妙的地壳运动之后,那些曾经在海底被鱼儿嬉戏成梦幻的鹅卵石、泥沙竟然紧紧地拥抱在一起,形成了各自喜欢的生存状态。而那种如胶似漆的爱情结晶,被喜欢她们的人称为"五彩琥珀",真的是一种很深远的记忆。

虽然天气很热,我们还是很敬业的。既然是亿年之约,就一定要不虚此行。聆听着溪流哗哗的水声,沿着五彩溪谷缓缓而上,在赏溪亭吟诗,在三友亭抒情,观卧龙松的深邃,品情侣松的缠绵,惊叹于骰子石的巧夺天工,都着实让我们有一种诗情画意和奇异风情般的感怀。

那个摄入我镜头的五彩石屋,又恰似一个五彩的蘑菇,角度和体会不同,诗意也就不同。这里的瀑布和溪流,都有一种纯净的美感,是那种养眼的美感,而不是震撼的那种。其实,我更喜欢水以一种真实的姿态流淌。

尽管景区新建了玻璃栈道,让人们走起来有一种凌空的感觉，体验一种高度，我还是选择了从滑道溜下来，想再一次找回儿时的记忆和快乐。当然还选择了漂流，虽然刺激的味道有些清淡，湿漉漉的感觉还是蛮爽的。大家带了一股子童心，五六十岁的群体能潇洒一番，让快乐童心永驻，同亿万年前的世界共处，是一种太过美好的记忆。

在山叶口，到处是浓郁的树木。这里的森林覆盖率达 **69%**，这里众多的树木中以松树、板栗树、核桃树居多，而我感兴趣的是板栗树。迁西板栗在全国是驰名的。而山叶口处于迁安市，同迁西毗邻，也是板栗的盛产地之一。这里也是能让我嗅到板栗香气的地方。

说到板栗的好吃，我不止一次地感受过。而板栗长在树上，那种毛茸茸带刺的形状，我是第一次见到。好在文平兄与我相伴，让我感受到板栗的成长，也是一种别样的情景与情怀。眼前的一切告诉我：你看到的任何一种果实，都不是果实的全部。

到了最后，我想知道山叶口名字的由来了。它其实就是一个村庄的名字，三面环山，出口处像一片叶子。多么简单而形象。其实，生活在这里的百姓也是简单的，他们可能知道这里是一块宝地，是几十亿年的地质宝库，也是不久前的事。但一切都不重要，我们所能知道的也是很少。我们应当感谢的是，我们都是为百姓出行提供便利的人，我们所做的，也许就是能让更多的人到山叶口，认识山叶口，知道这是个多么值得记忆的地方。

曾刊发于《燕赵散文》

他乡遇故知

东北的哈尔滨行，因李明老总的盛情邀约，我们提前了两天到达。从抚远一路南下，到达哈尔滨维也纳国际酒店时，已经是下午三点半了。早早等候的李总，已经给我们安排了住宿和晚宴，使得大家都很感动。

我同李明兄的相识交往有30多年了。当年我在基层的一家客运公司做工会和党务工作，他在济南市一个基层客运公司当支部书记，业务往来，感情交流，我们成了知心朋友。三十年来，虽然我们很少相聚，但彼此相互关心，又因为我们同姓、同年同月出生，胜似亲兄弟。2010年，我组织全省运输企业文化建设团队赴山东、江苏、浙江等地学习，已经出任集团副总的他，给予了我们很大帮助，让同去学习的三十多位运输企业领导感到了无微不至的热情。

保持电话沟通，时常嘘寒问暖。2016年的一次通话，我才知道他辞去了集团副总职务，去了哈尔滨创业。他当时并没有告诉我在哈尔滨做什么业务，直到这次相见，参观了他的公司，才了解了他从事的业务和取得的成绩。一个人抛下年薪近30万的老总不干，远赴千里之外的城市自主创业，没有一个熟悉的帮手，没有一个坚定支持他的人，六年内注册开办两家公司，营业额做到了千万级，令我无比地惊讶和佩服。他告诉我们，一个55岁开始创业的人，心中没有强大的动力，是绝对没有成功之时的。

请我们吃哈尔滨"得莫利炖鱼"，在松花江边"满汉楼"品尝特色大餐，带我们虎园观东北虎，夜游万达广场，一番真情，让我们体验了山东人的豪爽。为我们提供旅游指南，对旅游线路给予优化，时刻关注行踪，提供安全提示，李明兄尽了地主之谊。

我曾两次到过哈尔滨，一次是送弟弟读大学，一次是参加培训班，但都没有在哈尔滨的中央大街走过。这次的哈尔滨之行，无论是参观东北虎园、徜徉于中央大街、品尝马迭尔冰棍、在索菲亚教堂听音乐会，还是在斯大林公园和抗洪纪念碑前留影，坐缆车飞越松花江，畅游太阳岛，都让我心花怒放。

在同李明老兄的交流中，从他身上读到了许多优秀的品质，也学到了许多先进的经营理念和思想。在他赠送给我们的纪念品中，我们也有明晰的认知和赞同。服务无止境，我们一直倡导，特别是我们这些一直在服务行业摸爬滚打了一辈子的人，都没有认真落实到最好。一个企业的兴衰，除了产品的质量，服务更重要。海尔的马桶盖出了故障，原本想服务人员可能第二天才能到，也可能需要重新买一个。事实是两个小时服务人员就上门服务了，一分钱没有收。这种服务在其他家电品牌维修中，从来没有见过。李明对客户的承诺，就是不管是谁的原因，终生对产品负责。他给我们讲了一个故事。为了接一个重要客户，他一天往返两个城市三趟，车程单程360公里。真诚对待每一个客户，这也许就是他能够成功的重要因素。

哈尔滨是一个飞速发展的城市，经济总量和在全省占比具有很大优势。我们夜游中央大街，人头攒动，摩肩接踵，许多品牌店前都排着长队。灯火璀璨处，我们拍照留影，为这个繁华都市歌咏，也向为这个城市发展付出汗水的人们致敬。

无边绿翠

——新疆散记之二

"离离原上草,一岁一枯荣。"七月的草原,依然到了丰盈繁茂的季节。在新疆,最美的歌是唱给草原的。我中学时代就经常学唱的《草原之夜》因这次旅行经过可克达拉市,才知道这首歌出自新疆。还有最近两年刚刚唱红的《可可托海的牧羊人》让我更加向往那拉提大草原。好在我们同行的旅伴中,多数喜欢草原歌曲。在无边绿翠的草原上放歌,声音传得更远。

喀拉峻

喀拉峻草原是位于新疆伊犁河谷,由西天山向伊犁河谷过渡地带的一个高山五花草甸天然大草原。这个坐落在海拔 1305-3957 米处,总面积 2848 平方公里的大草原,以连绵起伏的丘陵式景观为主,在雪山、沟壑、峡谷、高原的纵横行进中,尽情展示草原的粗犷与壮美。站在每一处观景台上,高山都是主角,而其他都是一株小草。

喀拉峻景区的大门建在峡谷的口上,有一夫当关万夫莫开的险峻。我们乘坐观光大巴盘旋而上,首先看到一片广阔的草原,这里不像内蒙古呼伦贝尔草原那样一眼望不到边际,草原的尽头是高耸的雪山。在沟壑的两岸，浓绿的树木描绘成森林般的油画，牛羊如小草般遍布，白云下层林尽染。花香是那么的醉人，平躺在花丛中，望着悠悠白云飘过，方知美丽就像一阵阵轻风。那些列队拍摄抖音视频的人，好像青春此刻就要远去，站在最佳的拍摄点上，一遍遍走、跳、舞，我都有些没有耐心等待了。

"喀拉峻"是哈萨克语，"喀拉"有深色、浓郁、辽阔的意思，"峻"形容茂密的样子。喀拉峻可以理解为苍苍莽莽的草原。这符合喀拉峻的特点。这里的山势很少见到平缓舒展的地方，树木浓郁，沟壑深邃，丘陵突起，像一个雄壮的汉子。这里的五花草甸十分优美，如果你静卧其中，看风中摇曳的花，眯上眼，做个白日梦，感觉自己就是白马王子。在库尔代森林大峡谷，在猎鹰台，都有让你想不到的惊喜。不想骑马，躺在草地上看别人骑马也很有趣。马队来来往往，构筑你与森林的背景，各种色彩的融合，才是喀拉峻最美的景致。

喀拉峻草原是一个雄性的草原。在我的眼里，它就像一匹骏马，高大威武。雪山是它的头颅，森林是它的鬃毛，山丘是它的肚皮，沟壑是它的蹄印。它一路沿伊犁河谷疾驰，让山河腾飞，让草原广阔。

那拉提

那拉提的美，是一种琴声里的美。草原离不开琴声，那拉提就是琴声里的草原。

我们走进的第一个景点是塔吾萨尼。它是那拉提景区的会客厅。它虽然只是一个"美丽的山沟"，但精致的景观，像轻轻打开的一本水粉画册，你读它的每一个色彩，都是恬静和舒适的。

它是一个安慰心灵的地方。许多人同两棵树一起合影，因为两棵树就像一对恋人。

在乌孙王陵，你可以了解一段历史，更能在美景中穿越时空，因为这里实在是太美了。我们中间有穿红色裙子的女士，在这片盛开油菜花的地方，显得格外风情万种。图腾柱、石板甬道、石刻雕像、花海、别致的木屋，每一处都让你充满畅想。

小桥流水、薰衣草香、白云压顶、蒙古包错落如花、花海簇拥亭台，小镇满是美景。每一处转身，都如进入花的世界；每一次抬头，白云都与你齐眉；置身其中，如仙境，还能给出何等解释。这里是那拉提最美的细节，也是最美的图画。虽然它只是几户人家的小镇，却是我们一生钟情的地方。

蛟龙出海，在一个山顶之上。去这个地方，我们经历了过山车的痛快。中巴车在山道上忽上忽下，忽冲忽落，在山涧丛林中荡秋千，满车的乘客随着车辆起伏欢呼，刺激，痛快淋漓！终于冲上龙脊时，车戛然而落。我们徒步冲顶，站在龙头之上，眼前是森林之海。一片壮阔的美景，让我们不禁嘶哑地呼喊。狂喜之态尽失本色。

如果我们此前走过的都是雅乐和鸣，而空中草原确是那拉提的高音。登上山顶，极目远眺，此时真切感受到了草原的辽阔。一条蜿蜒的公路穿越草原腹地，远处隐隐约约的群山如巨龙绵延，这里可以感受到那拉提温柔秀丽以外的野性和壮阔。

大巴车进入的最后一个山寨，这里山清水秀，小桥流水蒙古包，歌舞表演诱人心魄。我们同行的一个杜兄，不舍民族风情的歌舞表演，经三番五次呼唤，才赶回了车站。这时，又有悠扬的琴声响起，我们已经踏上了归程。七个多小时的游览，也只是匆匆浏览了那拉提一半的景点。沉醉在美景中的我们，只好去景区大门外的一个小院住宿。因为我们想尽快进入美梦中,倾听那拉提草原美丽的琴声。

巴音布鲁克

在穿越独库公路中段后,视野渐渐开阔,有一种突见桃花源的感觉。巴音布鲁克,就像一个无比宽阔的胸膛,接纳了我们。

乘坐景区大巴车,一路颠簸,几乎有些昏昏欲睡了。将近一个小时的车程,我们来到了"天鹅家园"景区。穿过长长的甬道,进入了一片水域。这里被称为天鹅的家园,却没有见到天鹅。浮在水上游乐的是不知名的水鸟。游客们在木板达成的众多平台上同水鸟交流,格外地平静和谐。这里的确是候鸟的天堂,水清而平静,周边水草丰盈,远处平坦舒缓,白云悠闲,气象和蔼。

我把镜头对准了正在湖边饮水的几头黑白相间的牛,它们怡然自得的姿态,同这里的气氛如此和谐,是一种难得的美景。和谐才是完美,只是我们刚刚才得以领会。摄影水平高的保良弟,喜欢在景和人之间选择最美的距离,他把远山、云、草原、湖水、人物进行严格的比对,植入的人像,十分和谐优美。当然这还因为人物的主角是我们身边的美女。

巴音布鲁克位于天山山脉中部的山间盆地中,独特的优势,使这里水美草肥。巴音布鲁克,蒙语是"永不枯竭的甘泉"的意思。甘泉在哪里?来这里的游客,都是想一睹九曲十八弯的风采。

电瓶车开足了马力,才一鼓作气冲上了山顶。这里鲜花盛开,亭台密布,居高临下,远眺开都河,九曲十八弯像一条蜿蜒沉睡的巨龙。在阳光的照耀下，波光粼粼，欲飞腾跃，一派大气象。

我们沿着山脊盘桓而上，俯瞰山崖下沟壑里的开都河，遇山绕行，分而合之，时而直线，时而环形，时而弯曲，静静地流向远方。

巴音布鲁克是集山岳、盆地、草原为一体的自然风景区。在这里，我才敢用广袤这个词语来叙述巴音布鲁克，因为它真切地让你感受到了。这里不仅有巴音郭楞蒙古族自治州的母亲河开都河，还有大小13处泉水，7个湖泊，20条河流。多少年来，这里很少受到自然灾害的侵袭破坏，安静地为人民做出不懈的奉献。天然的生态，天然的牧场，天然的风光，哺育了一代又一代子孙，也让我们这些游客，找到了心灵洗礼的好地方。

"极目青天日渐高，玉龙盘曲自妖娆。无边绿翠凭羊牧，一马飞歌醉碧霄。"宋代诗人杨万里的《草原》，让我们再一次从中感受了此行的美好。但愿，放歌草原，我们还会同行。

盐城的盛宴

我是第二次来到盐城。当初,只是一个匆匆的过客,只知道盐城一定与盐有关。今天,虽然还是个匆匆过客,但已经体验了盐的分量和品格。

盐城,是一个历史悠久的城市。西汉时始建盐渎县,盐渎就是指运盐的河流。东晋时因"环城皆盐场",更名为盐城。今天的盐城,已经不是靠盐而生的盐乡,而是一座科技之城,更是一座生态之城。

我与盐城的结缘不在盐城,而在哈尔滨。2010年7月我和志军一起参加一个在哈尔滨举办的业务培训,在培训班上结识了来自盐城的业界同行王均军老弟,因交流顺畅,意气相投,很是投缘。餐桌上,他问我喝不喝酒,我说"喝!"于是几杯美酒入口,率真和爽快,让我们很快成了一见如故的朋友。因为酒香,还招来了来自成都双流机场的一个川妹子加入。从此,盐城成了我一直向往的地方。

2012年9月15日《邯郸晚报》刊发了我的一篇文章《废墟上的阳光》,是写赵王城遗址公园的,2012年9月24日《盐城晚报》副刊就转发了。文字的缘分,更让我心系盐城。终于我在几年后因为业务的关系,如愿去了盐城。交流和沟通中,真诚、热情、豪放的盐城人的形象再一次让我满心喜欢。当时,均军老弟作为大丰公司的经理急着给领导汇报工作，在会议室突然看到我，也十分惊讶。因他急于去处理公务，我们只寒暄了几句，就匆匆分手了。我当时有点遗憾，没有机会坐下来喝几杯，没有深入交流，一切都那么无奈。

有缘千里来相会。我一直相信我是个有缘的人。2022年4月，我们制定东南沿海出行计划，一直不能成行。直到我们2022年7月再次出行东北，在哈尔滨故地重游，想起同均军的兄弟情缘，今年的东南沿海之行，首选盐城，更是冥冥之中的一种缘呀！

我在出发的一周前，给均军老弟打了电话，知道他事务繁杂，并不想多打扰他。毕竟我们是赋闲之人，时间相对自由，而他却是不同。我们没有想到，一场别致的盛宴，让我们格外惊喜。据刘总介绍，均军老弟三天前就安排了接风宴，并亲自审查了菜单，都是盐城当地的特色佳肴，个个味美清鲜，特别是那几只河蟹，肥而饱满；那几条泥鳅，润而鲜嫩；那一盘醉虾，淡而清脆；那一条鱼，质厚而酥；那一盆肉汤，香而不腻；都让我们啧啧称道，以至于以后行程里的饭菜，都索然无味了。

一场大酒，踉踉跄跄，我们都无形了。刘总一人抵我们八人，更是有些话不达意了，送出门外，摇摇晃晃，好似马上成仙。此时灯火里的河流两岸，每一个灯盏都醉了。灯火的盛宴点燃了整个城市的激情，我们都感觉自己也是盐城人了。

也许有人说，你们不就是为了赴一场酒局吗？这话似乎有道理。酒里如果只有酒精的滋味，为什么还有那么多的人，那么多的场合，喜怒哀乐，生离死别，愁肠百转，高歌狂欢，离不开酒呢！也许千里奔波就是为了一场酒，但酒里不只有酒精，更有浓浓的情，永远的情。

有了一场盛宴,还有另一场盛宴。这是盐城最夺目的风景,中华麋鹿园,一个国宝级的盛宴正在明媚阳光的照耀下,为我们敞开大门。

麋鹿,属哺乳纲,鹿科。过去一般认为它角似鹿非鹿,头似马非马,身似驴非驴,蹄似牛非牛,故名"四不像"。麋鹿曾经是我国特有物种,由于自然气候变化和人为因素,在汉朝末年就近乎绝种。到19世纪时,只剩下北京南海子皇家猎苑内一群。而这些麋鹿不久被八国联军捕捉并从此在中国消失。直到1983年被英国养殖的255头少量运回,才有麋鹿回归家乡。

在麋鹿园内,我们乘电瓶车游览,在多个麋鹿群居处和麋鹿亲密接触,受到麋鹿的热情接见。麋鹿性情温和,对游客和善,很受大家欢迎。

盐城大丰麋鹿园,保护区总面积78000公顷,其中核心区2668公顷,是世界占地面积最大的麋鹿自然保护区,拥有世界最大的野生麋鹿种群,建立了世界最大的麋鹿基因库。我们观赏了麋鹿园内两只"麋鹿王",它们曾经的辉煌,今天已经不再,但让我们陷入了沉思。

盐城被列为中国黄(渤)海候鸟栖息地(第一期)遗产区域名单,进入世界自然遗产名录,为国家做出了巨大贡献。

盐城的新四军纪念馆,是皖南事变后新四军重建军部的历史纪念地,翔实丰富的资料、实物、图片展览,新四军绝地而后生的光辉业绩,永远彪炳史册,激励后人。

盐城还有我们值得观赏的地方。东晋水城、荷兰花海、丹顶鹤生态旅游区、中国海盐博物馆等等,希望我们住下来,等着美好的季节,等着慢慢品味。盛宴刚刚开始,不能就醉了。那样就对不起盐城的朋友。我们悄悄地离开了,因为分别是为了重聚。

也许我会再次接受邀请，等到花成海、鱼更肥、虾更鲜、丹顶鹤更美，等到燕成双、歌如潮、树成荫、帆影竞飞，一场视觉盛宴和心灵盛宴会同时上演。

从宋代诗人晏殊写在盐城的"一曲新词酒一杯"和作为盐城大丰人施耐庵《水浒传》里梁山好汉的英雄豪气，我都找到了盐城人的品质与气概。赴盐城盛宴，不虚此行，更为了今生无悔。

曾刊发于《邯郸日报》

与垂虹断桥的不期而遇

吴江对于我来说，似乎还是陌生的。吴江的同里作为江南六大水乡古镇之一，同乌镇、周庄、西塘、南浔、甪直一起，写尽了江南诗意。所以说认识吴江，是从追寻同里古镇开始的。然而 2023 年农历正月初六同吴江垂虹断桥的不期而遇，却在我的人生记忆里，留下了不可磨灭的一笔。

吴江是江苏苏州的一个区，位于江苏省东南部，东临上海，西濒太湖，南接浙江，北依苏州主城区。公元 909 年，吴江建县，1992 年撤县建市，2012 年 9 月 1 日撤市设区。这里河湖水系发达，河道纵横，湖泊星罗棋布，是著名的"鱼米之乡""丝绸之府"。

行走在吴江干净整洁的街道上，道路并不宽敞，高楼大厦并不宏伟，人口也不拥挤，庭院幽深，街巷弯曲，有一种十分清静的感觉。我们驱车赶到这里时，正逢中午，在街上缓慢行走，寻找饭店，并没有感到紧张。过了一座小桥，在一个小街路口，看到一个东北餐馆营业，于是就开车扎进小街里，因为在大街上找不到停车位。

饭馆不大，放着两个圆桌和三个长桌，坐满了也就能容 20 余人。可能是春节期间，吃饭的客人并不多，除了我们，还有一对男女坐在我们旁边，在靠近门口的圆桌上坐着六位正在喝酒的年轻人。我正忙着把前面的景点视频制作成抖音。同行的小霍给我说,那个圆桌上的人是邯郸的,他是从口音中辨识的。于是我就大声问他们是不是邯郸的,是那个县的?他们也转过身来,亲切地聊天,告知是永年区的。看样子他们不像是来旅游的,而是在当地工作,春节没有回家。与老乡的不期而遇,让我们顿时忘了饥饿和旅途劳累,当东北酸菜水饺端上来时,嗅到了一种特别的香味。

同里古镇,有一种特别的色调。古朴、深邃、悠长,仿佛一种伞下的影子在动,又好似一种灯笼在找寻,整个古镇就像一个古戏台,藏着的故事很多。可能是最后一个下午免费游览,游人很多,在一些值得拍照的地方,几乎拍不到你的整个身影,这更让每一人陷入了更深的思索。

退思园,是古镇图案上的一个珍品。这个始建于清光绪十一年至十三年(1885—1887)的园子,是一个叫任兰生的官员被罢官后返回故里建造的。园名引自《左传》中"林父之事君也,进思尽忠,退思补过"之意。整个园子横向布局,追求庭院、住宅和花园的自然过渡,在有限的地域和空间内,假山、水榭、曲廊、阁、桥、轩,自然和谐成趣,求得居住、迎宾、赏月、休闲的最佳契合,是江南小型园林的典范。

河中荡舟,桥上观景,窗口流波,"小桥、流水、人家"正是同里别致的乡愁。我们沿河岸行走,不时走进耕乐堂、王绍鏊纪念馆、松石悟园、陈去病故居、崇本堂、嘉荫堂,在三桥处停留拍照,水乡的美景恰如一幅多彩凝重的水粉画。15条小河、7个小岛、49座古桥,同里的美,正如一个隽永秀丽的"川"字,绣在苏州的衣襟上。

从同里古镇走出来,夕阳开始用最美的光辉为水乡撒上金箔。我们不舍地离开，只是因为一天奔波，已经有些疲惫不堪。身体和精神的承受力，已经接近极限。

第一个败下阵来的是荃廷老总，虽长期在一线摸爬滚打，但毕竟女汉子也有弱势，率先提出晚饭不吃了，直接在宾馆休息。同为女性的小徐提出喝粥，还是不走远路，否则也不吃饭了。只有我和小霍坚持喝二两，就近找了一个东北菜馆。因是过年假期，似乎南方人都居家休闲，只有北方人忙着挣钱。终于三个人一起喝了点酒，吃了点饭，似乎就有了精神。

好漂亮的夜景啊！一座高塔，灯光闪烁，十分妖娆。塔影映射在一片水面上，更加地迷离如幻。于是我们借着酒劲，往河边走，越靠近灯火越美。我们往远处看，无数的桥孔里泛着金光，像是一道道虹霓，我们竟然同垂虹断桥不期而遇了！

经过查看河边的碑记，我们才知道这里也是吴江的一景，垂虹断桥还是国家级重点文物保护单位。这座位于吴江区松陵东门外，旧时素以"江南第一长桥"名闻遐迩的垂虹桥，建于北宋年间，有着深厚的历史文化背景。它是唯一贯穿于整个吴江千年历史的标志性人文景观。"它的万千风情为古今文人塑造吴江的整体意象提供重要依据，甚至是全部，其历史与文学地位远大于实际功能。"有人这样评价垂虹桥。

作为一个喜欢游历，对历史和文学钟爱的人，在灯火璀璨的夜色里走上断桥，那种无尽的浮想，就像灯火映照下的河流。吴淞江，古名松江、松陵江，是古代太湖下游三大干流之一，唐宋以前，这里江面宽阔，水深流急，浪高风大。宋仁宗庆历八年（1048），也就是吴中名人范仲淹"庆历新政"失败的第三年，吴江知县李问和县尉王庭坚募钱百万兴建长桥，砖木混合结构。桥建成以后，"舟楫免于风波之险，徒担者晨往暮归"，造福于百姓，兴利于民众，因此得名"利往桥"，百姓俗称"长桥"。由于木桥容易腐朽，也常有战火，长桥屡遭毁坏，建成后，几乎每年都要维修，桥孔也时增时减，元朝大德八年（1304），桥孔多达99孔。泰定二年（1325），吴江州判官张显祖以石换木，下开72孔，1352年，吴江监州那海又重修垂虹桥，并亲书隶体"垂虹"两个大字悬挂牌匾于桥亭上，此后"利往桥"就成了"垂虹桥"。

一座桥几乎成了一座城的标志，更承载了一座城的历史与文化。今天的垂虹桥虽是断桥，但历史的风雨从来都不间断。

不期而遇的垂虹断桥，让我们有了一次惊喜，也有了一次认识吴江历史文化的机遇。第二天清晨，我再一次走近垂虹断桥，感到这里更加宁静。在一个公园里，矗立着两座纪念碑，分别纪念一男一女两个革命先烈，我从此知道，吴江还是一座英雄辈出的城市。

在北极村找北

从满洲里出来,我们选择的下一个旅游目的地是北极村。

由于路途遥远,需穿越大兴安岭茫茫林海,我们选择了住宿额尔古纳市。路途一切顺利,时间富裕,我们决定继续前行,黄昏落脚在根河市。这是个城区只有三万余人的县级市,黄昏的大街上,行人寥寥无几。像样的饭店更是屈指可数,吃了78元一斤的普通肉馅水饺后,方知这里并不是个令人满意的城市。

一路向北,道路有些艰难,颠簸、起伏、曲折,来往车辆不多,人烟稀少,但刹车次数一点也不少。好在路旁的松树笔挺、白桦林立、野花飘香,还有几个不错的小镇散落在丛林之外,别有一番情趣。沿途油菜花开、湿地秀丽、河流荡荡,也使得我们少了几许抱怨,多了几分喜悦。最美的风景在路上,这就是自驾游的特点。

又一个黄昏时,我们终于到了北极村。预订的宾馆是北纬53度半国际青年旅社,导航很快就找到了这条比较宽敞的街道。只是,一不小心车胎扎了一个钉子,需要马上拔钉补胎。哪里有修车部?这时有七八个人给指路,微信定位,热情的温度绝对高于一百度。很快,我们开车向南找到了修理部,老板却不在,明天才能回来。我们又按照一个大胡子年轻人的指引向北,找到了一个叫胖子修理部的地方,在那里邂逅了两个山东老乡,一起帮忙，顺利修好了车。出门在外，找不到北的时候很多，这里却很简单。

安排好住宿，开始找饭店。旅馆对面，也是北面，一个叫隆福饭庄的饭店，吸引了我们。刚走进去，老板就同我握手，仿佛已经是老朋友。我这时才想起，刚才曾经为我修车指过路。我顿时有了好感。老板姓纪，土生土长的北极村人，豪爽好客热情大方，话不多，让人印象深刻。一顿饭下来，又让我们交了一个朋友。

按照旅社老板提供的线路图，我们开始找北。先是沿黑龙江堤坝，找到了北极哨所，这是我国最北的哨所。在绿树掩映的哨所里，高高耸立的瞭望塔，显得巍峨挺拔。我们又向北，到了七星广场，来到了北极人家，来到了神州北极广场，这里可以更近地看到对面俄罗斯的高山丛林，异域风光。

再向北，我们来到北极定位广场。这里摆放着一个特制的硕大的铜质勺子。你可以用力转动这个勺子，当它停下来时，它会给你一个满意的答案。

再向北，这里是全国最大的一个北字广场。无数个北字刻在石块上，形成一个独特的北字碑林。还有用北字造型建造的雕塑和长廊，都吸引了众多游览者参观。这里还有爱情广场、北极动物乐园，都能让你找到自己的所爱和归宿。在这里，我们遇到了来自北京的一位老者，她是坐在轮椅上同我们攀谈的。她十分地激动，又十分地淡然，从她的笑容里可以看到，来这里，是多么幸福的一件事。她到这里已经一个星期了，跟我们匆匆的行程相比，她更加珍惜这里的一草一木，满眼都是快乐和憧憬。

在中国138号界碑处，我们又一次感受到了国家的威严。这是我们此次旅行，继第一次在满洲里国门景区近距离亲近界碑之后，又一次同代表国家形象的界碑留影。面对身后滚滚的黑龙江，一个强大的祖国情怀在胸中激荡。

在一次次追寻和期待中，来到了位于中国版图的鸡冠顶上，这里就是我国最北的地方了。一声长叹：我们终于找到北了！这是我们多少年来梦寐以求的地方！合影留念，依依不舍，百般回味，直到乘车远去，还在念念不忘。

从古城邯郸出发，经张家口、锡林浩特、乌兰浩特、阿尔山、海拉尔、呼伦湖、满洲里，再到北极村，此时的行程已达3500公里。不管是穿行太行山，还是奔驰在大草原，都让我们坚定了一个目标，向北，再向北，在北极村找到北。

一个人一生有无数个目标，但最终实现的也就是几个目标。旅行也是人生的体验之一，为了一个目标坚定前行，就会在实现了一个目标之后，获得走进下一个目标的动力和向往。找到了北，找到了南，东西找到了吗？真理永远靠自己获得，才有说服力。我们会继续出发，为了更多的目的地，为了更多的快乐和美好。

走进金胡杨景区

——新疆散记之五

我和同伴们知道,这个季节不是观赏胡杨林的最佳时候,但我们还是走进了位于新疆泽普县的金胡杨国家森林公园。

我们一大早出发,告别了还在梦中的喀什人,先是到机场送人,而后匆匆上路,前往泽普县的金胡杨景区。出高速以后,还有60多公里的县道乡道,有路段修路绕行,因此行进速度放慢了许多。

在景区门口,我们遇到了一个数十人的团队。他们是来这里做团建的。这里的门票不贵,同其他的5A级景区相比,差距在一半以上。游客不多,自驾车也只有几辆,看得出这里不是旅游旺季。我们到这里来,也不是为了观赏胡杨林最美时的景象,而是来体验胡杨精神的。这和搞团建的游客们有共同的意愿。

这里的宣传标语是最美胡杨林,当初的感觉是不是有些过时了。因为我去年观赏的甘肃金塔胡杨林,风景如画,拍了数十张照片。内蒙古的阿拉善盟额济纳胡杨林,近几年名声大震,每逢金秋,周边住宿一房难求,让人多少有了恐惧感。而这里称最美胡杨林,我们心里还是多少有些怀疑的。

走进景区大门,横挡在面前的是滚滚流淌的一条河流。他们说这是叶尔羌河的一条支流。叶尔羌河是塔里木河的四个源头之一，形成的叶尔羌绿洲造福了许多人民。金胡杨也在这片绿洲之上。一座很美的金索桥自然地渡我们过河。站在桥上望两边的风景，森林、河流、湖泊，飞翔的鸟群，鲜花烂漫的堤岸，随风摇曳的芦苇，都如画境一般。

这座占地4万多亩的森林公园，因为面积太大，又纵横交错，乘车游览是必选。资料介绍说这里有新疆最古老的一棵胡杨树——"胡杨王"。我们便放弃了前面的几个小景点，先睹为快，急切想去看"胡杨王"。开电瓶车的小伙子知道我们的意图后，把车开得飞快。当我们来到一个叫"知青林"的景点时，差一点闪过。"知青林"景点显然是最近打造的，不过很有意义。我们参观了知青纪念馆、知青宿舍、知青食堂。知青食堂现在正常营业，如果有需要，可以订餐。我们中间有一个知青，对此地的生活场景很是留恋。据说这是上海知青当年奋斗过的地方，但没有看到留有的实物和记载，我们也没有考证。高高的白杨，幽幽的林子，弯曲的林间小路，还是可以让人们拥有更多遐想的。

游完"知青林"，开电瓶车的小伙子不见了。他把我们给甩了。就在我们一筹莫展之际，一辆马车晃悠悠过来了。我们招手，问赶车的人，能不能坐？他热情地回复，有票就能坐。我们坐上了久违的马车，心里美滋滋的。马车虽然没有电车快，嗒嗒的马蹄声，还是给我们带来了快乐。

我们很快就看到了"胡杨王"，它是个有1400多年树龄的胡杨树。它高10.05米，胸径1.2米，为雄性，生命之旺盛，有力地见证了胡杨"生而千年不死、死而千年不倒、倒而千年不朽"的传奇精神。胡杨之所以有这样的品质，与它不怕旱不怕涝不怕热不怕寒的精神是分不开的。胡杨虽生长在荒漠干旱地带，但我们的眼前依然是绿荫一片。当人们欣赏它金色的光芒时，不要忘记，它也是绿色的使者。当人们审视它苍老扭曲的躯干时，不要忘记它年轻时的挺拔。美，不是它的外表和色彩，而是它永远的精神。

离开胡杨王，马车还在忠实地等着我们。这让我们多少有些感动。在一个金湖景区，马车停下来。当我们游完，马车还在等我们。这时那个开电车的小伙子赶了过来，我们怕耽误时间，又选择了电车。此时，我们觉得心里酸酸的。

泽普金胡杨国家森林公园，建在一片绿洲上，是胡杨成就了这里的美好。他们宣传这里是最美的胡杨林，应该说是这里数以千计的一代一代林业员工才是最美的。这里以"水、胡杨、绿洲、戈壁"四位一体组成的优美风景，一定会在最美的季节迎来懂得美的真谛的人。感谢这万亩林场的郁郁葱葱，感谢坚忍不拔的胡杨精神，让我们不虚此行。

游天一阁

去宁波天一阁，是我近 20 年来的一个夙愿。读余秋雨先生的《风雨天一阁》，从中悟到许多文化感知和历史情怀。去天一阁感受一个读书人、爱书人、藏书人的苦难与坚守，传承与奉献，大爱与尚德，应该是一个爱书人的必然选择。记得 2006 年去舟山的普陀山，路过天一阁，心里一直想进去朝拜一下，可和我一起同行的还有领导，我也只能无奈地错过。直到今天，我按制度离岗休息了，才有和同学一起奔波千里，走进天一阁的机会。阅读天一阁的沧桑和瑰丽、古老与壮美，也能在心中留下几许安慰。

走进天一阁，也不是一件易事。余秋雨先生 1976 年同天一阁结缘，直到 1990 年才第一次迈进天一阁，其中经历了 15 年。这里的工作人员都非常懂得到这里来的人特有的心理和期待，服务主动，一片赤诚，让我们陡升一种亲切感。

天一阁的名气，常常用"亚洲现存图书馆中历史最悠久，连续发展，保存原貌原样，且具有独立实体的最古老的图书馆，是世界上现存最古老的三个家族图书馆之一"来界定。在它的名气之后，掩盖了一个为之付出了终生的名字——范钦。在 430 多年的历史长河中，知晓天一阁的人千千万万，而知道天一阁创建人范钦的可能只有少数的文化人和研究学者。而对于范氏族人十三代薪火相传，为保护天一阁呕心沥血，生死相守的故事，更是少之又少。对天一阁的崇敬和膜拜，如果忘记了他们的无私奉献，那是极不道德的，或者说是没有良知和敬畏的。

在一片古老的屋顶上，阳光照亮了瓦片上轻轻摇曳的绿色小草，屋檐下是并不宽敞雄伟的一扇通道，上面挂有"南国书城"的牌匾，这是由书法界"南沙北启"之称的当代书法大家沙孟海先生书写的匾额。透着一种书香，带着一种隽秀，让走进这扇门的人，自然地放松了心情，放低了身段。我此时以一个游客的身份仰望这个匾额，虽然有些迷惘，但还是理解了这个匾阁的含义。为什么不是天一阁三个字呢？当代人还是有所敬畏的。

作为一个游客，最现实的心理就是尽快找到天一阁，一睹它的风采。而这正应了欲速则不达这句老话。在一个个树木参天、古色古香、亭台错落、幽雅别致的院落里，我们似乎迷失了方向。直到站在天一阁的面前，却并没有惊奇和赞叹。这个长方形，像一列车厢模样的建筑，看上去平淡无奇。一个写有"天一阁"的白底黑字横匾，中规中矩，显得并不大气，以至于同行的许多游客有些失望。看到这样的情景，在那里负责的保安，便详细讲解了天一阁的历史。他对天一阁的讲解，让我甚为震惊。近朱者赤，近墨者黑，对于每一个有心人来说，都是不可鄙视的。

范钦当年建造天一阁，是在他原有的藏书处"东明草堂"，已经不能满足所搜集的图书数量激增，必须有一个专门的藏书楼的背景下，大约于明代嘉靖末年建造的。关于藏书楼的命名，应该是取之于《易经》的"天一生水，地六成之"之意。天一阁在建筑初期十分普通，同江南的普通民宅没有太大区别，是一个六开间的房子，区别于民间常用的三开间、五开间和七开间那样的传统模式，应该是刻意应和"地六成之"的理念。它坐落在范氏宅东，左右砖甃为垣，上下都安装门窗，梁柱都用松杉等木构筑。天一阁看上去相貌平平，因为它就是专用来藏书的。

天一阁的藏书有多少，据天一阁范氏家谱记载，范钦藏书有7万余卷。后经民国初年的失窃，只剩下1万3千余卷。天一阁的收藏理念与范钦的科举出身和忠于大明的官僚身份，有着密切关系，所以在图书的收集中，大量的经史子集，正经正史，还是主流。当然还有一些地方志、碑帖、科举录等，有许多都是珍贵的刻本和铜活字本。诸如：《兰亭序》帖石、北宋拓本《石鼓文》《秦封泰山碑》《西岳华山碑》《酸枣令刘熊碑》等。在图书的搜集过程中，范钦表现出一个书痴的模样。在古代，相互抄书就是一种藏书方式。范钦同太仓藏书家王世贞就有互相借抄之约。他还向扬州太守芝山借抄。大量地购买书籍，范钦的足迹遍布江西、广西、福建、云南、陕西、河南、广东等地。可见范钦用心用力用财之苦。

为了让天一阁的藏书能够世代传承，范钦生前就立下了"代不分书，书不出阁"的遗训。并做出了严格的规定和详细的制度措施。范钦在弥留之际，表达了书不可分的强烈意愿。范钦分家时，将家产分为两份，一是一楼藏书，一是万两黄金，由大儿子范大冲和次儿媳选择（次子早范钦离世）。范大冲毫不犹豫地选择了藏书。万两黄金可以随时支配，而对藏书楼的建筑保护，图书的防火、防潮、防霉的保护措施的实施，不但没有收入，还要每年投入巨大资金。正是范氏家族十三代接力传承，精心保护，倾情奉献，才给我们今天留下了极为珍贵的文化遗产。一座藏书楼，一部文化史，这是我们今天走进天一阁最能感受和体验到的。

为了使得天一阁更多地受到更多的保护和游客的喜爱，我们从天一阁保护和扩建的资料中了解到，从 1949 年 5 月 25 日宁波解放，到 1951 年政府拨款维修天一阁藏书楼，1953 年增建管理机构，1959 年改建园林，1981 年新书库建成，1986 年东园开放，2018 年成为国家 5A 级景区，一个以天一阁为核心的，颇具规模的南国书城呈现在人们面前。这里不单是读书人膜拜的圣地，也成了游客舒心徜徉，感受书香的园林。

穿梭在南国书城的各个景点，到处都飘逸着书香与古韵。新书库、东明草堂、范氏故居、明州碑林、千晋斋、秦氏支祠、陈氏宗祠、天一阁书画馆等，让游客在赏心悦目中感受书香，穿越历史，学会珍惜，陶冶性情，懂得人生取舍。

我们还来到了天一阁外的月湖游览。这里碧波荡漾，水中丽影翩翩，湖畔花香鸟鸣，别有一番情趣和气氛。匆匆留影，不舍离开。天一阁和月湖永远留在了我们的美好梦境中。

曾刊发于《邯郸晚报》，公众号"天一阁"

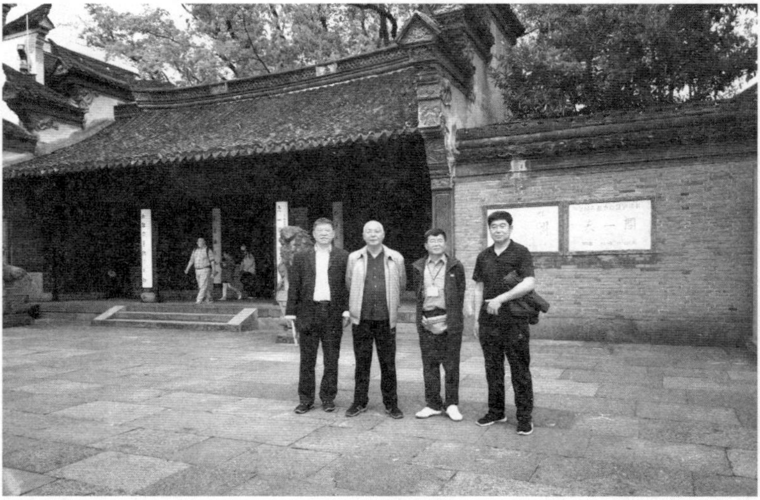

第六辑 感悟旅途

旅途漫漫

人生的旅途虽然漫长，恍惚间几十年已成往事。我的旅途，真正拥有快乐，是从离岗退休开始的。那是因为可以放下谋生的压力，同几个好友一起到山水间亲近自然，历史遗迹中寻觅光影，万家灯火里品味繁华，漫漫征途中丰富阅历，在春夏秋冬的吟诵中悦读风景。所以每一次出发都满含期待，都充满激情。我常说：出发，就是开启人生的最美旅程。

旅途，不是你任性的旅途

2021年5月1日，八位好友再一次自驾出发，去我们一直向往的海螺沟、稻城亚丁，造访神山秘境，感受自然的美好，憧憬心灵深处那一池碧水。出发时，因了心情的美好，千里万里都显得格外轻松。

原定到达的第一站是汉中。它位于陕西省南部，北依秦岭，南屏巴山，中部是汉中平原。这里是汉水之源，是汉族人的发祥地，还是三国文化的重要发祥地之一，一座历史文化古城。这里有朱鹮、大熊猫、金丝猴、羚羊等"汉中四宝"，享有"朱鹮之乡""熊猫故里"的美誉。我曾经三次来这里观光，对这里充满深情和赞誉。此次旅途经过，选择借宿一晚，也是因了天时地利人和。然而路途漫漫，不可预见的事太多，西安环城高速拥堵，路上多起事故，再加上进入秦岭以后忽飘大雨，到达洋县时，夜幕已经降下。我们只好临时决定在洋县借宿。

两辆车开进洋县城区，分头寻找宾馆酒店，两个小时过去后，没有一家宾馆酒店能容下我们。灰心丧气中，决定再赴汉中。刚出洋县，突然狂风大作，鸡蛋大小的冰雹落下，打得车顶"嘭嘭"乱响，眼前一片模糊，我们心里一阵阵恐惧袭来。半个小时后，方才安静下来。我们驶入汉中，又是两个小时的雨中寻找，结果还是和洋县的遭遇一样。

饥肠辘辘，不堪忍受，我们只好在汉中汽车站附近一个街角的小面馆，将就着每人吃了一碗面，决定再去勉县找找。在网上搜索了勉县 10 多家宾馆酒店，电话打过去，回复都是客满。一种无奈，第一次让我们感到了失落。车子驶进宁强服务区时，这里住宿的地方也是客满。此时已是凌晨两点，在车上迷瞪三个小时，等到天亮，成了最后的选择。此时，离我们出发到现在已经过去了 20 个小时，1000 多公里。这是旅途深刻的第一课：江湖不是你的江湖，旅途不是你任性的旅途。

旅途，时刻在考验你的幸运指数

剑门关，一座雄伟的关隘。它位于四川省剑阁县城南 15 公里处，隘口形成于白垩纪，是世界罕见的城墙式砾岩断崖丹霞景观，是自然天成的天下第一关隘。经过一夜的劳顿，如果不在风景中解除疲惫，大家的心情肯定难熬。虽然我和永辉老兄先前来过，我还是决定让多数人把这里作为游览的第一站。

在高速公路服务区，我们匆匆吃了些早餐，似乎有了些精气神。远望雾气弥漫的群山，时而隐去，时而露出峥嵘，造化成一种仙境，我们开始忘却昨夜的苦闷。六个没有来过剑门关的，都匆匆地整理了行装，急促地入山门，攀登剑门关，领略山的雄伟和关隘的险峻去了。我和永辉兄寻了一个饭店，沏了一壶当地的山茶，慢慢品了起来。

饭店离停车场隔了一条公路和一条河，哗哗的水声有些激动，遮挡了越来越多进入车场的人流嘈杂声。我们一杯水没有喝下去，车场就满了。节假日的人流，比起洪水还凶猛。接近中午时，才看到陆陆续续返回来的游客。看到他们一瘸一拐疲惫的样子，知道他们玩得舒服了。

驾车下山的时候很是畅快，因为看到了上山蜗牛一般蠕动的车辆，庆幸我们早一点进入景区的选择是正确的。虽然我们此行有的是时间，比起挤假期来旅游的人心里踏实，但堵在路上的心情，还是很难受的。

记得一次我们去甘肃，在陕西地界遭遇堵车两个多小时，疯狂的时候，去地里的苹果树上摘果子，还被铁丝围栏，扎了一手的血。节日堵车，几乎成了常态，原因很多，最多的是事故，常常让人揪心。

为了省几百元的通行费，接受堵车的煎熬，忍受住不进宾馆的无奈，体验饭时吃不上饭的日子，真的有些得不偿失。因此2021年7月的新疆之旅，10月份的江西之旅，避开假期出行，都让我们摆脱了这些不愉快。一切都顺顺利利的，旅游不就是玩心情嘛！

顺顺利利，其实是一种幸运指数。在大家游玩了剑门关以后，我突然在路牌上发现了"青木川"的字样。这个我一直向往的古镇，因为地处川陕甘三省交界，交通不变，几次接近，都没有成行。看到路牌标注 100 公里，于是临时决定去青木川。

青木川古镇是个大隐的地方。"一脚踏三省"，独特的地理位置，浓郁的历史文化，古老的民风民俗，特别是保存完整的魏氏宗祠，在汶川大地震中屹立不倒，更吸引起了众多游客的目光。在这之前，根据著名作家叶广芩小说《青木川》改编的电视剧《一代枭雄》的热播，也使这里声名大振。

我们是在中午时分赶到青木川的。熙熙攘攘的人流挤满了古镇的每一个角落。我们原本想先吃饭再游览，结果店店客满，坐不下我们八个人。好不容易抢到了一个饭桌，点了一桌子特色菜，等了近一个小时，也没有上来一个，只好退餐，决定各自解决吃饭问题，边吃边游。

这里的古街巷保留了明清时期的建筑风格，历史遗迹很多，保存也很完整。民国时期中西结合的建筑更引人注目。这里烟馆、赌场、青楼、铁匠铺、米店、胭脂铺、乡公所、辅仁中学等等场所保存完好，看得出这里曾经的繁华，和独立独行的特点。沿青石板铺就的街巷走到街口，一条河一座桥一面山很有夺人目光之处。登高望远，青木川古镇犹如一条游龙，气势不凡。

虽然返程天色已晚，但高速公路给我们壮胆，100 公里路程轻松便捷。我们幸运地入住雅安的宾馆，还在这里吃了一顿大餐，源于我们虚心汲取教训，提前做了认真安排。幸运指数陡然上升了一个台阶。

旅途，觅到净化心灵的地方很快乐

昨夜的雨，缠绵了一夜。晨起，细雨依然飘忽不定。这一天，我们在雅安。

雅安，位于四川盆地西缘，邛崃山东麓，川藏、川滇公路交会处，曾为西康省省会，因属亚热带季风性湿润气候，历年最多时有 220 天下雨，被称为"雨城"。

碧峰峡，雅安的一个 5A 级景区，我们都是第一次知晓。这里山势陡峭，巍峨挺拔，但满眼碧绿，和我们看到的北方的山截然不同。我们坐电梯进入谷底，层峦叠嶂，碧绿如翠的山景矗立在我们眼前，云雾缭绕，时隐时现，瀑布溪流声回荡，仿佛进入一个原始世界。在一个峰回路转处，我们必须分道。两个 65 岁以上老兄振东、永辉和一个腿脚不便的少卿等三人，进入一个路途短的行程。我们 5 人继续前行游览更多景点。

沿着山谷右边的山体，在崎岖蜿蜒的山路上前行，我们被碧绿包围、裹挟着，时而有对面山上的石像，栩栩如生，演绎各种故事传说，引来我们关注。更多是谷底的溪流，婉转回旋，形成别有风趣的景象，引我们不断地按下快门拍照。在一个羌族小寨里，我们体验了这里的风情风俗，还有这里的羌鼓。寨子口有两座桥，叫"龙凤桥"，我看更像"情侣桥"，桥头的风景美得醉人。

风景总在最深处。我们一直走，渐渐开始攀登。如擂鼓的声音越来越近，继而听到了轰鸣声。一个几重阶梯式跌落的瀑布轰然而下，有一种势不可挡的气流从我们身边飞跃。我扶着栏杆，腿有些颤，心有些惊恐。我是第一次近距离感受瀑布的威猛。除了这雄壮的瀑布，无论是千层岩、淘金滩、珠帘瀑布、滴泪瀑布还是长寿山，眼前的景色都使得心灵静美。

有了碧峰峡的碧绿享受，就有了旅途快乐的起点。大自然是最有效的灵丹妙药，也是抚慰心灵的仙师。我们选择这次旅程，正是想给疲惫的心灵找个安放的地方。

康定是个令人憧憬的地方。"跑马溜溜的山上，一朵溜溜的云哟。端端溜溜地照在，康定溜溜的城哟……"《康定情歌》激情四射的旋律，大胆表白的歌词，曾让无数歌迷动情。

康定是四川省甘孜藏族自治州州府所在地，是川藏咽喉、茶马古道重镇、藏汉交会中心。在这里停留，去康定情歌（木格措）景区游览，还是听了一位朋友的介绍和劝说。

这里的美，是一种恬静的美。在景区门口就能看到蓝天白云下面青青的高原和静谧的森林。坐大巴车一路在云里雾里盘旋，不知走了多少路程，直到车子停下来，才感觉眼前豁然开阔，云雾下面是一片明镜一般的水面，原来木格措到了。这是一个神灵栖息的仙湖，纯净得让人窒息。稀稀疏疏的雪，好像刚刚落满山岭，一会儿被浓雾掩盖，一会儿被阳光洗亮，更增加了这里的神秘景象。对面就是跑马溜溜的山，看上去不太高耸，然而我们的脚下海拔已是 3780 米，山顶海拔肯定过了 4000 米。这里的温度很低，当时在零下 5 摄氏度，我们不得不穿上了羽绒服。这在五月的旅途中还是第一次。

如果说木格措是恬静或冷峻，从木格措回返的路上，却是一路欢歌一路花开。一条别致的峡谷，一首流淌着春意的诗，让我们心里充满了喜悦。溪流、瀑布、湖泊、绿树、杜鹃、血石，组成了多彩的画卷。特别是溪流的两岸，红的、白的、粉的杜鹃花竞相开放，花香弥漫，浸染了整个峡谷。溪流时而淙淙，时而潺潺，时而悠悠；时而急流而下，时而回旋缠绵，时而聚合，时而分散；在多处形成碧潭、翠湖、银练，如歌如诗如画，在我们的心底缠绕。三个多小时的游览，我们丝毫没有累的感觉，走出景区大门，坐上大巴车，还在浏览刚刚拍过的图片，一脸的喜悦在车厢里流传。

旅途，收获美好也收获遗憾

决定在泸定县住两个晚上，主要是因为去海螺沟的便利。

从泸定出高速，走了一段特别险要的路，是在回头仰望时才察觉的。垂直约300米高的一个陡坡，旋转盘桓下来，还真的有点后怕。紧接着就在一个隧道里堵车了。过了一个横跨大渡河的桥，在河的右岸直行很长一段路，在一个桥上返回左岸，车行一公里就到了宾馆。女老板是个东北人，热情利索爽快。

因为惦记着去看泸定桥，我们冒着细雨就出发了。听老板说，路不远，就不想再开车，因为停车麻烦。也没有坐公交车。担心泸定桥景区提前关闭，所以一路上疾走，出了一头汗。我第二个到了泸定桥头，郭晓第一个到了，并问了几点关门，知道离关门还有两个小时，我们才放心地在周边拍照。

泸定桥，又名大渡桥，全长103.67米，宽3米，由13根锁链组成，始建于清康熙四十四年（1705），清康熙四十五年（1706）投入使用，为一座历史悠久的古桥，因红军"飞夺泸定桥"而闻名中外。

排队进入桥头，分段进入桥上。我多少有些恐高，踩着一块块木板，挪到桥中间时，桥面晃得厉害，望着下面滚滚流淌的河水，我的双腿开始打颤发软。和对面过来的人接触时，我就大喊避让，害怕拥挤落入桥下，因为在每块木板之间，都有缝隙，稍不留意脚就会插进去，虽然人不会掉下去，但拥挤会有风险。

从桥上走过去，还要走回来。经过了胆战心惊，如履薄冰，回来时就没有那么紧张了。大胆地给几个旅伴拍照留念，仿佛从容了些。回宾馆的路上，大家劳累了一天，决定打车找一个饭店,好好吃上一顿。经老板推荐,在一个环境不错的老店,了却了心愿。

从海螺沟回来,大家还要去看夜景,泸定让我们又一次放飞了心情。

海螺沟对游客的诱惑力就是冰川。近距离地亲近冰川,感受大自然带给我们的魅力,海螺沟是一个最佳的地方。我们是进入景区后直奔冰川观景台去的,然而大雾弥漫,什么也看不到。不甘心,怎么办?等,等,等!三个观景台,一个也不放过。两个小时过去了,有些灰心。开始看周边的景点,登山纪念碑、寺庙、原始森林……

突然,有人呼喊,我们看到大雾在缓慢飘移,雪山悄悄地露出半张脸。高兴了几分钟,终于可以看眼前的冰川了。然而我们看到的是冰川留下的痕迹,黄土覆盖的河床,空空荡荡,一片苍凉。有人告诉我们,这个季节,已经很难看到冰川了。其实,随着气候变暖,冰川离我们越来越远了。

乘兴而来,扫兴而归,我们能够给大家解释的,就是我们到过海螺沟。

旅途留下的遗憾,跟人生留下的遗憾一样。什么事都不可能十全十美,都不能尽如人意。我们曾经来过,旅途就会增色。旅途是一种经历,更是一种心灵的淘洗。

旅途,从来都是大家共享的旅途

从康定告别雅康高速,我们进入 318 国道,这是一条繁忙的川藏线。去稻城亚丁,还有更艰巨的旅途,我们选择在新都桥休整。下午三点多,这里突然就下起了雨,让人不可思议,一路上我们每逢住店，都有雨迎接。我们入住的酒店，女老板是江苏人，热情的话语中透着精明。

房间还算宽敞，价格也不贵，店里能吃饭，一切安排妥当，大家进入房间，就躺在床上不动了。我知道大家累了，连续的游览，不停的奔波，是该休整了。可新都桥是摄影爱好者的天堂，景色相当美呀！我不甘心就只在这里住一晚这么简单地对待新都桥，就拉了郭晓和新军一同出去，到附近去看看，毕竟雨停了。原本想拉上鹏生，鹏生虽然长我四岁，他身体素质特别好，整个旅途他没有一次落后。我知道他在宾馆写旅途心得，用家乡快板诗的方式，记录行程和感怀，所以没有叫他。

一条通往河边的路，弯弯曲曲，时而有几辆货车跑过。紧挨路边有几个牧场，看不到牛羊，但沿途牛羊的粪便随处可见。不远处有一座桥，看来是供游客赏景的，桥上挂满了经幡。河水很清，仿佛是由东向西流的，也许是我调向了。河的对岸，有一排青绿的树，在青色山峦和波光粼粼的河水映衬下，显得整齐纯净优美，像一队正在走过的学生。我在这里拍了一张留影，我想起了故乡曾经的风景。

又是一个多雾的早晨，我们从新都桥出发了。川藏线上开始还冷冷清清，我们翻过一座山后，车辆越来越多，弯道陡坡越来越多，我们才知道进入了川藏线上最复杂的折多山路段。沿途的风景很美，不仅可以远望贡嘎雪山群峰，还能看云海漫卷，不仅能体验四季变幻，还能感知人间冷暖。在一个观景台处，我们看到了两辆家乡牌照的客车，走上前去打个招呼，其中一个司机，竟是我们一个单位的。此时心情顿时温暖了一片天空。他们是去西藏旅游的，也去稻城亚丁。我们为他们点赞，他们比我们的旅途还遥远。

318 国道还是畅通的，路面比我们想象的好跑。车多流量大，是 318 国道让人感到紧张的原因。一路上，除了连绵不断的货车、客车，还有摩托车、自行车、手拉车。这些都是千里迢迢、万里迢迢去西藏朝圣的各色游客。我摇下车窗，问一个正在骑车爬坡的小伙子，问他去那里，他高声地回答我：去拉萨，去西藏！那种高亢的声调里，充满了激情和自豪。

临近中午时分，我们在有"天空之城"之称的理塘，转出了 318 国道。原本想在理塘吃午餐，走进一家饭店时，店面很大，却没有一个客人，因为这里没有菜谱，价钱全凭嘴说，我们只好离开。

因为有了酒店老板的关照，我们住进了她在亚丁景区附近的分店。这里出奇地安静，一是因为过了五一假期的大潮，二是酒店卧进村子的深处。我们给在这里管理生意的女老板母亲捎了东西，因此也得到了好的礼遇。

旅途，人生的体验永远在路上

稻城亚丁，位于四川省甘孜藏族自治州稻城县香格里拉镇，地处青藏高原东部，横断山脉中段，南部与云南省香格里拉毗邻，东南连泸沽湖和丽江，是国家级自然保护区。近两年来，"到四川就去稻城亚丁"的广告语深入人心。

有个研究地方文化的专家，他虽然在我们同行者中年龄最大，膝盖也有病灶，进出景区都是最后一个，但他的旅途心得最丰富。我和光华老弟开车去稻城亚丁景区门口探路时，他却了解了香格里拉镇公交、出租车等信息。他搭乘在宾馆偶遇的一位山东老乡的车，进入了镇子，进行了深入细致的采访。

第二天的早晨，我们作为景区第一批游客，搭乘大巴，进入了景区。天气格外好，除了高海拔、低气温，没有其他不良的气象。我们在一个换乘点，坐上了电瓶车。很快就进入了"三怙主神山"景点。一片空阔的绿地，潺潺溪流自上而下，波光莹莹，四面雪山环绕，一个绝妙的神仙境地。

　　这个景点之所以称为"三怙主神山"，包含了"仙乃日"（藏语观世音菩萨）、"降边央"（藏语文殊菩萨）、"夏纳多吉"（藏语金刚手）三座雪山。这三座雪山呈三角形，鼎足而立，藏传佛教称为"日松贡布"，意为三怙主神山。这三座雪山北峰仙乃日海拔6032米，南峰降边央海拔5958米，东峰夏纳多吉海拔5958米，形态各异，巍然屹立。

　　我们刚刚步入景点边缘，就听到一片欢呼声，原来仙乃日主峰的云雾刚刚散去，露出了秀美的尊容。于是机会难得，我们一行快步涌入观景台，拍照留影。仙乃日真是太美了，拂去云雾的轻纱，正如一个端庄美丽的雪神，纯净得让人有突然窒息的感觉，更让人心怀敬慕，难舍难分。

　　在这个景点，人们徘徊徜徉许久，同这里的雪山、碧草、清流相偎相依，感受仙境的崇高和绝美。许多人继续前行，去观赏五色海、牛奶海，我们限于体力和整体队伍团结，只好放弃。再一次留下遗憾，让我们在梦里同他们汇合，共享雪山碧海的美景。

　　我们完成了对神仙境地的造访，享受了大自然带给我们的丰富资源，感受了美景带给我们的愉悦，体验了美食带给我们的味蕾快感，丰富了旅途带给我们的应变经验，大家的心里都收获满满。一路风雨，一路深情，一路欢歌，旅途已经成为我们不可逆转的永恒诗篇。

归途同样精彩，我们游览了重庆的四面山、金佛山，在绿树丛林中找到了我们再一次访问的住所和朋友。在湖北恩施的腾龙洞，欣赏了激光演出，留在记忆里的光影，至今永固在梦境里。旅途漫漫，美景永远在路上，好心情永远在路上，人生的体验永远在路上。

曾刊发于《中原旅游》

行走的快乐

一直以来，习惯了用"去过了"三个字抵制对一个地方的再次走访。然而正是这种僵硬的拒绝，使得自己失去了许多美好的事物。总是以一种尘封的记忆对待生活，那是自己真的僵化了。

聊城，一座文化古城。因为离我们生活的城市150公里，曾经数十次地经过又浏览过。光岳楼、山陕会馆、东昌湖、孔繁森纪念馆，值得我们记忆的地方，都曾留下印记。可当我们10多年后再一次畅游时，荡舟湖上，走进古街，在运河边品尝小吃，却是非常快乐的一种心情。那十多年前的印象，再也泛不起水花来。"江北水城"的崭新印象，"运河古韵"的灿烂文章，"英雄之城"的壮美之誉，都使得这里熠熠闪光。我们沿湖边道路徜徉，融入市民休闲的队伍，很快就被快乐传染。无论赏花吟柳，无论戏水高歌，有了这一片水域，就有了一片欢乐。身处这座在心目中曾经并不高大上的城市，如果现在拒绝他的变化，自己都觉得无耻。

在我们的身边，还有安阳。曾经的一个古都，中华文明的重要发源地之一，有着太多的文化遗迹。殷墟、袁林、岳飞庙、马氏庄园等。这里似乎没有赏心悦目的东西，更多是陈旧的文物。对于对历史不感兴趣的人来说，保存一张参观券就足够了。而当你迷上这里的故事，想有所收获时，几十次，上百次的造访都显得少了。在这里，我想说，融入一个文化古都，需要智慧。这些年来，安阳西部的山区，成了热衷山地的"驴友"们的大本营。天平山、桃花谷、林虑山、太行大峡谷、红旗渠、千瀑沟等无数景点都撒满游客的影子。每逢旅游季，这里就成了欢乐的海洋。我随驴友光顾过两次，在自然的山水间游走，时有惊险，一身臭汗，但累并快乐着。在历史与自然之间，我们都可以自由地选择。在山顶上呐喊，坐下来沉思，都是我们行走的方式。

当然，我们还有更快乐的行走方式，那就是插上高速公路这个翅膀，去千里之外寻找更深远的快乐。同样有文化韵味的还有张家口的蔚县。在暖泉古镇，西古堡的沉静，更让人入梦。我们买了剪纸、豆腐、灯笼、瓜子，欣赏了古楼和玻璃塔，也参观了多个院落。这里的风情好像凝固的风，很庄重。这里的双耳戏楼，这里的古堡瓮城，这里的文庙武庙，都值得细致观赏，慢慢品味。

与蔚县不同的是张北的中都草原和近两年刚刚火起来的草原天路。天阔地远，牛羊成群，野花飘香，山岭逶迤，白云悠悠，情歌荡漾。无论是中都的篝火晚会，还是草原天路上的朵朵向日葵，热情是这里的主题。同行的张家口人，个个都如这里的山峦壮美，个个都如这里的山花灿烂，豁达豪爽的性格，比草原更辽阔。与他们在一起，你完全可以放松，放下禁忌，放飞思想，放纵心情，让梦想和骏马一起飞奔。

行走，没有远近，更没有禁忌。一个说走就走的旅程，往往更有快乐可言。

曾刊发于《河北交通报》《中原旅游》

峡　谷

　　峡谷其实也是一种绝美的风景。虽然与峰峦相比，没有凌空的气势，没有开阔的视野，没有欲飞的感觉，但峡谷能让人有穿越的激情，这对于一个有着丰富经历的人来说，无疑是一种新的砥砺。为什么说这样的话，因为前几年我一直在爬山，在征服一座座高峰，而这几年却一直在峡谷里仰望，努力想挺起胸膛。

　　我清楚地知道，自己在不知不觉中喜欢上了峡谷。这也许跟年龄有关，跟阅历有关，但更跟这个时代的旅游产品有关。因此，峡谷，就成为我人生的旅途中又一个选择。

　　雅鲁藏布江大峡谷、恩施大峡谷、虎跳峡大峡谷、龙潭大峡谷、金丝峡大峡谷、太行大峡谷等，还有那些名字不叫大峡谷的峡谷。仔细回想，自己游历过的，大大小小也有几十个。年轻时游历过的，印象有的不是太深。因为那时钟情的不是峡谷。

　　在峡谷里游走，最能让人体验的就是仰望。仰望一座座高耸的山峰，知道了自己有多么的渺小；仰视飞流直下三千尺的瀑布，懂得了什么是恢宏的气魄；昂首观赏蓝天白云，方知天空也能变小；在峡谷，仰望是最多的一种姿态。而这种姿态，你会感到很累很无奈，跟你站在山顶不同，你总是远眺，总是俯瞰，总是把"一览众山小"装进胸怀。对比之下，我更能感觉峡谷其实更像人生之境。峡谷里有水，水以各种方式流淌。或轻轻，或匆匆,或激越,或舒缓,或飞流直下,或平静如镜。让人感到这里的水,正是在描摹人生的旅程,谱写人生的韵律。峡谷里有岩石,岩石以各种形式存在。或突出,或叠加,或造型,或矗立,或犬牙交错,或怒目圆睁。岩石,在这里好像就是人生凝固的记忆,引发我们沉思万千。峡谷里有植物,有成百数千种植物。它们或高或矮,或聚集或隐秘,或出于岩缝,或生于谷底,或丛生蔓延,或珍稀独有,都恰如人生的一种象征。在我看来,一条峡谷,就是一个人生的画卷,充满惊奇、精彩、壮丽,也布满幽静、坦荡和忧思。也许,这就是我渐渐喜欢上峡谷的缘由,也许是峡谷更能让我读懂人生。

我知道人生如梦。峡谷有时也能让你进入梦境。那一年清明节,在恩施大峡谷,如梦如幻的云雾笼罩了整个峡谷。在核心景区"一炷香"处,那个擎天石柱,仿佛在云雾中飘浮,这个峡谷弥漫着神秘与惊恐。直到我们转过山体,白云悠悠在眼前浮动,才有了如入仙境的感觉。梦幻经常在峡谷中出没,正如人生也常有迷失之事,仔细回想,也能让自己时刻惊醒。

在峡谷里行走,如今深入谷底的时候并不是太多。在半空中修建栈道,是景区更多采取的方法。仰望和俯视都能在观赏的路上体验,仿佛多了一种修行的感觉。但我总是觉得行走得轻松自在,而难以亲近谷底的石头和水,还有小草,有的旅途竟变得乏味。我还是喜欢金丝大峡谷那种如画的景致,更有亲近山水的那种情趣,使得我们更有处处诗意的荡漾。不管是崖壁的陡峭,还是树影的婆娑,还是静水的碧绿,我们能够享受一种自由自然的画境,终是人生的一种美好。

很少有峡谷是笔直的,那样就失去了她的意义,因为人生从来都不是笔直的。峰回路转,百折不回,无论从高处走向低谷,还是从低处走向高处，始终能够引导我们欣赏到各种风景。有的是桥上的回眸，有的是高台的转身，有的是缝隙的穿越，有的是洞穴的摸索，还有是吊桥的游荡和独木的平衡，密林的幽静和回廊的多情；不管怎样，峡谷里能够呈现我们所经历的人生风景。当然，还有不按时空路径行走带来的风险和惊恐，也能让你做一次噩梦。

我刚刚又一次选择了去游览峡谷，也许更多的体验和感悟能丰富我的人生阅历。出发吧，去峡谷！

曾刊发于《邯郸文学》

停下来，才能看到风景

我是个喜欢旅行的人，因此也有不少的旅伴。他们对旅行有诸多深切的体验和感悟，渐渐地影响着我。譬如欣赏美景不忘品尝美食，品山水更要了解人文，在历史文化中寻找现代精神等等，使我越来越觉得，只有停下来，才能看到风景。

清明的时候我们三个旅伴去了山东高唐县的清平镇，一个有着千年遗迹的古城楼，一个规模并不大的文庙，一个中国占地面积最大的平原森林公园，如果只是走马观花，三个景点下来，一个小时足够了。有几个朋友做了半日游，我们却在哪里住下了。清静与平和，应了"清平"这两个字的含义。这里曾经是一个县城，如今只是一个古镇，往日的繁华已远去，人们平静自由的生活状态，在夜晚和我们居住的都市对照，让我们感到有一种遥远的味道。坐在一个只有我们三位客人的小饭店里，吃着老板特制的牛肉干，心情惬意。住在一个临街的快捷酒店，每人只有30元的消费，你不感到也很实惠吗！这样的小镇，中国有千个、万个，在任何一个地方住一夜，体验一种远离都市的宁静与平和，在快节奏的生活里停下来，感受一下心灵里的风景，不是很好嘛！

五一劳动节，我们四个旅伴去了山西的运城。因唐代诗人王之涣的一首诗："白日依山尽，黄河入海流。欲穷千里目，更上一层楼。"——登鹳雀楼，成了我们此行的目标。尽管是水泥钢铁竖起来的新鹳雀楼，但登楼远望，心情还是豁然开朗的。之后又去了普救寺，做了一个《西厢记》的现场功课，去了关帝庙，感受了崇拜的力量，神的威严。走马观花，没有停下来仔细地品味，感受不是特别的深刻。在我的体验中，住在临汾吃的那一顿饺子，却是十分留恋的。

　　风驰电掣，应当成为我们的新生活状态。就连赶酒局最多的时候是七场，也让我们感到了吃饭的速度。一场醉梦过后，生活的滋味全是麻辣，真的一点都不奇怪。高血压、高血脂、高血糖；高铁、高速公路、高架桥，高处不胜寒，不是飘飘欲仙，而是不知身心在何处，风景又在何处！

　　买车的风潮狂飙般蔓延，停下来，不大可能。一位同事的内弟当初是借车，跑一趟高速公路，被罚一次款，如今刚刚买了车，40岁刚过就被拴住了。如今走路的年轻人越来越少，出汗的城里人群越来越稀，弯腰干活的越来越难找，人们喜欢快，马上有钱，马上发财，马上成亿万富翁，不愿意停下来，仰望一下天空有多少雾霾。有的人被骗了，有的人骗了别人自己又被骗了，速度里没有风景，却多了更多的烦恼，这应当值得我们深深思考。

　　要停下来，先要慢下来，看看眼前的季节，适合不适合远游，适合不适合发财。我建议读读书，喝喝茶，听听京戏，也许你会说，这是老年人的生活。在我看来，生命的本质是什么，是健康。生活的本质是什么，是快乐。在疾驰的生活中，时常刹一下车，在一个小站停下来，感受一下低回舒缓的音符，你才能再一次领略交响乐的宏伟。不是吗，快乐需要品味，风景更在心灵深处。

曾刊发于《邯郸晚报》《焦作晚报》

旅途的滋味

不知是什么一种感觉突然袭上心来，萌生了一个人独自去旅行的愿望。但我把此种心潮告诉朋友们的时候，他们大都是惊讶的表情。不可思议，难以理解，甚至有了一种其他的猜想。我的理由很简单，一个人的旅行，是不是更有滋味！

当然，我说的不是我的现在，是自己有了足够可以支配的时间和空间。从自己的出生地出发，沿一条河流或沿一条山脉，无论是村庄还是城市，都选择一个寂静的客舍住上几天，可以品味袅袅炊烟，可以聆听风声雨声，可以在一处小得不能再小的酒馆，一醉方休，等待别人唤醒，一遍遍地问你是何方人！

城市太多的嘈杂与纷繁，太多的累与痛的煎熬已经让我们从小在农村生长的人们，找不到一种清淡的滋味。记得山村里的月夜，如水的月光，如梦的星空，如歌的小巷，我们一起玩捉迷藏，仿佛智慧都是种在地里的庄稼，大家都是一样的朴实。那个时候，仿佛不知道外面的世界，也很难知道外面的世界，旅行从来就是奢望，或从来就没有想起过。如今，每当节假日，周末闲暇时，和一群好友驾车去一个个的秀美景区快乐旅行，虽然心情特别好，但早已找不回儿时的清纯。

那一年听一位朋友讲起过她一个人在云南丽江旅行的经历，我随后去了丽江，但不是一个人去的，十几个人在酒吧里饮酒对歌，俨然是寻找刺激，没有体验到朋友讲起的那种心情。我不止一次地去过古城凤凰，也是结伴去的，还有几次是几十人，几百人的大队伍，我隐隐觉得没有体验到凤凰的滋味。鼓浪屿是个很美的地方，一个人去旅行，一定是最美的，如果是雨后，我想更有一番滋味，我在那里也没有体验到。还有几个地方是非常适合一个人旅行并享受的，比如琅琊山、天目山，比如长汀、莆田，比如长岛、涠洲岛。比如乌镇、同里、周庄……在各种风情的摇曳里，在各种氤氲的弥漫里，值得你细细地品味。

几十年过去了，亲近自然，感悟山水，陶冶情操，在旅行的过程中，似乎遗落了什么？当一个叫《舌尖上的中国》电视片风靡的时候，才知道自己已经丢掉了旅途的另一种滋味。好歹有了这种意识，就想方设法不留下遗憾，最近的宁夏之行，去"老毛手抓"店吃了一顿滩羊肉，真正地享受了中华老字号的名吃，心中的滋味沉香已久。

人生的旅途是漫长的又是短暂的，但快乐应当是主题。选择爱好旅行是追逐快乐的一种最佳的方式，因为旅行总是伴着健康出发的。旅途中有风有雨，又坎坷泥泞，有迷惑有深邃，但正是有种种的峰回路转，柳暗花明，才充满了情趣。在一次旅行就要结束的时候，你有多少滋味在心头呢？

曾刊发于《邯郸晚报》

带着灵魂出发

最近两年，我一共去了十一趟山西，参观了大大小小景点数十个，山西厚重的文化遗存，给我留下了深刻的印象。

除了人们耳熟能详的乔家大院、王家大院、皇城相府、晋祠、常家庄园、绵山、五台山、云冈石窟、老槐树、壶口瀑布等，还有一些人们不常光顾的地方，如柳氏民居、师家沟民居、华陵、石膏山、霍州署、藏山、孔祥熙宅院、炎帝庙、鹳雀楼、三嵕庙等，我都把足迹留下了。我一直在坚持一个理念，出发。因为在许多人的生活哲学里，机会好像是等来的。没钱的时候等有钱的时候，没时间的时候等有时间的时候，工作的时候等退休的时候，退休的时候等孙子上学以后，等来等去，自己连走路的劲头都没有了。直到有一天躺在床上想起年轻时的愿望时，那些想要去的地方变得那么遥远。

并不是所有的景点都那么精彩诱人，都那么华丽庄严，都那么山清水秀，但如果你用心去读去感受去欣赏，总有让你心动的地方。在柳氏民居，你可以知道文学大师柳宗元的后裔，他们在柳宗元的影响下走过的里程，获得的荣耀，也可以知晓在荣耀的背后，一个时代同另一个时代的融合与抗争。去柳氏民居，要翻过一座大山，要盘旋数十公里，如果不能带着一颗真诚的心，在那个有些幽深的深宅大院面前，你会失落，或觉得不值得。但是，历史往往写在深处。2014 年的国庆节假期，我们还去了玉门关,那种荒凉与寂寥,同柳氏民居相比更从心底悚然。正是那些富有诗意的古代意趣和情景,才让今天的人们一次次造访。

  人们去旅游,除了去欣赏山水,寺庙可能没少朝拜。寺庙的宏大,香火的缭绕,都在告诉人们一种期待。在高速运行的城市生活中,也许人们需要一点禅意,需要一些精神的慰藉,这些似乎都是正常的。我更喜欢那些奋斗者留下的足迹。炎帝庙,建在羊头山上,好像建筑的时间不长,但我们可以从中华先祖那里了解到我们民族发展的路径,更能学到民族精神的内涵,还能寻求到一种奋发的原动力。我去过陕西的黄帝陵,在那里深深地跪拜;也去过宝鸡的炎帝陵,在那里按传统的方式祭拜;刚去了涿鹿的古战场,更感受了民族的力量。

  有的人乐山,有的人智水,有的人喜欢在山水间寻找美与精神。山水是自然的馈赠,历史是人类的创造。我们都应当珍惜。登上鹳雀楼时,王之涣的诗一遍遍在耳边回响,极目远眺,白日依山尽的诗意已经难以重现。听导游讲,那时站在鹳雀楼上,远望太阳从百里之外的华山之巅落下,情势蔚为壮观,而如今雾霾重重,眼界迷蒙,心境寡淡。2013年我第四次去张家界,望着几乎断流的金鞭溪,比起我1994年首次去那里,心情索然无味。对自然的保护,对历史遗存的保护,山西做得让人点赞。

  这些年来,我一直在问自己,我们旅游是为了什么?照相,到此一游?还是走马观花,就是闲逛?如果陶冶情操都不是,那就太没有意思了。文明旅游一直在喊,为什么一直是恶习不改呢?让我们静下心来,反思我们的每一次出发吧。旅游,不单是出发,更是让精神回归,让文明像那些青山绿水一样,净化灵魂。

曾刊发于《邯郸广播电视报》